长篇 小说

冬日焰火

冬の花火

〔日〕

渡边淳一

著

郑世凤 译

青岛出版集团 | 青岛出版社

山东省版权局著作权合同登记号 图字：15-2017-237 号

图书在版编目（CIP）数据

冬日焰火 /（日）渡边淳一著；郑世凤译 . — 青岛：
青岛出版社 , 2023.5
ISBN 978-7-5736-1081-2

Ⅰ . ①冬… Ⅱ . ①渡… ②郑… Ⅲ . ①长篇小说 – 日
本 – 现代 Ⅳ . ① I313.45

中国国家版本馆 CIP 数据核字（2023）第 082798 号

书　　名	DONGRI YANHUO 冬日焰火
著　　者	[日]渡边淳一
译　　者	郑世凤
出版发行	青岛出版社
社　　址	青岛市崂山区海尔路 182 号（266061）
总部网址	http://www.qdpub.com
邮购电话	0532-68068091
策　　划	杨成舜
责任编辑	曹红星
特约编辑	贺树红
封面设计	光合时代
照　　排	青岛可视文化传媒有限公司
印　　刷	青岛双星华信印刷有限公司
出版日期	2023 年 5 月第 1 版　2023 年 5 月第 1 次印刷
开　　本	大 32 开（890mm×1240mm）
印　　张	9.5
字　　数	230 千
书　　号	ISBN 978-7-5736-1081-2
定　　价	49.00 元

编校印装质量、盗版监督服务电话 4006532017　0532-68068050

目录

序
章

从札幌坐五小时的快车，来到纵跨北海道的日高山脉前端——一望无际的十胜平原中部，便是带广。北国秋来早，十月末已经叶落萧萧。为了追寻年仅三十一岁便香消玉殒的女性和歌诗人中城文子的芳踪，我拜访了这片土地。

此时带广的天空，宛若在描述中城文子的死相一般，一片苍白、凄冷，直让见者感觉无依无靠。

也是在这个时候，我了解到：带广在阿伊努语中是"河流分支很多"的意思。确实，带广这片土地上，以流域面积号称北海道第二的十胜川为中心，有札内川、利别川等分支河流，这些支流共同汇集于十胜川，随后流入太平洋。

从附近"狩胜""追鹿"之类的地名来看，这一带也许曾经野鹿成群，原居民在此驰骋逐鹿过。然而，如今的带广街头早已不见半点儿百年前开垦之初的原野风貌。道路笔直开阔，城市被整齐规划成了棋盘风格；道路两旁，现代化高楼大厦林立。碧空下，站前的广场上，停满了出租车和公交车。站前的大路上，人群熙来攘往。

下了车，迈入这座城市的一瞬间，不知何故，似有冷风吹过后背，一股寒气袭来。当然，我是在十月末来访的，北海道东部的这一带已经是红叶过季，叶落飘零的晚秋了。从东京来到这里，感觉"冷"是情理之中的事。那天在带广报纸的天气预报栏中，也显示了东京和带广的气温有近10℃之差，东京是13.1℃，带广是3.3℃。

　　但是，我可是个地道的北海道人，按理说应该早已习惯了寒冷。而且，也曾预想过晚秋的带广会比较冷，所以提前在里面多加了点儿衣服。就连外套，也换上了东京人还很少开始穿的厚外套。况且，前一天还在札幌住了一晚上，自以为所做的御寒举措已经万无一失了。

　　可明明如此，依然感觉寒气逼人，究竟是怎么回事呢？也许正确的表述并不是身体感觉到的"寒冷"，而应该说是内心冥冥中感觉到的一种寒气。

　　这是一种奇妙的感觉。明明身体并不觉得有多冷，可内心某处却在发冷。为何会在这座城市产生这样的错觉呢？是这座城市里隐藏的什么东西引起了这种错觉吗？

　　我迷迷糊糊地思考着这些问题，从站前坐上了出租车。我个人感觉对其中原委得以参悟是在第二天，当我在车站大楼上的酒店里醒过来，从那里眺望着城市全貌的时候。

　　那天也是有寒冷的北风吹过，天空一如昨日，一片苍白。

　　从站前笔直往北延展而去的道路两侧一眼望去，各种高楼大厦和住房鳞次栉比，再远处可以看到十胜岳抱雪而卧。住房连着原野，原野上一条大河蜿蜒而行，将城市与群山连接了起来。

　　然而，从这座城市眺望远方，如果说能遮断视线的，就只剩北方耸立的十胜岳了，而连那里，看上去也只是遥远天边的一条淡淡的线条而已。至少在这座城市里，没有什么能称之为丘陵模样的凸起。这里有的，仅仅是让人感觉忧郁的苍白的天空，和举目横无际涯的平原。这座城市的天空，苍茫得简直毫无羞涩、含蓄感。

　　秋风固然清冷，但是这苍白的天空和平原中伫立的低矮的城市，不正是让一步踏入其中的自己感觉异样寒冷的原因吗？

在这无尽的原野中，恍如海上灯塔一般冒出来的城市里，我第一个见到的歌人是舟桥精盛先生。先生久居带广，参编了《原始林》和《山脉》等多部杂志。和野原水岭先生一样，都是对中城文子的短歌产生过重要影响的人物。

我是通过札幌杂志《原始林》的主办者中山周三先生的介绍，认识舟桥先生的。先生尽管腿脚不太灵便，却仍然开车带着我参观了文子曾经就读过的女子学校，和她曾经与年轻恋人漫步过的带广畜产大学。随后带我去了离十胜大桥较近的中城文子的歌碑那里。

歌碑位于带广神社后方，碑前有带广河流过。

歌碑四周杂草丛生，附近是带广神社内树种丰富的杂木林。

碑身是一块大理石，被置于一块长方形的平台上。石碑右端，仿佛在表现丧失乳房的文子的悲痛一般，呈 L 形短短弯出一小段。

大理石中央，上面用文子的笔迹雕刻着如下短歌：

冬日皱纹遍海原，再活稍许观悲惨。

十月末，歌碑背靠着叶落殆尽的枯木，越过芒草摇曳的堤坝，凝视着苍茫遥远的天空。

在这广袤无垠的天地间，文子所谓的"再活稍许观悲惨"，究竟是什么意思呢？现在开始，我必须要步履缓行，捕捉她那悲惨的行踪了。

第一章

苍　茫

1

中城文子于大正十一年（1922年）出生于带广市，娘家姓野江。文子于昭和十七年（1942年）出嫁，随之改为夫姓中城。

文子的娘家曾经在带广开过布料店。如今，该店是当地数一数二的布料店。店主野江寿一先生是文子的妹妹——野江敦子小姐的丈夫。文子与中城结婚后，妹妹敦子小姐留在家里，招了入赘女婿。

敦子小姐比文子小十岁，现已年过四十，但看上去非常年轻。不愧是姐妹，长相跟姐姐十分相似；从其音容笑貌中仿佛能看到生前中城文子的影子。她削肩俊貌，身材娇小，身高大约有一百五十二厘米，长相端雅、大方，一双温柔秀目焕发炫目华彩。这个眼神是这姐妹俩非常显著的特征。端详文子的每一张照片，让人印象深刻的都是那长长的睫毛，以及其洋溢出的浓浓的女性气息。

敦子小姐不顾傍晚的忙碌，不仅给我们看了文子留下来的日记本、报纸的合订本和照片等，还客气地跟我们聊了一些往事。

这姐妹俩尽管身材、面貌很相像，但是性格方面似乎恰恰相反。相对于文子的积极好进，敦子小姐更消极保守些。这一点，从双方的婚事上看，也能一目了然。文子十九岁就早早步入了婚姻，离开了娘家；而敦子小姐则听从父母之言，留在娘家继承了家业。

文子出嫁时，给这个小妹妹留下了载有自己美好回忆的各种各样的纪念物品。其中的数本日记和作文本，至今依然作为缅怀伊人的遗物陪伴在敦子小姐身边。

日记本里的内容除了普通的生活记录，时而还记有一些感想。此外还记有关于报纸存在的意义啦、对于真实报道和因此带来的悲剧的愤慨啦，等等深刻的社会批评。简直无法令人想象是出自一个十几岁的年轻女孩之手。与此对照，作文本上却溢满着青春激扬的情感，字里行间尽是心细如发的敏感神经。

敦子小姐对于这个姐姐的回忆最多的是她经常窝在她自己的房间里，背靠着墙壁读书的身影。每逢此时，可以说文子必然会抓着点心在吃。倘若点心吃完了，文子就会让敦子小姐去买。买回来后会给她一点儿跑腿费，然后自己继续吃着点心看书。

敦子小姐还记得姐姐曾经领着她去街上的咖啡馆吃过泡芙。泡芙之类在如今虽然已经算不上什么美味了，但是在那个物资匮乏的时期，毫无疑问是一种非常奢侈的、像模像样的美食。

关于孩提时代的文子，文子已故的母亲——野江菊江女士留下的影集和文章做了最好的传述。

文子是野江家庭的第一个孩子，自然深受父母和祖父母的宠爱。集万千宠爱于一身的文子，自小娇生惯养、任性不羁。

她刚刚上小学的第二年，野江家的二女儿美智子出生了。感觉到父母对自己的疼爱有所减少的文子居然说出了"小美为什么不死"这样的话，把父母吓了一跳。也许她后来临死前所表现出的异样的执着心和独占欲，从此时便已经开始萌芽了吧。总而言之，文子从小就是个早熟的女孩。当别人问她"长大了想做什么？"时，她铁定会回答说"我要做有很多很多钱的大富翁的媳妇",惹得大家一阵大笑。

文子念小学的时候,成绩很好。但是或许因为突然被置身于很多小伙伴当中的缘故,起初她似乎不太爱交朋友。听说老师曾经还提醒过家长:"总是一个人孤零零地站在树下,不愿意和小伙伴一起玩。"也许这个时候的文子已经远离欢蹦乱跳的小伙伴,开始一个人畅游在自己的感性世界里了吧。

也许是这个缘故,同年级的朋友对她这时的印象比较稀薄。和她小学同一个年级的鸭川寿美子女士回忆说,只记得她是一个瘦瘦的、高个儿的漂亮女孩,此外没有什么特别的印象。

但是,同为一个年级的河内都女士可能因为曾经和她是邻桌,关系比较亲密的缘故,却是这样的印象:文子不仅人很聪明,模样也俏丽可爱,所以不知不觉间,让人不由得从心底接受了她那种像公主般的任性自我的行为方式了。

从这个时候开始,文子就把一些厚厚的童话书和少女小说带到教室里读了。休息时间自不必说,有时候连上课时间都沉浸在里面,无法自拔。由此种种,比起同龄人来,文子更为博学多识。再加上争强好胜的性格,手无缚鸡之力的她居然经常跟男孩子吵架。那时的河内经常被文子当作挡箭牌来使。文子乍一看似乎是一个文文静静不太显眼的女孩子,但是在不必忌惮的极少数的朋友们面前,却也已经显示出了她任性自我的大小姐脾气。

不过,让她们记忆鲜明的,还是进了女子学校以后的文子形象。在这里,她已是一位无可置疑的别具风格的女生了。

进了女子学校以后,文子依然十分清瘦,还因此得了一个"黄瓜小姐"的绰号。根据前文所提及的鸭川的记忆,文子体操方面完全不行,数理化也不太好,但是作文等科目却十分优秀。因此,她的作文经常被老师当作例文来读。每当老师读到自己的文章时，文子总是用一种陶醉的眼神聆听着。但是当老师批评她的文章徒有美辞丽句，欠缺真实性时，文子便不加掩饰地表现出不满的情绪。

老师发下来作文后，鸭川经常和文子在勤杂工室的一角或者图书室里互相交换着阅读彼此的作文。据说那时候文子的作文，已经写得不像是女学生作文了，而是显露出拿腔作调的成人气息。

两人在女校时代身高相仿，一直邻桌而坐。文子在上课时，经常躲过老师的视线，在笔记本的边上写一些诗词好句，悄悄递过来。对于文子来说，也许上课正是所谓的枯燥无趣。人虽然坐在座位上，她的脑袋里却不断地在浮想联翩，内容均与课堂毫不相干。

不管怎么说，文子都不是那种勤学苦读型的女生。女校时代也没有怎么认真记笔记或者听老师的话，而是热衷于诗词歌赋、舞文弄墨，期间偶尔做做笔记。可即便如此，成绩依然很不错。

当然，这个成绩既取决于她的天资聪颖，也因为她会投机取巧。一到考试前夕，她一定会把朋友们喊到自己家里来，对照着她们的笔记，听她们分析考试可能会出的题，并理解吸收。

河内和鸭川她们，经常这样被文子叫到家里。

但是，虽说是为了考试，可一群女生凑在一起，到别人家里过夜，毫无疑问也是一件十分令人兴奋的乐事了。半夜学累了困倦时，文子就会从楼下悄悄拿水果和罐头之类的来吃，吃完后，将空出来的罐头瓶子藏在窗外的大广告牌后面，彼此缩头缩脖地乐在其中。因为家里开布料店，有时候文子还会偷偷拿出当时还是很稀缺的绸料袜子送给朋友。因此文子在朋友间很受欢迎。

更有甚事。为了提高自己不擅长的数学成绩，文子竟然给年轻的数学老师写了一封情书，而这一举措大获全胜。看着成绩单上赫然印着的"优"的评价，文子吐舌笑道："说是老师，也不过是个男人嘛。"

其任性自我，爱恶作剧的性格这个时候开始已经慢慢在成型了。

学生品行册上，从一年级时的"少言寡语"变成了二年级时的"能言善辩"。行为举止的勤惰之类的评价，也从一开始的"优雅、平静""规律生活""勤奋"等下降为"普通"了。随着高年级的升入，文子也从单纯的乖乖女，化身为喜好浮华的女学生。

比文子年级高的浜中千枝还存有文子刚进女校时的印象——才一年级就化妆，感觉很傲娇啊。的确是一个让老师和高年级同学感到无法理喻的所谓"需注意人物"。女校这一绚丽舞台，遇上情感发达这一青春时代，栖息于文子深处的自我意识终于开始觉醒。再加上想要什么都能轻易入手的布料店千金这一优势，使文子越发化身为艳丽、早熟的少女。

在这所女校里，最为引人注目、能给人留下华丽印象的是舞蹈部的舞台。文子一年级和二年级时曾在这里跳过舞。但是那并非独舞，都是和很多人一起跳的群舞。想比别人更闪耀突出，成为人群中焦点的文子，升入三年级时，曾经申请过一个人的独舞，被拒绝了。十分不满的文子立即离开了舞蹈部，转到了戏剧部。在这里，她也自己提出了要当主角的要求。

可无论文子如何美貌多才，把她这个半路转到戏剧部的人一下子提拔为主角是不可能的。最终，这个要求也没有被通过。再次放弃了戏剧部的文子又转到了文艺部。在这里，总算于第二年的春天，即升入四年级的时候，被推举为文艺部部长，安定了下来。

这个时期，文子开始了广泛阅读。其中，尤其热衷于登载在《少女之友》上的、由中原淳子配图的川端康成的《少女之港》专栏。她还曾经多次剪下图文，做成剪报，屡屡模仿上面的字体等等。

文子那右侧略略上倾的豪放字体，便是此时练就的。一直到写下临终遗作的稿纸上的文字，终生未变。

女生中常见的所谓"S"关系在这里也十分盛行。文子在上下各个年级层的同学之间都很吃得开，身边从者如云。在高年级同学眼里，她是个可爱的疯丫头；在低年级同学看来，她是个成熟豪放的小姐姐。

而且，文子会把一些甜美的优雅文章赠送给接近自己的"姐妹"们，由此越发迷倒了追随者，获得深深的满足感。

美貌奔放，虽然因此招致了一部分同年级同学的反感，被看作异类分子，但是女校时代的文子也相应收获了大量粉丝。

野江文子从这所省立带广女校毕业是在昭和十四年（1939年）。该年春季，文子毕业的同时，如愿以偿地升入了东京家政学院。虽然父母希望她能留在家里帮忙，但是文子却擅自提交了报考志愿，参加了考试。对于当时的文子来说，带广已经十分狭小，大多数人的观念都太陈旧了。

想去开放自由的东京，见识一个崭新的世界，文子如愿以偿地离开了带广。

初次步入大城市，文子的双眼马上因为好奇而烁烁生辉。

当时，虽然二战尚未全面开始，但是日本已经多次入侵中国，街上渐渐到处都是卡其色士兵服了。如此情境中，文子宛如妖精一般的娇小身材，包裹在荷叶长裙里，烫着彼时一直被批为过分招摇的波浪发，昂首阔步在东京街头。也是在这个时期，比她晚半年进东京的河内都因为没有化妆去见她，被她再三说教，然后被上了整整一天的化妆课。

家政学院学制两年。学校正如其名，课程是以"家政"为中心，但文子最感兴趣的是作为一般通识科目的文学。

在这个时期，文子已经明确宣言，自己要成为女性作家了。

"我家里是带广第一大富豪呢！"不断地跟朋友们如此吹嘘的她，拿着家里寄过来的学费等，大方挥霍请客，将朋友纳入了自己的麾下。甚至读了与谢野晶子的短歌集《乱发》之后，她也曾经豪言壮语地宣称："这样的短歌我也能写出来！"

此时的国文教授是池田龟鉴先生。文子也曾跟他通过多次信。

最初是文子拿着自己所作的短歌，请池田龟鉴先生讲评。

当时的龟鉴先生对她的才情表示质疑："可以看出写得非常努力，但是有点儿矫揉造作，太过恃才好胜、锋芒毕露。能不能再写得率真一点儿呢？"当然，对于文子后来的短歌，龟鉴先生给予了高度评价。

两年后的昭和十六年（1941 年），文子从家政学院毕业了。

文子是坚决想留在东京的，可是父母却双双进京，强行将她带回了带广。

时光已经切进日本对美决战前夕，硝烟弥漫的战时体制下，一个柔弱女子要在东京生存下去是十分艰难的。

回到带广的文子先是留在家里帮忙。之后，第二年的四月份，文子和相亲对象结婚了。

结婚对象是毕业于北海道大学工学院，就职于札幌铁路设备部的年轻技师——中城弘一。

从文子自少女时代便爱做梦的性格来看，文子一直渴望的是双方能轰轰烈烈地谈一场恋爱，然后再结婚的。但是像当时那种战时状况下，且身处那么一座小城市，这样的想法是很难实现的。最终，文子不得不这样想：反正也不能热恋成婚，那就选一个不输于其他任何朋友的优秀对象结婚，过上让别人都羡慕的婚姻生活吧！

这不能一概定论为文子的虚荣心，而是任何一个女人都想要的婚姻生活，只是文子的好胜心和时刻都要成为焦点人物的自尊心，比别人强一些而已。

从这个意义上讲，出身北海道大学，就职于国家铁路局的年轻技师中城是一个无可挑剔的合适人物。文子的朋友当中，有几个已经婚嫁，但是抛却人品性格不谈，她们的结婚对象无论才华履历，还是形象气质，都无人能胜过中城。文子的婚姻受到了大家的艳羡。人们不断感叹："果然是昔日公主殿下的婚事啊！"

婚后，文子移居札幌。同年十月份，因为丈夫的工作变动，又移居室兰。

继而次年五月份，长子孝出生。

婚姻生活，算是顺利开始了航行。

再下一年的五月份，中城荣升为铁道管理局函馆出差所所长。文子也随夫移居函馆，在此生下了次子。正如婚前所有人所期待的那样，中城顺利地走上了升官发财的大道，文子也化身为年轻的高官夫人，过上了相夫教子的平稳日子。

这段时间里，文子用她略略男性化的豪放笔迹，写下了孩子们的成长记录。

孝的记录——

孝，生于五月八日晚上七点三十分。出生时体重约三点一九公斤，是一个脸蛋绯红、非同凡响的小小生物。此后过了五六天，当空袭来临之际，我从心底暗下决心，无论如何都要好好守护这个小家伙。

快满两个月时，他会笑了。

第三个月初，他开始变得活泼好动，能自己舔小手了。

快满三个月时，不肯再老老实实地待在被窝里了，能自己滚到榻榻米上了。担心他会有危险，不能把孝一个人放在家里出门了。因为奶水不太够喝，用奶粉补充着。今天奶粉喝完了，去买了牛奶。小家伙胖了不少，很可爱。清晨等情绪好的时候，会一个人"咿咿呀呀"地大声说话了。

八月十六日，孝六点起床。风很冷，上午一直在睡铺上玩耍。给他用大浴巾做了一件衣服。好可爱。舔他的脸他表现得很开心。今天似乎有些便秘。到十五日的昨天，已经一百天了。

十月十日，今天孝甜甜熟睡了。老公去了东京。

这一阵子，孝开始长牙了。总是嘟着嘴巴，"噗、噗"地吐唾沫。乳头被他用力咬住，疼得不得了。报纸之类会撕得"噼里哗啦"的。能伸手抓东西了。拿到分来的点心，会开心地一直舔。担心不卫生，想给他夺出来时，便会"哇哇"大哭，让人毫无办法。已经完全记得我的模样了。

十一月八日，第一次看笑着的小孩看呆了，好想让大家都来看看。不停绽放似的笑声，从孝小小的喉咙里蹦了出来。对着天真烂漫的孩子，想一下为母自豪的心情。看着那纯洁无瑕的水晶般的眼睛，祈祷孩子平安长大是母亲的心愿。

二儿子彻不幸于出生后三个月时，脖子上长了肿瘤，手术后夭折了。期间的如实记录也是母爱盈溢。

那本日记里明确记录了各种各样的幸福生活。

然而，文子并不知道，在这幸福的背后，已有黑色的阴影在逼近。

昭和二十年（1945年），中城突然被调到了札幌。原因是作为铁路管理局函馆出差所所长，受过厂家招待一事曝光。虽然中城本人并无恶意，但是，可以说是受到邀请便无法拒绝的柔弱性格成了他致命的弱点。

第二年三月，长女雪子于札幌出生。

这时的文子也写下了《雪子日记》，将为母之喜寄托到了短歌当中。

阳春三月生，痴母爱女情，祈祷健康美如樱。

爱女北国生，故以雪命名，愿雪子玉貌花容。

在这之前，战争已经结束。丈夫在左迁的过程中，生活逐渐紊乱起来。

一朝受挫，脱离晋升主流的中城，受不了闲职，在朋友的怂恿下，开始染指非法倒卖物资的黑市捐客工作。最初经手的只是一些衣物类小件，渐渐胆子大了起来，甚至把手伸向了与铁路相关的钢材和枕木，本职工作越发怠惰了。

文子参加短歌杂志《新垦》，真正开始创作短歌也是从这个时候开始的。起初创作的短歌不多，内容也都只是借短歌抒发一下心中郁闷之类的东西而已。

这期间，丈夫也未停止散漫颓废的生活，夫妻之间渐行渐远。不过，在昭和二十三年（1948 年）的秋天，宛如要阻止两人的分开一样，三儿子洁出生了。这是文子犹豫再三，最终才决定下来的分娩。

因为左迁至札幌，无法发挥出才能而闷闷不乐的中城，在三儿子出生三个月后自己要求调回了故乡——四国的高松。

文子领着三个孩子，收拾好家当细软，随夫回乡了。此时，文子从娘家收到了很大一笔额度的经济援助。可是，这些资金只不过都填堵了丈夫做黑市买卖失败带来的损失而已。

原本期待能带来新转机的四国生活，也并没有持续多长时间。

正因为曾经是社会精英，一旦从高坡上滚落，中城便一落千丈。来四国半年间，中城最终连国家铁路局的工作都辞掉了，专职做黑市倒卖工作了。

因为做的是钻法律空子的工作，收入不稳定。即使偶尔有点儿钱入账，他也几乎都不拿回家用，只自己吃喝便花光了。同时，在外留宿的次数也越来越多。

深夜，喝得烂醉如泥回到家里的中城身上，昔日意气风发的青年才俊、铁路官员形象已经消失得无影无踪。

2

昭和二十四年（1949 年），文子背着出生仅半年的三儿子返回了带广。此时开始，度过了无忧无虑、生活滋润的少女时代，迎来了人人艳羡的婚姻生活的文子身上，开始清楚地显示出了悲剧的形态。

此次回归故里，距离昭和十七年（1942 年），结婚时离开带广恰好七年。

说句实话，此时的文子并无回乡的喜悦，或者说，内心充满了与喜悦相去甚远的苦涩。

文子一面走上月台，一面不断地告诫自己：这是为了要在带广开始新生活，自己先行一步，在丈夫和两个大点儿的孩子之前，抱着吃奶的婴儿先回来了；不久后丈夫和孩子们也会赶回来，然后就在这片土地上开始新的生活。

可不管语言怎么粉饰，文子自己比谁都清楚：回乡是因为四国的生活已经走投无路，已经无法继续追随陷入迷乱生活中的丈夫了。落魄之后，最终可以依靠的唯有自己的娘家。正因为曾经是受到大家的祝福，深受人们羡慕的婚姻，所以文子才对如今的状况深感失望。

文子身穿毫不起眼的藏青色毛衣和裤装，背着孩子，外面套着背孩子专用的棉袄。双手拎着的袋子里装着孩子的尿布和临时替换的衣服。还有不远千里从四国带过来的一点儿橘子和白米特产。从这身行头来看，她们不过是一对在车站上随处可见的、长途旅行疲倦不堪的平凡母子而已。

无论怎么找借口，对于文子来说，这次回乡都是一个耻辱。

曾经在朋友中间，如女王般盛气凌人的文子如今如此凄惨地回来了。然而，此时的情况却不容她在意那些面子或者虚荣了。别遇上任何熟人，悄悄赶回娘家，正是文子此刻的心愿。

虽说已经四月份，可日暮时分的带广街头依然冷气逼人。人们立着外套衣领，行色匆匆地赶着路。暮色苍茫的天空上，又圆又大的夕阳向着遥远的货场西倾，低旋的冷风从站前广场呼啸而过。

文子双手拎着行李，立在那样的寒风当中。

广场前面的主道上，左手边有一家木头建筑的两层楼旅馆。右手边是市内公交车售票处。沿着主道一直向北，是一排排沿街的低矮住房。这一切，都是文子从小看惯的风景，几乎毫无变化。

可是，这原本习以为常的风景，如今却仿佛外人一般疏远，冷淡无情。似乎正在悄然盯视着文子的一举一动。

同一趟车上下来的一群人纷纷穿过站前广场，走到了大路上。当最后一拨人快要从广场上走过去时，文子已经背向街道，走进了斜后方的电话亭里，从那里往家里打电话了。

接电话的会是谁呢？文子在电话亭里屏息凝神地听着。里面传来一个年轻女孩的声音。

文子一听就知道那是妹妹的声音。

"小敦吗？"

"是的，啊，是姐姐吗？你现在在哪里？"

"在带广啦。"

"是吗？已经到了啊。妈妈一直担心你什么时候来呢。"

"这趟车的车票是偶然买到的。现在能不能来车站接一下？然后，我到了的事儿先别跟妈妈说呀。"

"为什么呢？"

敦子反问了一句，文子却没有回答，直接挂断了电话。

刚刚，候车室里上下车的乘客还人满为患，如今却已经空空荡荡。剩下的二三十个人都聚集在火炉旁，也许是从主线火车上下来后，在等着换乘分线吧。这群脖子上围着毛巾，脚上蹬着长靴的男人们，和穿着棉袄的女人们，一看就知道是农民。

从车站到文子娘家，以女人的脚力也用不了十分钟。与其等待车次很少的公交车，还不如走回去更合适。这一点文子很明白。但是不知为何，她却不想一个人走在大街上。虽然坐在火车上时，一直在祈祷着尽快到家，但是到了带广，反倒有些惶惑了。

敦子好像放下电话立即跑过来似的，不到十分钟就出现在了候车室。

"姐姐，你回来了！"

大概是刚从学校回来的，敦子在学生服的上面穿了件藏青色外套。

"很累吧？是从四国一直坐回来的吗？"

"在东京住了一晚上。"

昭和二十四年（1949年），尚处于混乱期。粮食不足，火车数量也很少，买票首先是一件大难事。这次的车票也幸亏丈夫曾经在铁路上工作的关系，好不容易才买到。不过带着个孩子长途跋涉很不容易。吃顿饭都要去所到之处的食堂里，用没领米的米券换领食券，以此来领食物吃。

"真不容易啊！"

敦子看着姐姐的脸，感慨道。

这时的文子连小自己十岁的妹妹都对自己表示同情了。曾经觉得是幼稚小孩完全聊不上正事的那个妹妹，如今却是作为一个正儿八经的小大人审视着文子。

"好可爱啊，睡了吗？"

敦子将脸凑近背篓里露出脑袋的洁。

"小雪和孝呢？"

"我一个人没法带三个啦，再加上他们还要上学，说好了，等第一学期结束了，由他爸爸带过来。"

理由怎么说都行。但是妻子置丈夫与两个孩子不顾，自己回娘家这事绝非寻常。这一点，连敦子这个女学生也应该能明白。

"怎么也不提前说一声今天到呢？"

"就是买到票，也不知道几点能坐上火车，没法预测呢。"

"可是，在函馆不就知道了吗？从那边发个电报过来的话，就提前来接你们了。"

情况的确如敦子所言，但是文子不发电报有她自己的原因。

乘船到达函馆栈桥时，文子手头上只有一百日元了。她从高松出发时，原本就没带多少钱。只要带够能到带广的自己的饭费和孩子的奶粉钱，再加上能在东京住上一晚的住宿费就够了。因为到了带广，就到娘家了。就没什么可担心的事儿了。文子是这样算计的。

然而，谁知在到大阪之前，火车还算顺利，那之后遇上了黑市大米检举和列车等待复原等事件，行程比预想的晚了很多。而且，在东京住了一个晚上之后，原本以为能坐上的火车却没有坐上，排了好长时间的队，最终在当天夜里坐上了车。坐火车的坐票也是在黑市上买到的。

拜这些乱事所赐，到达函馆时，文子钱包里连给小婴儿买奶粉的钱都没有了。

虽然没人可以索取，但是借的话，函馆还是个十分合适的地方的。因为结婚不久后在那里住了一年时间，现在也还有几个熟人。向他们寻求帮助的话，应该可以很轻松地借到钱。

然而，文子却无心向他们借。函馆时代，丈夫时任铁路管理局设备部函馆出差所所长，是文子人生当中最为荣光的一段时间。虽然就结果来看，那段荣光最终成了丈夫的致命伤，但是，在当时却完全没有想到会有现在这样的遭遇。结果如何暂且不说，在这个充满荣光回忆的地方借钱，是自尊心极强的文子所无法容忍的。

可是，后面这几个小时的火车行程里，没有奶粉是没法度过的。

思虑再三，文子拿着一块毛毯，按照看板指示去了车站后面的当铺。毛毯是包孩子用的。在船上或者夜间很冷的时候，可以把洁包在里面，抱在膝盖上睡。虽然文子对之后前往北方的旅行心感不安，但是将孩子包在背袄里，总能克服的。

掀帘走进当铺对文子来说是第二次了。第一次是在高松结婚时，她把妈妈送给自己的白金戒指拿去当掉了。虽是由于丈夫收入不稳定而采取的无奈之举，但是当时的经验对这次却很有帮助。

谁知，这家偶然走进去的当铺，其女老板，竟然是文子带广女校时代同一个年级的同学浦谷初江。只能说是颇具讽刺意味了。

女校时代的初江，姿色一般，毫无特色，完全不显眼。把一条毛毯抵押给这样的女人来借钱，向当时不如自己的女人低头是让文子感觉很不舒服的。

可事到如今，别无他法。若不在这里借上点儿钱，母子两人从当天晚上开始，就要挨饿了。最终结果是，初江没有要文子打算抵押的婴儿毛毯，借给了她五百日元。当时的五百日元相当于现在的五万日元。文子接了钱后，逃也似的离开了店铺。

走在去往栈桥站的柏油马路上，文子口中不停地念叨着"讨厌、讨厌"。

贫穷、凄惨、被人怜悯，还有对此过于在意的自己，一切的一切都好讨厌，好令人上火。

她急急忙忙地返回函馆站，可离火车出发还有两个多小时的时间。文子从栈桥站附近的杂货店买了奶粉，进了相隔两家店前面的可用食券的食堂，在那里要了点儿热水，给孩子兑好了奶粉。

完全不知道那是母亲深受屈辱才拿到手的东西，洁大口大口地吞咽着奶水。看着天真无邪的孩子，文子内心深感凄惨忧虑：婚姻会让女人的立场发生如此翻天覆地的变化啊！

在函馆没有发电报，坐上火车也没有跟娘家联系，正是因为此时的这件事让文子深受打击。即便母子俩因为那笔钱得以饭饱，有座位可坐，文子的内心依然没有平复。

都被那个人同情了。

从函馆到带广的十二个小时，同时也是这种悲哀与不甘内心纠葛的一路。而且，到达带广时，难以直接走上街头的惶惑，也是因为这个悲哀依然在文子心中存留着。

但是，文子并不想把在函馆的这段经历告诉敦子。即便说给她听，也只会徒增悲惨而已。那种悲惨感在函馆感受的已经够多了。

"咱爸妈没说什么吗？"

"说起来，之前老妈说过，弘一先生真愁人啊！"

"真愁人是指什么呢？"

文子背着孩子，边走边问道。

"那个倒没怎么听说，不知道啦……"

"但是，他人并不坏啦，只是性格稍微有点儿柔弱……"

母亲说得很对，丈夫的确是个让人头疼的人，这一点，文子比谁都清楚。因此而备受劳苦的正是文子本人。可是不知不觉间，文子却在替丈夫辩护了。连妹妹她们都这么说，太受不了了。

"要是有个正经的社会地位，他会很快如鱼得水的。他是一个很有才能的人！"

"但是现在，不还是在做着黑市倒卖之类的工作吗？"

"只是偶尔在做而已啦。因为现在的工作太无聊了，才开始做那种事的啦。"

"不太懂啦。姐夫为什么会成了那个样子呢？"

敦子不等文子说完，插话道。这个问题不用妹妹说，也是文子自己想问丈夫的。

"不过，他来了这边，就会好好工作的。这次姐夫是要当老师了，对吧？教师做掮客之类的工作可就太奇怪了！"

敦子朗声笑道。文子从她那张笑脸上看到了十年前自己的影子。在女校三年的那段时间里，文子总是无忧无虑的。所考虑的都是校服怎么穿能穿得更美，下次写什么样的作文才能博得老师和同学的眼球之类的东西。

"年轻，真好啊！"

文子有些憎恨敦子的年轻了。如果自己也能再年轻个十岁，在像现在这样的自由时代里度过学生生活的话，就可以自由恋爱，尽情享受青春了。

两人并肩而行，文子不时凝视着平原远处正在下沉的落日。这边的夕阳，比丈夫和两个孩子所在的高松的夕阳，更为清冷，也更大更圆。

没有答应和自己一起回来的丈夫，此时也许还在那个能看到大海的城市里，为了不知能赚几个小钱的黑市工作，鬼迷心窍地奋战着呢。

一旦尝到做掮客的甜头，就很难再重返正经工作了。弘一对文子所说的话置若罔闻，顺着坡"叽里咕噜"一落到底了。

连文子自己都不知道，强行带着一个孩子回娘家，对于这般颓丧跌落的丈夫能起到多大的作用。

但是，这次不像从前那样只是口头上说说，而是以回娘家这样的实际行动来警示的做法，也许会让丈夫头脑冷静一下吧。

让本性温和、气质柔弱的丈夫变得如此厚颜无耻的，是其从中学到大学成绩优异的自负心和对于自己才华的过度自信。他总认为自己无所不能。文子深知他的自尊心背后意外地隐藏着脆弱的性格。

在这落日的余晖中，丈夫或许正和孩子们一起，在心里遥想着北行的妻子呢。背靠暮色渐浓的濑户内海，孩子们也许正在缠着有些疲惫的父亲，要求早些去妈妈所在的带广呢。

"姐姐，你很累了吧？"

"没事啦！"

文子从晚霞似锦的天空收回了视线，少女时代的那股不服输的倔强劲儿又重新回到了她的脸上。

3

文子的丈夫——中城弘一是在八月份的一个赤日炎炎的下午回到带广的。此时距离文子回乡已经有四个月了。

相隔四个月，在出站口看到的孝和雪子都长了不少，简直不敢认了。真是孩子离开母亲也会自己长大啊。文子用愧疚的眼神看着自己的孩子，可孩子们却十分欢欣，嘴里喊着："妈妈！"跑上前来紧紧拉住了文子的双手。

"回来了。"

文子双手被孩子们拉着，朝跟在后面下车的丈夫轻轻点了点头。

"嗯。"

丈夫也点了下头，但是很快似乎感觉阳光刺眼似的避开了她的视线。四国那段乱糟糟的日子、无法忍受而离家出走的妻子，还有这最终不得不跟在妻子后面赶过来的现实，这一切似乎伤害了丈夫那极强的自尊心。

然而此时，不是回顾过去伤疤的时候。比起对伤痕的检索，当务之急是尽快治愈的问题。

好久没有团聚的一家五口搬到了文子父母在广小路上新开的店那边，顺便在那里租了套二手房住下了。

这样安顿下来到了八月末，第二学期开始的同时，丈夫弘一成了带广工商高中学校的一名教师。虽说中途有过挫折，但是以北海道大学首席成绩毕业的弘一，作为地方高中的一名教师，毫不逊色。他在这所高中里讲授的是英语和理科的课程。

一家人再次开始了一段安定的生活。文子的父母看着突然环绕膝下的外孙们，也松了一口气：这下女儿一家五口也就安定下来了。

文子已经无意责备丈夫的过去。失败只怪之前太过顺利，年纪轻轻就坐上了一把充满诱惑的交椅而已。从事教师这种朴素的职业的话，不必担心被权益党利用了，也可以设计稳定的生活方式了。曾经一心希望丈夫出人头地的文子，如今却在如此宽慰自己：只要能一家五口守在一起过个安稳日子就好了。

岂料，丈夫好像也有丈夫的感慨。对他来说，每天早上七点起床，八点出门的这种十分规律的生活已经多年没有过了。文子怀着一种痛切的心情，目送拿着一个便当出门的丈夫出门。

不过，弘一对新开始的生活并没有什么不满。实际上，这份新的工作是靠文子父亲的关系才找到的，他并没有资格说三道四。可是他的话却明显比从前少了，一个人沉思的时间也多了起来。

不知是在怀念自己曾经作为年轻技师风光无限的函馆时代呢，还是记挂着半途而废的在四国所做的黑市捎客工作？弘一在想什么，文子完全无从知晓。

不久，冬日早早造访了北国。十一月份，工作还不到三个月时，弘一开始不去上班了。

一开始文子也有些同情他，猜测他可能是从温暖的四国来到寒冷的带广，身体不适应。再加上还不习惯教师生活，太过疲惫所致。谁知道进入十二月份后，他连续休息了两三天。

并不是感冒发烧之类的身体问题。寒冷的清晨，谁都不愿意从床上爬起来，可弘一却会就那样拖拖拉拉地赖着一直睡过头，然后便不去上班了。

"弘一先生又没上班吗？"

母亲菊江的问话里，带着责备的口气。

"天气突然变冷，有点儿感冒。今天休息一天大概就会好了吧。"

文子故意用快活的语气回答着，袒护丈夫道。一旦染上了懒惰的恶习，丈夫似乎已经丧失了每天早上准点出门的气力。

十二月中旬前后，实在忍无可忍的文子对丈夫说道：

"你不喜欢去学校吗？"

"不可能会喜欢吧？"

弘一顶着冬日上午混沌的阳光，盛气凌人地答道。

"但是你这样休息的话，会让学生很为难吧？"

"学生没事，感觉为难的是你吧？"

弘一带着嘲讽的笑看着文子。

"当然，你如果不好好去学校上班，我也会很为难。首先，对孩子们影响不好。再说，那个学校是爸爸好不容易托人找到的关系。"

"你爸爸很伟大，你妈妈也很伟大，你也伟大。我在你们家就是个大包袱。掮客出身的、游手好闲的男人。"

"不要说这种话！"

"你嫁给我是因为我是个前途光明的铁路技师吧？所以你父母也拼命地想让你嫁给我。谁能想到，我今天会沦落为一个在老婆家吃闲饭的乡村教师。"

"乡村教师那么辛苦的话，你再稍微坚持一下嘛！不要光嘴上逞强，用实际行动努力吧！"

"我出去一下。"

弘一说着穿上外套出了门，也不说要去哪里。

对于曾经在精英路线上突飞猛进，二十几岁便被提拔到手握重权的弘一来说，靠岳父关系当上乡村教师毫无疑问是不堪忍受的。在四国虽然也是沦落生涯，做着黑市生意，但好歹是以自己为中心，掌握着主动权的。尽管一攫千金的美梦失败了，但是对于一时间尝到了个中甜头的弘一来说，教师这个职业太过于朴素无味。

而且，带广这个地方太小，人们的目光让弘一倍受煎熬。

"那是野江布料店的女婿，以前是铁路上的大官，后来失败了，现在依靠着太太娘家过日子了。"

弘一周围尽是这样的视线。在四国不会见到的大学时代的朋友，在这里也会遇到。总感觉这些人好像都在怜悯坠落的自己。

正因为年轻时仕途一帆风顺，弘一一旦开始崩溃，便崩得不可收拾。人是好人，可缺乏忍耐力，只剩下自尊心在一个劲儿地冒进了。

文子当然注意到了丈夫这种艰难心境。不只是注意到，她甚至已经完全明白了丈夫的这些苦楚。然而，即便明白，也还是对丈夫的脆弱不振恨得牙根痒痒。表面上虽然看不出来，但文子骨子里比弘一更好胜、更强大好多倍。在她看来，只纠结于过去的荣光，一味抱怨现实状况的丈夫，实在太懒，太不像男人。一方面心里想着也许再好好鼓励他就能重新崛起了吧？另一方面看到一天天怠惰下去的丈夫，却又提不起那个劲儿来。倚赖脆弱的丈夫，还不如自己一个人生存下去，此时文子的心里，开始冒出这种想法了。

十二月下旬，学校放了寒假。可是弘一却频繁出门。好像是在和以前的友人见面，企划什么新工作似的。

一月中旬时，虽然第三学期已经开始了，但是弘一却依然经常休息。父亲丰作提醒过，母亲菊江担心过，却都无济于事。

然后在三月份，旧学年结束的时候，弘一自己从工商高中辞职了。之后便开始和友人创办新公司。公司虽然有像模像样的名号，实质上却依然是在进行黑市交易。

文子已经无话可说。只有走一步看一步，走到哪儿算哪儿了。

不知是否感觉难为情，丈夫小声告诉了文子自己转行的事儿。文子像陌生人一样冷冷地看着他。

寒气已消，阳光确定无疑地在逐渐暖和起来。文子在春意渐浓的和风中，明确意识到他俩的夫妻关系已经一步步走向了破裂的尽头。

丈夫最初是战战兢兢地一两天不回家；到了四月份，已经变得三四天不回家都毫不在乎了。

五月初的一天，三天没有回家的丈夫穿着与之前截然不同的崭新的内衣回来了。

"这是怎么了？"

"旧的脏了，所以买了新的。"

弘一若无其事地答道。丈夫原本不是一个内衣穿上三两天就嫌脏买新内衣的人。

"别的我不管，丢脸的事可不要干啊！"

"反正我在你们家就是个给你们丢脸的人呗！"

弘一只留下这句话便出门了，过了十天都没有回来。

到了第十一天，丈夫又像突然心血来潮似的翩然回家了。在家里晃晃悠悠地，很罕见地陪着孩子玩了一天。傍晚时，他想拿着文子的存款单出走。

"你不用回来了。"

文子明白两人已经该做个了结了。

"给你自由。"

"你说真的吗？"

"嗯。"

语调清晰得连文子自己都感觉惊讶。

"行啊，我成全你。"

你有来言我有去语，挑起话头的文子和接招不放的弘一，两个人都没有想到事情会发展到这一步。尽管心里感觉还有和解的余地，但是话赶话间却已说得没有了回旋余地。

文子像要趁势追击气急败坏地出门而去的丈夫一样，当天便将丈夫的内衣等衣物全都打包送到了他的公司。

事发一瞬间，情况始料未及，一发不可收拾。

"完全不必那么着急嘛……"

得知两人分居，母亲菊江哭了起来。可文子反而觉得轻松多了。

认为事出突然的只是外在表面现象，分手的条件已经充分地摆在了面前。虽然没有去追查清楚，但是弘一似乎有其他女人。留宿外面时，总是住在那里。也可以这么说：说出制造了分手契机的话的是文子，但是创造了素材的却是弘一。只不过弘一有些软弱，因此没能把握住提出来的时机而已。

床上少了丈夫的被子，宽大了许多。深夜，躺在床上的文子，清晰地意识到丈夫已离自己远去。

此时，距离她从四国带着洁回到娘家正好过去了一年一个月的时间。

风吹夫后影，虽残留眼睑，已渐行渐远。

黄色公交通郊外，某日清晨车同载，将我憎恨寄夫怀。

文子正式分居是在昭和二十五年（1950年）。之所以分居的日子得以如此清晰地记录下来，是因为当天，文子和弘一，加上媒人和父母都集聚一堂，一起商量决定了两人的暂时分居。

文子的父母虽然认为分居是没有办法的事，但是依然反对两人马上离婚。文子也是嘴上逞强，实际上并无离婚之意。她内心虽然憎恨丈夫，已经放弃，但是还没有勇气扔掉妻子的身份。

可是，无论表面如何粉饰，也挡不住别人的说三道四。分居的事儿，当月便在文子的近邻旧友之间传了个遍。听到消息后，既有人表示理解："果然……"也有人表示质疑："为什么？"总而言之，在这么个小城市，夫妻分居成了人们茶余饭后的绝佳谈资。

媒人和父母也都勉强同意分居，但是再升级一步的"离婚"这个字眼对他们来说却是禁语。他们的想法似乎是尽可能先这么冷却一段时间，等时机合适时再促成两人复合。

然而，事到如今，文子却无意再跟丈夫复合。她觉得，即便是复合，丈夫的性格也不会有所改变。可虽说如此，她内心也并不急于离婚。暂时先保持这样一段时间好了，既是为了孩子，也是为了父母。她虽是这么想的，可背后却也包含着对于长年稳坐的"妻子"这把交椅的依恋。

4

二战后，十胜地区最早出现的短歌杂志是《辛夷》。

这是《潮音新垦十胜短歌会》在发展过程中转化成的杂志。由二战前的《潮音》创办人之一——野原水岭先生来到带广担任小学教师以后创办的。

这个短歌杂志在昭和二十一年（1946年）拥有二百八十位会员。会员地域扩展到了大树、新得等带广周边地区，成为该地区最大的短歌团体。

但是，该杂志在昭和二十二年（1947年）的夏天，因为编辑人员的生病和工作变动等原因，暂时停刊了。取而代之的，是野原先生经手的短歌会会报《辛夷书信》。散逸的会员因此得以留住。

另一方面，这个歌会因为兼有帮助杂志《新垦》选短歌的工作，所以具有分社那样的特点。

昭和二十二年（1947年）春天，中城文子在札幌时已经给《新垦》投稿了。因为曾经多次投稿寄过短歌，也就知道带广的《辛夷》了。但是，宛如丧家犬一样败阵归乡的文子，如今又被丈夫背叛，连创作短歌的时间都没有。在最开始的一个月里，她只管怀着黯淡的心情窝在家里。

清晨起床给孩子换下尿布，再洗一洗。之后打扫一下卫生，帮着做做家务。晚上吃完晚饭，收拾一下，再哄着孩子睡觉。日复一日重复着这样的日常工作。

母亲担心她天天窝在家里对身体不好，让她出来走走，比如来店里帮帮忙。但是文子总是会找个理由拒绝。即便身边的人能理解自己，丈夫离去的挫败感也无法简单消逝。

但是，带广毕竟是一个小地方。和丈夫分居的传闻已经无法遮掩。不久，亲朋好友渐渐来访。一开始文子不想见人，谁知在跟他们见面的过程中，文子内心的伤痛开始一点点愈合了。

一旦心里越过那个坎儿，文子的心情便很快转换过来了。

最先约文子慢慢开始走到外面去的，是女校时代的同年级同学村田祥子。

祥子此时已经是《辛夷》的会员，所以劝她也加入同一短歌杂志。

"这次受了不少苦吧？尝试着把这些经历活用到创作中会很好的。"

对于一方面有意参加歌会，另一方面却依然有些畏缩不前的文子，祥子如此劝诱道。

"我这样的，能行吗？"

一开始文子拒绝了，可转念一想，能把自己内心的东西真实倾吐出来的地方只有短歌世界了。

"只要把心里想的不加掩饰地、直率地咏出来就行了。"

祥子对女校时代，尽是美丽辞藻的文子的作文一直感觉不爽，于是带着一种淡淡的复仇心理说道。不过，这番话对于此时的文子来说却是求之不得的。

"那就去看看吧。"

"那么，从这个月开始去吧，去歌会会遇上各种各样的人，既能排忧解闷，也能学到东西呢。"

热情邀请的村田祥子彼时完全未曾预料，这将是震撼文子一生的一场浪漫，是创造出无数杰作的一个契机。

第二章　野火

1

分居一个月后的六月末，文子在村田祥子的带领下，第一次出席了带广的短歌会。

会场是在距离十胜川很近的带广神社办公室的榻榻米大会场。这个宽敞的大房间里，办公桌被摆成了"U"字形，中央位置上坐的是以主办者野原为首的、该歌会的几个中心人物，文子和村田祥子并排坐在末座。

所有人员都到齐之后，由野原向在座的参会者介绍了文子。介绍得很简单，只说了名字和在之前的《新垦》杂志投过两三次稿子。被介绍期间，文子一直低着脑袋，等介绍结束后，站起来点头鞠了一躬："我是中城文子，请多多关照。"

此时，文子身穿淡紫色无袖连衣裙，外罩一件白色罩衫。腰上系着一条藏青色的腰带。那动作与其说是在低头鞠躬，倒不如说是微微向后收了收腰，轻轻前突了一下下颚。动作远不像是已为人妇的人，而是有一种宛若十七八岁少女一般的纯真无邪。文子一起一坐的简单动作，给阴暗的办公室里带来了一种花开一室的绚丽感。

人们被那闪亮的瞬间所吸引，然后窃窃私语地讨论着文子是野江商店的女儿，已经嫁人的话题。不过，即使这些人当中，了解文子是三个孩子的母亲，丈夫最近已离家出走的，也只有包含村田祥子在内的少数几个人而已。

在出席这个歌会之前，文子对于是否要公开自己已婚的事犹豫不决。已为人妻是既成事实，所以如实演绎即可。不过，表现得像单身一样也未尝不可。虽说已经二十七岁，但是她对于这种程度的演技还是很有信心的。

实际上，文子进入这个办公室的时候也好，站起来自我介绍时也好，男士们表面装作漠不关心的样子，但是却投去了趣味津津的目光。这若是在一个完全陌生的土地上，装作二十二三岁的单身女孩，也完全行得通。

可是在带广就不行了，虽然能瞒得住一时，但暴露却只是一个时间的问题。而且，如果像祥子所说的那样，忠于自己内心地去咏短歌的话，短歌中自然会出现丈夫和孩子。这次已经提交的短歌里面也是这么写的。

考虑来考虑去，文子决定对自己已婚的事实不做隐瞒。当然，这也不是什么需要主动提及的事。如果有人问起来，或者是对此表示好奇，只需要如实回答即可。这一点不用遮遮掩掩。但是另一方面，她在外表却想装扮得年轻、靓丽，坚决不想表现出拖家带口的女人那种黏糊糊的感觉。

胸口有花边的白色罩衫和无袖连衣裙，在现如今虽不算是什么特别华丽的装束，但是在那个缺衣少食的年代，却十分吸引眼球。这套服装是文子从四国带回来的衣服里面，最为中意的一款。看到这样的装束，被误认为是单身女孩的话，那是他们的问题，不是自己的责任，文子心想。

歌会的出席者有三十位左右。几天前，每位出席者分别提交了一首短歌，已经油印出来分发给了所有人。出席者从里面事先选出三首自己觉得不错的短歌，把这首短歌的号码写下来交给负责人。

　　然后，再由野原等歌会的干部级别的五个人作为评讲者，每人按顺序从头开始各自吟诵每首短歌并进行讲评。

　　文子以前也曾给短歌杂志投过稿，对于能否被采用等得心焦。但是像这次这样，在很多人出席的歌会上被诵读作品，并面对面地被讲评还是第一次。他们究竟会说些什么呢？文子坐在末座上，以期待和不安交织的心情等待着轮到自己的那一刻。

　　评讲包含两种：一种是评讲者始终情绪淡定，包含对短歌的解说；一种是深刻切入作品，甚至发展至尖锐的批判。短歌都是匿名的，在场者彼此不知道作者是谁，对于中坚人物以上水平的作者所作的短歌，会加入技术问题，进行深刻评论。

　　第三个讲解人是诸冈修平。诸冈坐在"U"字形中间线的边角位置上，笔挺的西装领带，整齐的三七分发型，清秀匀称无懈可击的面孔。一开始文子没有想到这个男人会是评讲者。看上去接近三十岁的年纪，稍稍有些清瘦的面颊周边，还残留着青春的尾巴。得知由这个男人讲评自己的短歌时，文子内心十分不安，担心好不容易做的短歌会被白白糟蹋了。

　　　因夫泪涟涟，泪壶方才干，欲丢海面微微暗。

　　诸冈连续吟诵了两遍，声音清澈明朗，与那张端庄匀称的面容十分相称。文子两手乖顺地放在膝盖上，垂着脑袋，唯有一双眼睛，毫不含糊地偷偷窥视着诸冈和他身旁的干部们的表情。

主持人野原轻轻点了点头,他旁边年长的男性做出抱臂沉思状。诸冈读完停顿了一下,接着又轻咳了两声。

"我觉得这位作者当然是一位人妻。不知是因为丈夫不得志还是失业了,原因如何暂且不说,总之是处于艰难的境况中。一直在这个阴暗家庭中忍耐着的妻子,并不认为悄悄地把悲伤扔掉,悲伤就会因此消失。对于前途,感觉不到光明希望之类的东西,只是黯淡无光。这一点比起'漆黑',用了'微暗'这一海面情景来表现,越发显得生辉无限。"

文子垂着眼帘,缩着肩膀,听着诸冈的评讲。来到带广之后的这个月以来,自己拼命掩藏的东西,如今被暴晒在了光天化日之下。诸冈素手撕开了文子的伤口,将其展示在了众人面前。对于文子来说,这是多么苦不堪言,无法直面的一点啊,而这个青年似乎并没有注意到。

文子后悔自己听从村田祥子的劝诱来参加歌会了。没有必要来参加这样的被人扒得精光的歌会吧。

诸冈此时又吟诵了一遍短歌,继续说道:

"我觉得毫无疑问这里面是有真情实感的。那不是一种无病呻吟,而是能让人感觉到它是基于事实,并想凝视这个悲剧的,是一种直率的姿态。再加上,这里的抒情非常有情调。它让站在有些黑暗的海边的人妻身影,益发鲜明地浮现在了读者眼前。我对这首短歌是比较中意的。"

像是一直在等诸冈的发言结束一样,一位女士迫不及待地举起了手。

"正如诸冈先生所说,我觉得这里面确实包含着某种抒情。这一点我没有异议。只是我有些在意的是,这里面的抒情好像有点儿过于

天真幼稚，或者是虚张声势，有些做作的成分。比如'因夫泪涟涟'
这个表达，感觉有点儿过于简单。语言简单的同时，好像还有点儿沉
醉于其中。这种沉醉，感觉似乎也带有对整个人生的矫情姿态。只靠
这一点，还是难以走出抽象、情绪的领域的。而且，这个'泪壶'也
有些让人在意。虽然是一个非常女性化的偶然想法，但是感觉这始终
是个偶然想法而已，不是发自内心的语言。'微暗'这个表达确实挺有
趣，不过从总体来看，我觉得挺唯心的。或者说是肤浅的抒情性感觉
比较强。"

旁边的村田祥子戳了戳文子的膝盖，将脸凑过来悄悄说道：

"那个人是逢坂满里子啦，刚刚火起来的女性歌人。"

"是吗？"

文子一面点头，一面等着诸冈的发言。奇怪的是，就在刚刚还觉
得这个说话不讨喜的男人，此刻却成了文子的内心支柱。

"逢坂女士所讲的有一定道理。这首短歌里面确实含有一种唯心
式的、一人独醉的特点。让人觉得如果能把视点落下来会更出色。但
是，这位作者却越过了这样的技术性难点，依然展示了一个让我们耳
目一新的优秀的感性世界。有一种一瞬间一针见血地切到深处的大胆
或者说是华丽感。这首短歌里所展现的这种资质的萌芽，令我非常
赞赏。"

"如此说来，是比起这首短歌本身，您更认同其中所蕴含的可能
性了？"

"也有这么一点，不过，当然不止是这样的。就像我刚才所
说的……"

"明白了。只是我觉得，对短歌的评价一直都是基于对关注现实
的短歌而言的。"

逢坂满里子似乎在说"行了，别说了"一样，打断了他的话。诸冈话到嘴边，只得咽了回去。他看了逢坂一眼，继续开始讲评下一首短歌。

之后的两首，在诸冈讲诵期间，文子一直盯着他的脸看。被逢坂咬住不放的那一瞬间，她白皙的脸上浮现出了一抹红云，如今脸色已恢复正常，天花板上的灯光在那仪表堂堂的面容上落下了阴影。

不可思议的是，文子一开始感觉到的悔恨此时已经消失得无影无踪。虽然自己被暴露已婚且丈夫不如意这一点让她感觉很煎熬，但是她对自己所做的短歌在这样的场合被如此认真地探讨，却深感开心。这场讨论中当然也有一些刁难的成分，但是那不是出自低级趣味的偷窥，而是围绕短歌之好坏进行的讨论，这一点便是救赎了。而且，最能帮文子舒缓这种心情的，是得到了诸冈这个青年人毅然决然的好感满满的评价。

五位评讲者又陆续讲了三十分钟左右，把所有短歌都讲评完毕了。之后，又重新报告了事先投票的结果，并公开了短歌作者。投票是在讲评前进行的，是为了防止自由选短歌的意志受到讲评者意见的影响。

从第一首短歌开始，依次读出票数和作者名字。

"十二号，二十一票。"

主持人刚一读完，众人"哗"地发出了小声赞叹。这是迄今为止得票最高的一个。

"作者是中城文子小姐。"

会场再度骚动起来，人们的视线一齐转向了文子。祥子再次戳了戳她的膝盖。文子在众人的视线中微微羞红了脸，垂下了眼帘。

最终结果是，当天歌会得分最多的是一位叫高森的同仁，文子的短歌排在第二位。

得票多的短歌未必就是好歌。根据选歌成员的资质水平，结果会有所不同。实际上，主持人野原的短歌得了十三票，排第四位。会员们也都很明白，好歌未必能得到高票数。因此，即使得票不高，也不必沮丧。

不过，虽说无关短歌的好坏，但肯定是得票越多越好。毕竟不是由完全不懂的外行所选，而是由有一定的短歌基础，一定评讲能力的人们选出的结果。即使不能如实反映出实力，但是得到高票数肯定是实力得到了一定程度的认可。

何况是一介新人突然得到了接近最高票数的这种划时代事件。人们惊愕不已，再次投以注目礼也是理所当然的。

一个小时之后，歌会结束了。众人站了起来。歌友们准备去位于市中心的同仁家里参加二次聚会了。

"怎么打算呢？一起去看看吧？"

"但是……"

受到村田祥子的邀请，文子看了看表。时间是九点。把洁交给母亲时，跟她说过是九点回去。这个秋天将迎来两岁生日的洁每天八点半入睡。那孩子睡觉不淘气，估计现在已经睡着了。当然也有可能不习惯姥姥哄睡，还醒着。

文子十分羡慕虽已结婚，却没有孩子，可以随意过夜间生活的祥子。

"第一次参加就恬不知耻地跟着去，不好吧？"

"那倒没什么啦，今晚上你可是大明星啊！"

人们络绎不绝地从办公室走廊走向出口。

"你怎么打算呢？不方便的话，不勉强你呀。"

文子脑海中浮现出了微弱的灯光下，和洁一起睡觉的二楼靠里的房间，里面黑乎乎的景象。即使现在回去，等待她的也只是在那样的黑暗中入睡的时间。

孩子的事儿，母亲大概会想办法哄睡，剩下的就是如何克服第一次见面就参加二次聚会的厚脸皮劲儿了。

"喂，去不去呢？"

前面一行人已经穿好了鞋子，开始往外走了。

"今天还是算了吧。"

不喜欢被当成一个顺着杆子往上爬的厚脸皮女人，文子心想。

"是吗？那我也回去吧。"

两人穿上鞋子，走到了铺满大粒沙子的路上。院内的辽杨树枝繁叶茂地伸展在没有星星的夜空中。树下踏上归途的歌会同仁们，正排成长队蜿蜒不绝地走过。

突然听到一串急匆匆的脚步声，文子回头一看，一张白皙的脸正对着她笑。

"我是诸冈修平，刚才随便乱说了，不好意思。"

"哪里哪里，谢谢您那样表扬我。本来想等歌会结束时，跟您道谢的，可是您身边那么多上面的人围着。"

文子略带娇声说道。

"因为讲评被感谢是没有道理的。不过那真是一首好歌啊！一种最近很难见到的华丽感，让人一读便被打动了。"

诸冈和文子并肩而行。站在一起时，文子发现诸冈个头并不高，连娇小的她也能抵达他脸部的高度。

"感觉我们这些人似乎只会咏一些什么东西怎么样了之类的毫无趣味的玩意儿，忘记应该如何鞭辟入里地表达自己关键的心情了。言必有中，又绚丽照人的那种。"

"那首短歌有那么绚丽吗？"

"当然绚丽啦。即便所咏的内容有些黯淡，但是那首短歌里面包含着令人怦然心动的魅力，或者说是类似妖艳的感觉。妖艳这东西是天生自带的资质，不是随随便便就会有的。"

"是吗？"

文子微微歪着脑袋，开心地听着诸冈的话。这位青年太会说话了，说出来的话太撩人自尊心了。

"您是要直接回家吗？可以的话，一起去二次聚会吧？"

"但是第一次就赶去那样的场合合适吗？"

"没关系的啦，去的是一个叫中田的同仁家里。接下来要进行的，才是真正有趣的事情呢。"

祥子很有眼力见儿地一直跟在离两人有一定距离的地方。

"不用客气啦，你来大家都会很开心的啦。"

诸冈热切的说话声连刻意走在后面的祥子应该都能听到。该怎么回答呢？犹豫不决间，他们来到了鸟居面前。道路在此处分成了两条岔道。出席者互相寒暄道别。径直走是文子的回家之路，往左拐是通往二次聚会的中田家。貌似有近半数出席者接着去了中田家。

文子在那里站住了，向后面的祥子问道。

"哎，去不去呢？"

"啊呀，不是要回去的吗？"

祥子稍稍有点儿恶作剧地说道。也许是有些责备她自己邀请时她说要回去，和诸冈说了一会儿话想法就改变了。

"可是，诸冈先生那么邀请……"

"现在要参加的话，回来就得到十一点了呀。"

文子再次想起了家里的事儿。虽然觉得母亲会哄着洁入睡，应该完全没有问题，但是又有点儿担心会有什么突发情况孩子会哭闹。

离得稍远点儿的诸冈走近眼前，问道：

"怎么决定的呢？"

"还是回家吧。"

"好可惜啊，接下来才是精彩的事情呢。"

这时，祥子突然从旁边插嘴道：

"中城小姐还让母亲帮着带着孩子呢。"

"您有孩子了吗？"

诸冈眼中流露出惊讶的神色。

"告辞了。"

文子这样施了一礼之后，"哧溜"一下转过了身去。明知诸冈的目光从背后追了上来，文子却加快了脚步。

不久，走了有二三十米的距离，祥子跑近前来：

"对不起啊，我是不是多说话了？"

文子默默无语地继续走着。

文子虽然听说过，无论多么好的朋友在某一瞬间也会成为敌人，但是没有想到连祥子都会以这种形式来背叛自己。

自己确实有孩子，心里一直担心着孩子也是事实，但是没有必要特意那般清楚地说出来吧。说句真心话，目前还不想在诸冈面前暴露自己有孩子的事。并非是想以此来欺骗他，而是想再保密一段时间。

"因为诸冈先生太过执着了，我担心文子会感觉为难，以为特意说一声会对你好呢。"

祥子反复解释道。从拼命解释这一点来看，毫无疑问是因为心存愧疚。

但是，静下心来想一想的话，感觉祥子故意作难的心理也可以理解。

今天邀请自己来歌会的是祥子，可作为短歌界前辈的祥子却遭到了无视，只有文子的短歌受到好评，得了高分。而且，那位据说英俊潇洒的诸冈只邀请了文子。这么一来，祥子心里不舒服也是可以理解的。

想到这里，文子内心平静了一些。

"不过，诸冈先生身体不好呢。"

大概是觉得特别过意不去，祥子继续说道。

"实际上他因为结核病在住院呢，今天是从所住的十胜疗养所里偷偷溜出来的。"

"真的吗？"

领带系得板板正正、头发三七分梳得干干净净的诸冈，怎么也想不到会因为结核病在住院。

"真的啦，而且他还有妻子呢。"

"……"

"是同一个疗养院的护士，跟诸冈一同居住在疗养院里。你要是不信就问问其他人试试。"

不知是否为了表达说错话的歉意，祥子继续热情说道。

"他以前是在一家金融机构工作的，那时候就因为拈花惹草而出名。在跟现在的太太认识之前，喜欢过在市政府工作的一个叫寺本郁代的女孩，听说每天又是送情书，又是送短歌的，可厉害了！"

"然后，那个女孩呢？"

"两人好像好过一个阶段，不过，诸冈先生太执着了，后来又得了肺结核，小郁就跟他分手了。"

在这么一个人口不满十万的小地方，这种事情可能很快就会传得满城风雨。

"现在的太太，据说是偶然在路上相遇的，因为长得和分手的那个小郁很像，诸冈先生不择手段强行追到手了。"

"那么，真心喜欢的还是那位郁代小姐了？"

"说起来，现在的太太是小郁的替代品吧。但是，女人被人一哄，就会分不清东西南北了。"

"他太太多少岁呢？"

"诸冈先生现在是三十岁，听说两人相差八岁，所以应该是二十二岁吧。没搞错的话，和之前的女朋友小郁是同岁啦。"

"二十二岁……"

文子一面低声嘟哝，一面在心里计算着：二十二岁的话，比自己要年轻五岁。

"那个女孩，长得漂亮吗？"

"漂亮是挺漂亮的啦。"

祥子一副无可奈何的样子，点了点头。

2

文子真正开始投入到短歌世界是在出席了这个《新垦》歌会以后。

当然，文子实际开始创作短歌要比这早得多。从女校毕业以后，在东京家政学院就读时，已经加入了该学院的皋月短歌会。

这之后，在函馆的育儿日记里等地方，她也经常会写写短歌。昭和二十二年（1947 年）时，文子成了《新垦》杂志社社友。算起来到出席这个歌会时，已经度过了十年的岁月。

但是，很难说这个十年，是文子从正面进军短歌的时期。在东京那座城市里，还有令人称羡的结婚和婚后育儿生活，文子沉浸在世俗所谓的幸福生活中，因此她的短歌未曾脱离趣味性领域。与埋头于短歌世界，凝视自我生活的严肃境界相去甚远。周边也欠缺一个能让她达到那种程度的环境。虽然算是有十年的短歌创作经历，但是却并无其实质。

然而，现在的情况却迥然不同了。

对于文子来说，屈辱的回乡，在意家乡人眼光的每一天，对于分居别处的丈夫的感慨，这一切在文子的内心深处酝酿发酵，并只能通过短歌这一唯一渠道向外倾吐。如果没有这一挫折，文子的一生，也许会安安稳稳地生活在一个与短歌无缘的另外一个世界。

当然，即便是这个时期，也很难说咏歌是文子关心的头等大事，这样的说法也是无法完全令人信服的。

诚然，自从在带广第一次参加短歌会以来，文子曾下过决心要努力投入到短歌创作中。那种心理准备与之前在做家务之余顺便咏歌的心境不可同日而语。

然而，驱使文子产生这种想法的直接契机只不过是在初次参加歌会上得到了未曾预料的好评，因而心情大好而已。

心情大好，没错，文子正是因此产生了想要认真创作的想法。这就跟小学生受到某位老师表扬，而热衷于学习某一科一样简单幼稚，微不足道。但是，要打动自尊心强的文子，首先是需要一种能挑起她干劲的这样一种刺激的。就这点来说，可以认为诸冈起到了给予重要契机的刺激作用。

诸冈不但在初次歌会上讲评了文子的短歌，发表了充满好感的意见，甚至都邀请文子参加二次聚会。这个举动确实非常亲切，不过，作为认可自己短歌的前辈也是极其自然的事情。这点儿事，即便不是诸冈，其他讲评者也许也会这么做。

但是，文子却在和诸冈的这次相遇中感觉到了一种命运般的东西。

那个人对我很感兴趣……

文子以女人特有的直感本能地觉察到了这一点。现在回头想一想的话，一开始看似甚至有些不逊的诸冈印象已经消失得无影无踪，反而成了温柔支持文子的存在。诸冈在短歌界虽然有一定地位，胸口却患病，而且还有各种各样的女人问题。一般来说，这些都会成为负面信息的传言，在文子这里，反倒成了加分的因素。

若当真如此，索性施展女性魅力，把他吸引过来得了。文子的冒险心和不服输精神霍地起来了。想把他的目光明确地吸引到自己这边。

文子要快速达成这急剧膨胀的目标，当务之急是在短歌方面努力精进，让他感觉惊叹。这是最快捷的手段。

结果暂且不说，文子开始热衷于咏歌的开端是非常任性、单纯的。

带广的歌会每月一次。于第三周周六傍晚召开。这个歌会之后变成了《辛夷》短歌会，当时还被称为《新垦》分社带广短歌会。

继六月歌会之后，文子跟随祥子又出席了七月的歌会。歌会地点跟上次相同，还是在带广神社办公室里面的大房间里。

此时，文子从这一个月中所创作的二十几首短歌里面选了下面一首，提交了上去。

　　　水中无根漂，白茎葱一条，疑是自己不忍瞧。

这次出席会议的也是近三十人。文子还是和村田祥子并排坐在末位。在座各位已经认识了文子，但是文子这边除了祥子之外，只认识主持人野原和诸冈而已。

歌会与上次相同，由五位讲评人依次推进。文子的短歌比较靠后，排在第二十五位，由一位叫和泉的四十五岁前后的中学教师讲评。

和泉按照惯例先将短歌读了两遍，然后开始了讲评。

"这首短歌一读就能明白是一首女性所做的短歌。我想这位女性恐怕体验过了各种人生经历。生活时而欢喜，时而悲伤，但无论何时何地，她都在非常认真地面对。可是却在某一个瞬间，突然回顾自己的生活时，不禁自我质疑：自己不正像飘在水里的一条无根草吗？在这首短歌里，也许与其说是质疑，倒不如认为是一种断定。总而言之，这首短歌里面，没有出现一个难懂的词语。一读就能很顺溜地理解短歌的意思。但是，这平易近人的语言背后，潜藏着一种想凝视自己、揭露自己的严肃。我总觉得，最近歌友们所作的短歌大多都是停留在一个离自己有一定距离之遥的温水区，或者说是安全地带。短歌做得越来越好，但是自己却未伤半根毫毛。从这一点来看，这首短歌清楚地暴露出了自我。不要小聪明含含糊糊，不逃避不遮掩。短歌的原点是忠实于自己的内心。就这个意义上讲，我想高度认可这首告白式的短歌。而且，这般直截了当地歌咏自己，却又不失抒情风采。'白茎葱一条'这个表达理所当然，如此自然而然绝非平庸。因为这一句内心动摇的女人形象鲜明地浮现了出来。真挚的情感中，含有一种华丽与哀伤。我觉得是一首好短歌。"

和泉一边说一边不时地看向文子。虽是匿名，但是似乎已经意识到这是文子的短歌。当然，意识到作者的似乎不止是和泉，野原和诸冈等主办人好像也都有所觉察。

村田祥子一面在文子身旁听着讲评，一面偷窥着诸冈和文子的表情。诸冈双手抱臂，那张端正的脸微微向右偏，以他独特的动作倾听着。野原和其他主办人也各自看着手头上印刷出来的短歌。当和泉讲到"最近歌友们所作的短歌大多都是停留在一个离自己有一定距离之遥的温水区"时，有歌友点了点头，其他歌友则像是自己受到批评一样，一个个耷拉着脑袋，时而偷偷看向文子。

另一方面，文子双手放在膝盖上，眼帘低垂。明明受到了表扬，却微微缩着肩膀，一副羞得抬不起头的样子。

一个月之前，第一次参加歌会时，文子虽然表面文静，但是目光却在不断地向四周望去，好奇心十分旺盛。自己的短歌会受到怎样的评价呢？而且，歌友们会显示出怎样的反应呢？内心一直忐忑不安。

文子是一个总想成为人群焦点的女人，可现在的文子，简直像是在相亲现场一样，羞羞答答、楚楚动人。那双光彩照人宛若含泪般湿润的大眼睛往下瞅着，纤细的脖颈低垂着。远远偷看的男人们将她和"白茎葱"这一印象重合，内心浮想联翩。祥子从女人的角度来看，知道这是文子的算计，是在故作撩人地吸引注意力，可是男人们似乎没有意识到这些。

逢坂满里子再次开口是在和泉的评讲结束后，另一位歌友说自己基本赞同和泉的意见之后。当被叫到时，逢坂瞅了瞅文子后，说道：

"正如和泉先生所讲，歌友当中确实有些人在一个与自己无缘的地带搞创作。这一点我也理解，应该反省。但是，是直截了当地歌咏自己呢？还是间接含蓄地抒情呢？这里面也有作者的资质之类的问题。短歌并非是只要直接就好，有时候借自然景物间接抒情的方法，要更为出色。而且，就这首短歌来说，这首短歌也许确实是对于自己的直率告白，但是内容却意外地漠然不清晰。想来自己好像是水中飘摇的无根之葱茎。仅此而已，没有什么其他深度。只是淡淡的笔调而已，抒情平铺直叙。这样一来，感觉只是单纯的多愁善感罢了。这首短歌大概是上次得分很高的那位女士的作品，和上次有一个共同特点，两首短歌都有点儿甜，抒情有点儿浅薄。"

逢坂宛如完全不把文子放在眼里一样，眼睛一直看向和泉，一口气说了一通。刚刚还含羞垂眼的文子，在她说话间抬起了头，怒目而视一般直盯着逢坂。虽未直接对话，但尖锐对立的双方的神情，反而让祥子乐在其中。

逢坂说完后，文子脸色有些苍白，双唇唇角微微抖动，似乎有话要说。

和泉这次以接受反驳的形式回答道：

"确实，并非只要直接就是好作品，莫不如说，间接含蓄、给人想象空间的短歌当中，优秀作品更多。只是我所说的温水区是指从不凝视自己，只是以休闲随性的态度创作的这种倾向有些太过。而且，就这首短歌的抒情性来说，我觉得确实存在如逢坂小姐所说的那样的缺点。但是，如果作者还是一个初学者的话，我觉得存在这点小问题也是情有可原的。"

"我可不知道这位作者是不是初学者啦。"

逢坂一说，在座的人发出一阵笑声。原因是既然提交给歌会的短歌都是匿名的，就不能先考虑作者，而是只进行关于短歌的讨论就可以了。这是一个原则，两位干部级别的人都忘记了这条原则，将其设定为文子的短歌进行讨论是很奇怪的。

"呀，我当然也不知道啦。"

和泉的这句回话又引起了大家一阵哄笑。现场气氛因此缓和下来，讲评转向了下一位。

但是，文子却依然从末座上盯着对面上座的逢坂满里子。逢坂身材高挑，皮肤白皙，眉目清秀。身穿一条藏青色连衣裙，胸口别着一枚白色胸针。简单的装束与她大骨架的美貌十分相称。芳龄二十六岁，比文子小了一岁，单身，曾经当过小学教师。也有传闻说她是实力派同仁山下的恋人。不过，逢坂是《新垦》女性歌人第一人这一点，已经得到了所有同仁的认可。

文子看着那张白皙、冷傲的侧颜，内心一直在暗暗较劲儿：终有一天，会和这个女人正面对决。

所有讲评结束是在那之后又过了三十分钟时。略一自由交谈后，主办方公布了短歌的投票结果。

虽说知道得高分的短歌未必是好短歌，但是文子这次也是忐忑不安。即便不能像上次那么高，至少也希望能在逢坂之上。文子想在这样的地方排遣自己受到逢坂批评时不能发言的那种郁闷。

结果第一名是一位叫作谷本的同仁，十三票。第二名是山下，九票。颇具讽刺意味的是，文子和逢坂两人都是七票，并列第三名。

得七票排在第三名上基本是在文子预料之中的，但是在得知排在第一名的谷本是一位刚刚开始作歌，资历尚浅的歌友时，文子略略感觉有些不满了。如此一来，上次的第二名也没有什么意思了。

"哦……"

在一片分不清是惊呼还是叹息的人们的低语中，文子和逢坂一瞬间彼此互相对视了一眼。显而易见，逢坂也很在意文子。

这次歌会也是在快九点时结束，众人站起身来，边聊边走向出口。文子走近鞋柜前时，诸冈又靠过来问道：

"今天有时间吗？"

文子出门时已经决定了，今晚这次若被邀请，一定参加第二次聚会。孩子已经托付给了母亲，也跟母亲说好了十点左右回去。

"那么，就请来丸万市场的'球藻'吧。"

"市场？"

文子反问了一句，诸冈只是简短地答应了一声"那里的'球藻'"，便快速消失在了出口方向。

"去吧？"

一转头，祥子站在身后。

祥子误以为诸冈和上次一样，又来邀请文子参加二次聚会了。但是，这次诸冈所说的是和同仁家相反的一个地方。意思似乎是要一个人在"球藻"等她。

"我不去了。"

"哎呀，那岂不是对不住邀请你的诸冈先生了吗？"

"诸冈先生在别的地方等我。"

文子为了报复上次她的恶作剧，这么清楚地说完后，开始独自向外面的大道方向走去。

二战后带广市很快开了几家市场。市场里都是一间间的简易建筑。店面也没有太多，多是卖一些食品和衣物等的商店。

其中，靠近中心街的是丸万市场，最初是从千岛和桦太归国的人在这里先开的店，后来逐渐开始繁华起来。"球藻"这个店位于市场一角，店铺有半间宽度，往里走是几间细长的立饮酒吧。这里也是地方报纸记者和广播局员工、歌人等所谓带广文化人的聚集地。

文子以前没有去过那些酒吧，但是知道在市场的一角有很多酒吧和饭店。

那一带在整个带广也是一个热闹的地方，晚上街上也有很多人。文子缓步前行，十几分钟便到了那个店。推开木门走进去一看，诸冈已经在酒吧一角喝起了酒。

店里除了诸冈，还有五六位客人。文子一走进去，众人一齐转过头去看。文子在众人的视线中，羞羞答答地坐到了诸冈的身旁。

"村田小姐呢？"

"去参加二次聚会了。诸冈先生不去能行吗？"

"没关系的啦。不说那个了，喝酒吧。你能喝吗？"

"不行的啦。"

"没事啦，一点点总能行吧？"

诸冈不管她的推辞，给她倒上了酒。吧台对面站着一位看似老板娘的圆脸女性和一个年轻女孩。

这个时期还处于粮食不足的年代，酒虽然不缺，但是大多是合成酒。饮料累计也不过两三种，柠檬水或汽水而已。威士忌和啤酒价格都很高。经常来"球藻"的常客们喝的大多是合成酒，顶多不过是二级酒。

文子并非完全不能喝酒，在东京家政学院上学时，曾经消遣闹着玩儿喝过一百毫升左右。婚后丈夫在家小酌时，也曾陪着喝过一点。合成酒能否合得来暂且不说，清酒的话，口感比较好，似乎能多少喝点儿。但是，自从丈夫开始变得沉迷酒精之后，文子自身反而滴酒不沾了。

诸冈像赛酒一样豪饮着，与其说是在品酒，倒不如说是为了买醉而喝的感觉。

"你今天的短歌也让我很佩服啊。虽然逢坂小姐那么说，但我认为未必是那样的。即使抒情有些深度不够，也有它独到的好处。现阶段保持那种风格直率地抒发就行。"

上次也是在逢坂反驳的地方含混不清，不了了之了。今天一定要好好问一下他对自己短歌的意见，文子心想。

"我的短歌还远远不成熟啦。"

"没那回事啦。无论今天的'白茎葱'，还是上次的'泪壶'，能够那么不留痕迹地使用措辞是一件不同寻常的事啦，你绝对很有资质的。"

"哪里啦，奉承的话就免了吧。"

说实话，文子稍稍有些不好意思。

"你的短歌里，总有一种令读者沉醉的，或者应该叫作酩酊感之类的东西。技术高超的短歌和令人感动的短歌等，如若长时间练笔的话，都会在一定程度上写出来。但是，这种酩酊感却不是那么简单就能做出来的。这种感觉与其说是努力的结果，倒不如说是一种近似天生的才能一样的东西。你身上具备那种才能的。"

诸冈的话依然让文子听起来感觉顺耳。文子听着听着，自然而然地感觉自己好像当真具备这种才能似的。但是，这番话当中，并不仅仅存在着奉承或者是取悦文子之类的东西，而是能感觉到发自内心的真情流露。他那认真的态度让文子开心。

"因为你的加入，歌会骤然有了活力。"

"没那回事啦。"

"呀，是真的啦！以前每次都是一样的短歌，仅仅是一些这也不对，那也不行的东西，千篇一律的评价。没有什么新意。你的短歌带来了新鲜的冲击力。"

"我只是一条盲蛇，天不怕地不怕地乱歌乱舞而已。"

"就是这一点很好呢。如今的短歌界，无论是东京还是其他地方，都是只拘泥于旧壳，停滞不前了。就说我们这里，也是谈论无聊技术论的人太多。即便是那个给你挑刺的逢坂满里子，虽然说得似乎一本正经，不过是嫉妒你而已。"

"嫉妒我这样的新人吗？"

文子表面故作惊愕状，内心其实明白诸冈所说的。

"是有这么一点的。因为你的加入，她的女性歌人 No.1 的地位就危险了。她担心的是这个啦。毕竟你现在是明星嘛。"

"讨厌啦！"

文子刚要做出用肘部轻轻捣他一下的动作，又慌忙停了下来。虽是下意识的动作，但跟诸冈还不过是在短歌界的前后辈关系而已。

"总而言之，短歌界中小气巴拉、总说些无聊话的人太多了。但是另一方面，也有一些在诚实地追寻新东西的人。新鲜、又强烈的东西。"

诸冈一口气喝干了杯中的残酒。白皙的脸上，仅有眼角周围色若樱花，这反而更让人联想到抱病之人的柔弱。勇猛中又有一点脆弱，这种类型的男子是文子所喜欢的。

"喝那么多，不要紧吗？不是心脏不好吗？"

"你听谁说的呢？"

诸冈突然像蔫了一样，手握空空如也的杯子，垂下了视线。男人中少见的极长的睫毛落下了黑影。文子看着那精工雕琢般的侧颜，想到了护养诸冈的那个护士。

"都这么晚了，不要紧吗？"

"要紧。"

"那么就……"

吧台一角的墙壁上，挂着的钟表已经显示十点了。

"回去晚了的话，我就从后门偷偷潜进去，不必担心。已经住过好几次院了，对医院是知根知底的啦……"

一旦醉酒，就会堕落到底吗？不知是否缘于此，诸冈的回答有点儿自暴自弃的味道。当然，那端正的脸上呈现出的自暴自弃色彩，也许会挑起女性的母爱。

"那么做，说不定会被医院赶出来呀。"

"没事，反正很快就要从这边出院了。"

诸冈像个撒娇的孩子一样摇了摇头。

"出院后去哪儿呢？"

"会移到带广疗养所。"

"到带广疗养所？"

"去做手术。将这右面胸口里塞着的塑料球摘掉。"

诸冈自己轻轻打开了衬衫右边的领口给她看。

"你也许有所不知。曾经有一个时期，流行将胸腔里放球来挤掉肺内空洞的手术。这样的做法明明不可能治好病的，可是却让我接受了那个手术，最终就导致了这样一个结果。病治不好了，再拿出来。说起来，我就像是他们的小白鼠。"

果然是个热情人，诸冈说起手术来，便热血沸腾了。

"做那样的手术，能行吗？"

"不管行不行，都必须要做的。这样放任不管的话，只会更坏。"

诸冈又重新要了酒。

"因为太太在同一个医院里，所以晚回去也不要紧吗？"

"什么……"

诸冈瞬间看了一眼文子。

"你知道啊？"

"听说过一点儿。"

"真有些爱管闲事多操心的。"

诸冈轻轻咂了咂舌，然后说道：

"即便是夫妻，在医院里，护士就是护士，患者就是患者。"

"但是，你可是都特意住院，待在那么漂亮的太太身边了，真令人羡慕啊。"

"请不要随便说啊。"

"为什么呢？太太是护士，又在同一个医院里工作，这么顺心合意的事儿，哪里会有呢？"

"要是那么好的话，我也就不用换医院了吧。我换医院是因为在那个医院里一天也待不下去了。"

诸冈如同倾吐一般说完，又一次一气喝了大半杯的酒。白皙的脖颈上喉结十分突出，正激烈地上下抖动着。诸冈喝完后闭上了眼睛，有些痛苦似的反复喘了一会儿粗气。文子等着他呼吸平静下来后，问道：

"和太太发生过什么不愉快吗？"

"这个你也听说了吧？"

"我什么都不知道啦。"

"不知道就算了吧，不是什么值得向别人炫耀的好事。"

"到底怎么回事？告诉我吧。"

"不说这个了。"

诸冈断然拒绝，抬起了头。许是咳嗽太厉害的缘故，眼里微微渗出了泪水。

"聊点儿开心的事吧。下次有时间一定要来医院里玩。我住在东面那栋的二楼，二一二房间。是一个六人间，大家都是些爽快人，无须客气的。"

"但是，您太太……"

"我不是说了不用管她嘛。"

诸冈面带怒色说了一句，再次猛喝了一口杯中酒。文子看着他因微醉而略苍白的脸，感觉贬低护士妻子的诸冈像孩童一般惹人怜爱。

两人出店时已经十一点多了。

走出店门的那一刻，一股冷气掠过脸颊。虽然已经七月过半，北国的夜晚却依然凉气逼人。

诸冈的脚步十分不稳。两手插在兜里，右肩向下耷拉着走。似乎是内心虽然想直走，可人却不由自主地左摇右晃着。右肩下倾估计是因为切除了右边的肋骨所致。重心不稳毫无疑问是醉酒的缘故。走出纵深的市场小道，很快到了宽阔的三条大道上。

热闹的只有小路的一角，外面大道上已经寂静无声。只有路灯像打发时间一样亮了一排。

"你家住在哪里？我送你回去吧。"

"我家比较近，没事的。还是先把您送回去吧。"

"我这边不必担心，习惯了。"

话刚说完，诸冈上身往前一扑，差一点儿倒下。

"我送您回去吧，好了，走吧。"

文子不听他的，抓住了诸冈的手腕。

"不行，让女士送可不行。"

诸冈被抓着手腕，还想反抗。

"不用管我啦，我既没有醉，也没有生病。"

"但是，这种夜路。"

"没人会袭击我这样的老婆婆啦。"

文子边笑边说道。实话说，一想到回家的路，确实有些担心。但是，把诸冈扔在这里不管的话，也太过残酷。虽说是他自己随便喝的，但是要追究起来，是因为和文子聊天才醉酒的。

两人开始沿着宽广的三条大街向着十胜川的方向走去。大路上不见一个人影，只有低矮的房舍绵延不绝。若说声音，只有在铺满沙子的道路上，留下了两个人的脚步声。剩下的便是远处时而传过来的犬吠声了。阴历已近十三日，月亮虽大，却被行云遮住了亮光，只是偶尔微微露了一下轮廓。

　　文子和诸冈并肩而行，一瞬间忘记了自己已为人妻的身份。两人今天明明是第一次单独相会，走在夜路上，却感觉像已经交往了很久一样。

　　毫无疑问，大概是因为诸冈喝醉了，聊了很多话的缘故。文子的心情也因此得以缓解。但是，更为重要的是，诸冈身上有一种让女性不安的，能勾起母性本能的东西。让人担心这么放着不管的话，他会堕落到底。

　　当然，很难认为诸冈是有意采取这种态度的。不知是在受到女性关照的过程中，不知不觉地习惯了这种状态呢，还是本能地记住了撒娇的技能。但是对于现在的文子来说，是无法怀有那种不好的想法的。

　　来到一拐角处，能听到河流的声音。从那里走到堤坝上，沿着河流走上五百米左右就是疗养所。两人眺望着在黑夜中闪闪发光的河流，走在河堤上。

　　来到这里，住宅的灯火都很少见了。唯有青草气息和土壤的气味弥漫在周围。

　　两人几乎默默无言地走着。并非无话可说，但文子此时却什么都不想提，只想任风吹。

　　路边是茂盛的绿植，前面一处能看见明灯，那是疗养所的入口。两人从堤坝上下了坡，在明灯前面站住了。

在正门低矮的石墙前能看到木制的二层建筑。黑暗中，它像一只双翼展开的大鸟一样，往左右张开着。文子心里想象着要回到那里面的男人和在那里等着他的女人。

"那么就再见了，晚安。"

"不，还是我送送你吧。"

"没事，您还是早点儿回您太太的地方吧。"

"中城小姐……"

诸冈突然呼唤了一声。

"你若这么说了，我也把话说清楚吧。我们关系并不好的。"

诸冈将上身倚靠在石墙上。

"你知道吗？我太太和这里的医生有了外遇呢。我之所以从这个医院里搬出去正是因为这个。"

"怎么可能……"

"这种丢人现眼的事儿，怎么能拿来说谎或者开玩笑呢……"

诸冈一副迷醉的眼神，直盯着文子看。

"对不起……"

文子刚说完的一瞬间，诸冈的手伸到了文子的肩头。

"不行的。"

文子轻轻往后一退，顺势沿着矮树篱笆墙前面的小路，小跑起来，开始往来路返回。

3

七月的歌会之后，诸冈和文子两人在"球藻"见过面这件事很快在众歌友之间传开了。

城市不大，又是歌人们常去的小店，所以两人也有所思想准备。也许会被传得风言风语。不过与其说是有思想准备，倒不如说诸冈正有一种巴不得谣言传出去的心境。

面临胸部手术，又对妻子的背叛深信不疑的诸冈，一喝酒就渐渐有点儿自暴自弃的味道了。最后就变成那副天不怕地不怕的样子了。

但是，文子这样可行不通。毕竟她是个女人，不顾自己的孩子，和别人的丈夫卿卿我我，这样的传闻不只是对文子，对店里的生意也会造成不好的影响。还会给妹妹们的婚事带来障碍。

当然，文子得知这样的传闻是在过了很久之后。她心里想着也许会有风言风语，但是那种话若不实际传到耳朵里，本人也只好相信它没有。

第二次见面过了半个月后，文子不知道有这样的谣言，去十胜疗养所拜访了诸冈。身上穿着歌会之后急急忙忙做好的喇叭裙，手里提着新上市的甜瓜当礼物。

下午过了两点，妹妹敦子回家后，文子便出了门。到达疗养所时是刚过三点不久。她从正门走向了二楼。

病房是诸冈告诉她的那样的六个人的房间，床位摆成了两列，一列三个人。诸冈在两列中的右列靠窗的床上躺着。

文子敲门进去的一瞬间，诸冈合上正在读的书，"哎呀"一声坐了起来。

"给你添乱了吧？"

诸冈慌忙合上浴衣领口，拖出了床边的圆椅子。

"来来来，请坐。"

"这个是一点儿小心意。"

文子递过来甜瓜，说道：

"本来想早点儿过来看你的，但是，又觉得既然要来，就想做几首短歌，拿过来麻烦你给看看。"

"那可太期待了。"

诸冈接过甜瓜，抚摸了两三下，然后将它放到了枕边桌上，自己坐在了床沿上。第一次见到身穿和服的诸冈，白色浴衣与那端正的容颜十分相称。

不知是否因为疗养所里很少有打扮时尚的女性来的缘故，其他患者们也在偷偷瞅着这边。而诸冈一副毫不在意的样子，似乎早已经习以为常，抑或有其他原因。

"上次那么晚，没事吧？"

"我这边没什么的，倒是诸冈先生那边怎么样呢？"

"照例那样，一如往常。"

诸冈仿佛事不关己一样，轻轻笑了。无论那细细的嫩手指，还是那颇具讽刺意味的笑容，在这里一看，诚如肺不好的人那样，显得既脆弱又虚脱。

"我一直等着呢，期待你能给我打个电话什么的。"

"打是想打，但感觉有点儿怕。"

"不是告诉你了嘛，那事不用担心的。"

诸冈好像把文子所说的理解成了他妻子那边。但是，文子所恐惧的不是别人，更是自己本身。她担心会一发不可收拾。那样的另外一个自己更为可怕。

"你能给我看一下短歌吗？"

文子从手提包里取出写着短歌的笔记本。

"果然有人在嫉妒你呢。前几天，一位同仁过来的时候告诉我说，有一位女士说你上次的短歌是故意那样写，来吸引男人们注意的。"

"但是，我……"

"我懂，不必在意那些啦。爱嫉妒的人到处都有的。"

"那样的话是谁说的呢？"

"管他谁说的呢。今后你即便是听到那种话也要不为所动。说一千，道一万，这个世界最终是有才能的人会成长。被嫉妒者会在嫉妒者之上的。"

文子虽然点了点头，但是实际上一想到被人说过那种坏话，心情便好不起来。

诸冈虽说的是单纯的嫉妒，但是那句"为了吸引男人注意……"也并非完全不对。六月歌会时提交的作品暂且不说，七月提交的"水中无根漂，白茎葱一条，疑是自己不忍瞧"。那首短歌在做的时候，是难以断然否定有那种心情在里面的。若说完全没有那种"这样写会获得大多数人的赞扬"之类的算计在内，那就是撒谎了。

诸冈似乎并不了解文子的心情，一首一首地小声读起了笔记本上的短歌。

这里面也有几首以引人注目为目的而做的短歌。不知诸冈是不知道呢，还是心知肚明，却借别人之口在婉转地提醒自己。这些情况难以把握。文子如坐针毡般转移了话题：

"我去把甜瓜切一下吧，有没有碟子之类的东西？"

诸冈从枕边桌子里取出一个大盘子。

"走廊右手边是小水池。"

文子马上拿着甜瓜和盘子，走出了病房。

疗养所的水池是木制的，相当陈旧了。一想到有多个肺结核患者在这里洗脸、漱口，文子就感觉心情有点儿坏，可是却没有办法。

一边切着甜瓜，一边考虑着各种各样的事情。

诸冈毫无疑问已经读完了，这次的短歌会被怎样评价呢？文子内心交织着自信与不安。

过了十分钟左右，文子回到病房时，发现里面有一位护士。文子瞬间感觉到气氛十分紧张。护士站在诸冈的床和门中间，回头看了看文子，问道：

"你就是来探望病人的那位？"

文子看着护士的脸点了点头。护士看上去只不过二十岁出头。小小的脸，大大的眼睛，眼神呈现出强势的性格。

"四点前是探望时间，请回去吧。"

"喂！"

诸冈从她后面喊道。

"没有必要啰唆那个吧。"

"但是，规矩就是规矩。"

"我又不是不知道规矩，可这个人才刚刚来呢。"

"探望时间已经过去了，没什么事儿请早点儿回去吧。"

护士只说了这一句，便用力把门一关，走了出去。

"这家伙，真能啰唆。"

文子缓缓将盛着甜瓜的碟子放到了枕边桌台上。

"那是您太太吧？"

此时的文子心里，已经顾不上考虑短歌如何，对她来说，护士的出现更为重要了。

诸冈稍稍隔了一会儿，点了点头。知道其他患者在竖着耳朵听，虽然假装不在听的样子。

"好漂亮啊。"

文子用尽可能沉着的声音说道。

"个性太强，争强好胜得让人头疼。"

"但是，长得很漂亮啊。"

文子一面表扬，一面在心里想："怎能输给那么个小丫头呢。"

"那家伙总是习惯性地满不在乎地说那种话呢。让你不舒服了，请原谅。"

"没有了，倒是我没有考虑到探望时间这一点，很不好意思。"

"她那么说只是因为身为护士嘛。不管她了，咱吃甜瓜吧。"

"时间不早了，我也该告辞了。"

"短歌怎么办呢？好不容易拿过来的，我还没有说说看法呢。"

"您方便的话，就先放着吧。我家里有抄下来的。"

"但是，笔记本你得用吧？"

"下次在探望时间内，再来看你。"

"总之，我把你送到正门那里吧。"

诸冈有些扫兴地穿上了拖鞋，和文子并肩走到了走廊里。可能是探望时间结束了的缘故，其他病房里也纷纷三三两两地走出了前来探望的人。两人沿着"吱嘎"作响的木制走廊，走向楼下出口处。

"您说的就是那位吗？和医生婚外情是吧？"

"是和这里的院长。"

"我觉得她很爱你的啦。"

"不，我有证据的。有人曾经看到过他们一起走在路上呢。"

"都在一处工作，那点儿事总会有吧。"

"不止那样啊。也有人看到过晚上很晚的时候，两人还在**院长**室呢。"

"那也是工作什么的有事需要商量吧。"

"你是因为事不关己，所以才不当事儿。"

诸冈稍稍有些郁闷地说道。

"可是你们看起来好像关系不错啊。"

"不要故意找碴儿啦！"

"哎呀，是找碴儿啊。"

文子挤出一点儿笑意。

"你们两位还互相爱着对方呢。"

"要是那样的话，就不会那么吵架了吧。"

"您错了啊，那是因为爱您都到了吵架的地步呢，真正不爱了的话，既不会吵什么架，也不会开口说话。"

文子想起了听说住在车站后方的分居中的丈夫。这几年，和丈夫之间就没有发生过什么像样的争吵。外人看来，只是平平淡淡的夫妻，实际上却是丧失了争论气力之后的平静。

"你不了解我这个立场的痛苦。因为生病不得不受医生护士关照的那种难以忍受的感觉。"

"这个我能理解，但是在短歌方面岂不是更能有感而发吗？"

"你说话好残忍啊。"

诸冈定睛看着文子，而文子没有管他，点头道别后，便推门走向了院外。半个月前来送诸冈时看到的白杨树，正迎着夏日斜阳婆娑起舞，无数叶子在轻轻摇曳。

第三章

幻晕

1

过了短暂的北国夏季，秋日来访。

一进入九月份，带广早晚两头便冷了起来，到了该生火炉的时候了。人们面向即将到来的冬天，有一种被自然追赶着的心情。

正因为住在同一座小城，虽不在一起生活，丈夫的消息也总是从别人那里传过来。听说他在新公司里还是做着倒卖木材的经纪人的工作。

> 新妻并肩行，老态现夫影，遥遥瞅见人群中。
>
> 漫行沙道中，与夫别后逢，强压我心装无情。
>
> 喉结外突深，衣领十五寸，夜近丈夫记忆新。

不管做什么工作，只要有干劲去做就行。现在只有先静观其变了。正这么想着，文子突然收到了那边的留言电话，说是想要孩子。确实像那个表面虽然逞强，但实际上很容易寂寞的丈夫说出来的话。

"有没有再重新一起生活的想法呢？"

九月初，母亲像瞅准时机一样问道。

"行了行了，妈妈不用管了。"

"你虽然这样说，可又不能总是这样拖着吧？"

母亲似乎还是没有放弃让两个人在一起的想法。

"要分开的话，札幌的婆母也是想要孩子的啦。"

中城的老家在札幌，父母双亲都健在。

"孩子没有必要给他们啦！"

"但是又不是你一个人的孩子啊，也不能光考虑咱自己，任着性子来啊。"

"妈妈觉得能把孩子交给那么一个不求上进的人吗？跟着他的孩子，该受多少苦头啊。"

"但是孩子姓中城啊，对对方来说，也是人家重要的孙子啊，那边的妈妈会好好抚养吧？"

"不管姓什么，都是我生的啊！孩子们都跟着我呢。"

外孙们好不容易习惯了野江家的生活，母亲菊江当然也舍不得放手。

"你的心情也能理解，但是把三个孩子都放在咱自己这边也讲不通啊。"

"那怎么办啊？把三个孩子中的哪一个给他们啊？"

"这些事还是要跟弘一先生商量一下啦。"

母亲之所以至今没有放弃让两个人复合的想法，似乎也是因为有这些烦琐事。

"说到底，你想不想再重新考虑一下啊？"

"妈妈不要说了，我亲自找他去说。"

为什么突然要见丈夫，文子自己也不明白。已经对丈夫没什么感情了，也已经无所求。若是为了孩子的事商量的话，比起当事人本身，有第三方参与会更加顺利。

这些都明白，可还是想见一见。感觉直接见面的话，总会找到解决办法的。这种想法不知是依然残存的对丈夫的依赖心呢，还是想认清自己留在丈夫心里的身影？本以为断绝的情感似乎依然残存，文子对夫妻之间的羁绊之深感到震惊和恐怖。

文子从母亲那里也听到过丈夫住在站后的木材工厂附近。有一次从附近经过时，文子目不斜视地穿过去了。可是这一次却是从一开始就把那里作为目的地的。

一个秋雨放晴后的傍晚，文子一个人拜访了丈夫分居后的新地址。那里正如听到过的那样，位于木材工厂旁边，是一栋有些破旧的独门独院。正门门口挂着一块木制标牌，上面写着"中城"二字。她轻轻推开门，打招呼道：

"有人吗？"

"来啦。"

里面传来一个年轻女人的声音。意外的是走出来一位二十四五岁的女性。娃娃脸，身材小巧，一条粉红色的艳丽连衣裙十分合身。

"哪位啊？"

双方一照面，女子似乎就觉察到了文子的身份，目光有点警惕。

"我是中城的妻子，找我老公有点儿事儿。"

"有事儿和我说不行吗？"

女子下唇有点儿突出，双唇微微颤抖着。

"我找中城有事儿。"

文子说话的时候，弘一出现了。穿着休闲舒适，一条短衬裤，加一件衬衣。

一瞬间，弘一看见文子便站住了。跟身旁的女性说道：

"你到屋里去。"

女子又瞥了一眼文子之后，进了里面。

"你是和那个女人在一起啊？"

"她只是时常过来帮我打扫卫生而已啦。"

"不用撒谎了，我已经明白了。"

文子迅速转过身去。

"有什么事吗？"

"孩子是不会交给你的，我只是来说一下这个的。"

"喂……"

弘一想喊住她，但文子不管不顾地冲到了夕阳下的马路上。

已经受不了了……

当夜，文子整整哭了一晚上。哭得泪水都流干了，反而彻底死心了。

半个月之后，听说丈夫因为工作关系，搬到了札幌。但是，这时的文子已经不再流泪，自我开导说："丈夫与自己缘分已尽。"

可是，一面这么想着，内心深处的某一点上，却依然又有一部分难舍、难弃的心情。

从夏日至秋季，札幌中城老家频频给文子寄来信件。信的内容一味是想要孩子。大意是年龄较大的那两个已经记事了，行不通的话，只把三儿子小洁给他们也行。

九月末时，终于连媒人都介入了，过来劝说，不管离不离婚，还是只把最小的孩子给他们才合情理。中城家的男丁只有弘一一个，为了后继有人，想要个男孩，也是很自然的事情。

"这是他说的吗？"

"当然，弘一先生是最希望这样的。"

"真是个奇怪的人呢。"

不可思议的是，丈夫说想要孩子，但是却不说想离婚。和新的女人一起生活的话，明明早离婚早好，但是却完全没有那个迹象。

是对待在文子身边的孩子们很留恋呢？还是依然对文子心存几分爱意？弘一自始至终就有这种优柔寡断的气质。嘴上说得很强硬，可一旦到了关键时候，却不肯行动。

文子对他这种优柔寡断一方面十分愕然，另一方面却又有些安然。丈夫不说离婚，自己也甘愿如此，不用挪户口。这里面既有对给孩子们改姓的困惑，又有对自己会成为一个被离婚的女人的恐惧。

"还是不能不给他们吧？"

母亲菊江终于妥协了。情分如何暂且不说，至少该把最小的洁交出去，这样的意见占了大多数。

"知道了啦。"

文子终于点头了。

"只交给他们洁就行了，是吧？"

文子把这个结果想成了一段爱情结束的代价。爱情的终结不仅会给自己，连周围的人都会带去伤害。能否获得幸福暂且不谈，作为父母，是在诚实生活了。毫无疑问，孩子们终有一天会理解这件事的。如何评价是孩子们自己的事，接受审判的是自己。自己并不打算逃避这一点。

第二天，文子带着洁一个人乘火车奔向了札幌。早上自带广出发，到达札幌是在下午三点。在车里呼呼大睡的洁，到了札幌电车穿行的宽阔的大道上，好奇地东瞅西望着。

文子从车站直接坐车去了中城家，把洁交到婆婆手上后，放下牛奶和尿布，马上启程返回了车站。这一天是九月三十日，正好是洁满两周岁的生日。

初秋的札幌秋高气爽，车近山前，风吹白杨摇曳作响。文子眺望着辽远的天空，明白一段爱情至此已经明确结束了。

2

这年秋天，诸冈一面痴迷于和文子的爱情，一面为创办新的短歌杂志奔走忙碌。从上一年的春天开始，诸冈已经在自己所住的十胜疗养所里办起了短歌杂志《银之壶》，十分活跃地展开了很多活动。该年秋天，他对野原说道："在《辛夷》低迷的现在，集合十胜所有的歌人一起创办新的杂志，怎么样？"《银之壶》杂志除诸冈之外，包含着同在疗养所中的患者舟桥精盛、泉兵三郎等人，作为十胜地区的医院短歌群体，是最为有力的一个。

后来，野原与诸冈、舟桥等人进行了研讨，然后向《潮音》《新垦》《胡桃》《旷野》《银之壶》所属的歌人，还有土藏培人、菊地苍村、新田宽等十胜地区的实力歌人们发起了呼吁，于昭和二十六年（1951年），创办了超大结社杂志《山脉》。

该刊创刊号实际有一百一十九名歌人发表了作品，包含野原、舟桥、诸冈、三宅等共七位编委。这正是整个十胜地区歌人团结的局面。据此，各疗养所的短歌团体、歌会、机关杂志等几乎都解体了，全都聚在了《山脉》旗下。

文子在为《辛夷》作短歌的同时，还在诸冈的邀请下，加入了《银之壶》，自然也加入了这个《山脉》群体。

昭和二十五年（1950年）的秋天至冬天，在诸冈为《山脉》的创刊奔走忙碌期间，文子创作了很多为他而写的咏情短歌。

如果恋爱有一个鼎盛期，那么这一时期无疑正是两人相恋的顶点。

和丈夫也已经划清了界限，文子越发死心塌地倾心于诸冈了。

一月一次歌会之后的相会已经不够，两人又从一周一次变为不到三天一次的反复约会。

一开始只是见个面，在咖啡店聊聊天，或者喝点儿小酒。自从十月末，诸冈邀请文子去了十胜川温泉以来，两人就不再是单纯的恋人关系了。

诸冈的情人，文子对于情人这个词语颇为中意。不是妻子，可也不是那种陈腐的小妾。有爱情的同时却又不隶属于对方，以独立对等的形式爱着对方。

即便诸冈希望，文子也没了结婚的想法。因为有三个孩子，已无可能性。更为重要的是，她对因结婚这一形式而褪色的男女关系，深表怀疑。

比起勉强成为夫妻，互相伤害，倒不如在情人这一新鲜领域中相爱。

但是，这只是文子单方面的考虑，小城常识性的看法对此并不允许。

"不要做傻事啊！即便没有弘一先生，你也是三个孩子的母亲啊。"

母亲菊江听到人们传的风言风语，提醒她道。

"他只是个普通歌友啦。"

母亲早已看穿，这个借口是个谎言。

夜里孩子们睡着以后，文子会偷偷出门。以前是一个月一次的歌会，后来却变成了今天要碰头，明天有临时总会的样子，频繁外出了起来。

但这都是编出来的托词而已，为了和诸冈约会才是真实目的，母亲菊江也略有察觉。

而且知道她在看店等的时候，会时常从保险柜里偷偷拿钱。也能想到是为了付和诸冈约会的住宿费。但是，想到她和丈夫分别怪可怜的，便不忍心严厉责备了。

无论怎么遮掩，女儿的细微变化也瞒不过母亲的眼睛。

帮着店里干活，还要照顾儿女，这么忙的文子却表情生动，行动麻利。也有时候看上去十分明艳，连母亲都看得惶惑。一面嘴里说着"不要做丢人的事"，一面又觉得二十八岁的女人正当季，也是没有办法的事。

> 热掌中成俘，日久成远距，如有素雪纷飞舞。
> 几度试炼爱犹然，除却意志他何干。

这些短歌都是以"某末章"为题，在后来收录进了文子的代表性歌集《丧失乳房》中。只在《山脉》创刊号和二月号中发表过，那之后，无论在《山脉》中，还是在其他歌志上，都找不到可以认为是写给诸冈的咏情短歌了。

这是怎么回事呢？那么不拒世间传闻，爱得不管不顾的诸冈，虽说是在短歌上，断得那么干净利落，是什么缘故呢？

昭和二十六年（1951 年），为了纪念《山脉》创刊，开了一个发刊纪念歌会。会场借用了诸冈住院的十胜疗养所大讲堂。十胜各个地区有七十余位歌人参加了。

此时的中城文子已经是一位知名歌人。义无反顾地咏唱着爱情，无畏无惧地展露着自己。与丈夫分居中的美貌人妻，且是才高名远的诸冈情人，这些传闻吸引了从其他歌志集聚而来的人们的关心。

在这里，文子也无所畏惧地咏唱了给诸冈的情歌。

掌上柿一颗，生机多勃勃，哀君命薄不可得。

文子知道自己是众人视线的焦点。既是焦点，就必须要采取与之相应的态度。

文子身穿特意为当天所做的连衣裙，胸口装饰着花边，出现在现场。那双亮得令人炫目的眼睛略略低垂，坐在接近歌会中间的位置上。既姿颜靓丽，又楚楚惹人怜。这是文子自己演绎的形象。人们从她身上看到了讴歌爱情的女人之幸福和为此烦恼的人妻之忧郁。

娇小玲珑的文子让人感觉存在感很大。无论有意无意，从这个时候开始，文子已经开始具备吸引人们目光的明星魅力了。

在这次纪念歌会上，文子的短歌占了第一位。宛如被一条看不见的线给拽过来了一样，人们自然而然地被文子的短歌魅惑着。

此时，正是文子最为意气风发的时期。在集合了十胜全部歌人的歌会上，文子得到了最高分。这下无论逢坂满里子如何批判，祥子怎么说，在已经获得了大多数人认可的这一点上，文子已经取胜了。

歌会结束后，文子参加了二次聚会，去了一个叫上田的同仁家里。在这里，文子也是主角。在刚刚吃过年夜饭之后的这个时期，歌友们争相过来向文子敬酒。文子一面接受这些人的敬酒，活跃地欢闹着，一面突然注意到诸冈不在现场。

虽然知道在天气寒冷这一阵，诸冈的身体状况不容乐观，但是今天的歌会他确实是出席了的。歌会开始前，两人还互相对视了一下，并点了点头。那之后，虽然没有特意聊过什么，可原本以为他理所当然地会来参加二次聚会的。

他去了哪里了呢？想来在来上田家的路上时，好像也没有看到诸冈的身影。难道是身体不好，或者有什么其他事直接回去了吗？文子突然不安起来。

"诸冈先生怎么了？"

她忍不住向跟他住在同一个疗养所的川村问道。

"说是去办点儿事再过来。"

"办事？去哪儿办呢？"

"这个我就不清楚了。"

"会不会是突然不方便，中途便返回医院了呢？"

"这个是不会的啦，他一定会来的。"

川村只是强调他会来，其他什么都不说，文子感觉有些蹊跷。

没错儿，这正是女人的直觉。文子装作去洗手间的样子，走出了正门，接着直接穿了外套出去了。

临近傍晚的大街上，尤为寒冷彻骨，白天浅浅积起来的雪已经结冰，路上很滑。文子用一条大披肩将头部到脖子部位全都卷了起来，哈着白气急急往疗养所赶去。

当到达的时候，疗养所正处于晚饭前，是一天当中最为安静的时间。文子在入口处换上了拖鞋，右手里拿着鞋子，躲过拖鞋处看管人的眼睛，偷偷钻了进去。

从走廊尽头往右边一拐，爬楼梯上了二楼。平日走惯了的走廊，此时在文子看来，却有不祥之兆。

上了走廊，从边上数第二个房间就是诸冈的病房。因为冬天的缘故，门窗都关着。

文子在入口处站住了，调整了一下呼吸。房间里寂静无声，在进去的一瞬间会感觉紧张是一贯的事了。

文子把手放到门把上，轻轻推开了门。大概是太冷的缘故，木门微微发出了"吱呀"的声响。一瞬间，房间里的暖气掠过了双颊。

透过门前的帘子，能看到病房内部的景象。在文子的想象中，看到的应该是有点儿感冒，独自卧病在床的诸冈的身影。

然而这个推测半对半错。

进门的一瞬间，文子看到的是躺在床上的诸冈，和依偎在他身旁的一位女性的身影。诸冈侧着身体，将手伸向那位女子，女子上身前屈，前面的头发几乎遮住了脸，正在给诸冈剪指甲。

"啊……"

轻轻叫了一声便说不出话了，文子呆呆愣在那里。从床上抬起脸来的诸冈也被她出其不意的到来惊得无法吭声。

不知是否马上觉察到了周围的异样气氛，正在剪指甲的女性回过了头来。看清她的脸后文子再次震惊了。

毫无疑问，那是诸冈本应分手了的恋人寺本郁代。因为最近时常参加歌会，所以她是认识的。

"你假装要去二次会，原来是和这位幽会啊。"

在这样的场合下，大喊大叫就输了，文子心里明明这么想着，声音却不由得提了上去。

"你欺骗了我，是吧？"

"不是的……"

诸冈正要解释什么，郁代拽了拽他的袖子。

"好吧，我知道啦，行了吧。"

文子转身走向走廊，用力地把门关上了。接着一路小跑穿过走廊，一口气跑下了楼梯。后面似乎传来了诸冈的喊声，她却头也不回地冲到了外面。

街上天色已黑，冻住的窗上开始出现灯光。漆黑凄冷的寒气中，文子目不斜视地一味疾行。在街上转来转去，十多分钟后，文子再次回到了二次聚会的会场上。场内的人酒已喝酣，座位位次已全打乱。四处都是聚成一堆一堆的人。文子主动加入其中，只要有人倒酒，便一干而尽。

文子稍稍能冷静一点儿地考虑诸冈的事儿，是在第二天早上，因为口干舌燥喉咙缺水而醒过来的时候。

昨晚喝了多少酒，说了些什么话，二次聚会上的事儿忘得一干二净了。当时只是为了忘掉诸冈而喝酒，为了掩藏内心的不甘而加入了讨论圈。

散会时脚下站立不稳，是祥子陪着回来的，路上，她问："为什么要喝那么多酒？"文子便只对祥子讲了医院里发生的一切。

"你真的不知道吗？"

祥子稍有些惊讶地问道。

听说诸冈虽然和现在的妻子结婚，暂时放弃了和寺本郁代的关系，但是，最近两人的关系复活了。而且，据说寺本每周的周六和周日，肯定都会去疗养所，甚至还照顾诸冈身边的日常生活琐事。

"诸冈先生难道还是忘不了她吗？"

知道文子的心情，祥子故意用了一种残酷的说法说道。

"喜欢那样的女孩，就在一起嘛。"

许是身材娇小的缘故，郁代看起来很显年轻。苗条的身材也许是诸冈喜欢的地方。依文子看来，不过是个平凡的小姑娘而已。想到自己输给了这样一个小姑娘，文子内心的不甘越发强烈起来。

"这下痛快了啊。"

如今来说的话，这不过是不服输的嘴硬而已，但在当时却只能那么说了。

迄今为止，文子对诸冈的妻子在一定程度上是让步的。再怎么说三道四，妻子就是妻子，只限于这一点，照顾丈夫也是理所当然的。同时，她又是护士，即便不爱她，诸冈在某种程度上也必须要依赖她。

但是，若是其他女性，就另当别论了，妻子之外的话，郁代和文子都是同一个级别的。诸冈所说的"我不爱我妻子，爱的只是你一个"便是谎言了。即便他爱过文子，却又把爱分给了郁代。

跟那么一个小丫头争宠太讨厌了。

文子有她作为歌会明星的自尊心。自己和一个在市政府工作的小丫头被一视同仁就算了吧。和这样的女人争宠还不如直接把区区一个诸冈拱手相让得了。

文子现在终于认清了诸冈的真实面目了。曾经被诸冈白皙端正的容貌和身上蕴藏的才气吸引。两相俱备的男性在这座小城里并不多见。但是，有才气的人往往也有他自私的一面。从他作为讲评者的敏锐和策划《山脉》创刊的能力这两点来看的话，显而易见他并非只是一个单单帅气的男人。不得不承认，作为一位歌人，他也具备着优秀的才能。

至今为止，文子好像只是盯着诸冈身上好的地方看了，忘记了还有其他。不，与其说是忘记，不如说是没顾得上去看其他更为恰当。如今，睁大眼睛一瞧，诸冈多才的同时也很多情。

但是，虽说如此，一味地去责备诸冈也许有些过于残酷。也许在时而受到死亡威胁的恐惧面前，焦躁不安的他爱上几个女性也是情有可原的。

不过，无论如何往好的方面去考虑，没有把爱全部倾注到自己一人身上的男人也不可饶恕。原是因为相信他爱着的只是自己一个，所以才对他尽心尽力的。追随一个同时还爱着其他女人的男人，是文子的自尊心所不允许的。

　　珍贵爱上秤，了然有多重，身如火燎心灼痛。

自从在《山脉》三月号上发表了这首短歌以后，文子彻底断绝了和诸冈的交往。燃烧方式无惧无悔，断绝方式也无羞无畏。

3

带广在北海道也是为数不多的寒冷地区。特别是一二月份，气温很低。白天，太阳发着钝钝的光挂在南方低矮的天空上。

和诸冈分手后的文子，在这段严寒的日子里，像冬眠一样蜗居在家里，没有出门。

偶尔出去也是从西三条的娘家去广小路街上新开的店里去帮帮忙。而且只限于白天。晚上便早早地回到家里，准备一下晚餐，照顾照顾孩子们。

从之前的每周外出两次，十点、十一点回来到现在这种情况，文子的变化非常大。

虽然有点儿无精打采，一副寂寞的样子让人担心，但是单就出门少了这一点，母亲菊江是很开心的。

自从纪念歌会以来，文子连曾经那般频繁访问的诸冈病房也不再去了。在一月一次的歌会上，即使与诸冈见了面，也会马上避开视线。虽然诸冈一副想找时机跟她搭话的样子，但是文子也总会加入别人的谈话圈，不予理睬。

文子和寺本郁代在病房里狭路相逢的消息在同仁歌友中也很快传了出去，文子宣称把诸冈让给郁代之类的细节也被传得煞有介事。人们对明明有妻子，还与另外两位女性亲密的诸冈十分反感，而对于变得少言寡语的文子，更多的是心怀同情。

然而，好胜的文子一想到自己因为恋情破灭而遭到同情便无法忍受。

尽管心里瞧不起那种小丫头片子，可是失败就是失败。

的确，在一生为数众多的恋情当中，让文子清清楚楚地尝到了失败滋味的，唯有寺本郁代一人了。

即便闷在家里，心情也完全不见好转，何况，如果被人认为是因为和诸冈的恋情破灭而痛苦不堪，便太不甘心了。

三月末，文子邀请祥子，去了带广畜产大学的毕业纪念舞会。

当时，二战后的自由气氛曾经一举充溢日本全国，跳舞成为举国上下的一种流行风尚。特别是在冬天很长的北海道，跳舞是最合适的游戏。

文子的舞跳得还不是太好。恰好跟她一起跳的那个叫大岛的学生也同样不好。

跳着跳着不是踩错舞点，就是错过了转弯儿，每当此时，学生就会规规矩矩地鞠躬道歉。青年身板十分壮实，额头上浮起了津津汗水。

跳着跳着，文子对这位青年的纯真感觉有些怜爱了。外表如何且不论，他想做到最好这一点就让人感觉舒服。

舞会后，文子向祥子介绍了大岛，然后说：

"我要和他再散一会儿步，你先回去吧。"

文子一如既往，一旦喜欢上什么便不考虑别人的感受。该称之为天真烂漫呢？还是旁若无人？对于文子的这种性格，祥子早已习以为常。

"拜托了，回去的路上，先去我家店里跟我妈妈说一声，就说我要商讨歌会的事儿，会稍微晚一点儿回去。"

舞会散了之后，在陆陆续续准备回家的人群中，文子主动拉起了青年的手。柏树茂密的小岔道上，青年高大的身影和文子小巧玲珑的背影渐行渐远。

距离一月份和诸冈分手已经过去了两个月。

这次的对象和诸冈迥然不同，身强力壮，充满了健康气息。完全无法用风流倜傥、潇洒才俊之类的词语来恭维，唯有一股纯真劲儿似乎是毋庸置疑的。

文子的新恋情好像总算萌芽了。

三月份到四月份，文子频频与大岛在市中心 K 商场对面的一个叫"海丽"的咖啡店相会。时间一般是约在中午，文子店里的午休时分。不过，即便文子来晚了，大岛也总是会准点先来，坐在白桦树材质的椅子上等着。

点上咖啡后，接下来面对面而坐，两人之间也没有什么特别正式的话题。但是，文子单单了解到这个比自己小了很多的青年为了和自己见面，如约准时前来，乖乖等着自己这一点，便感觉十分满足。

那一天，大岛一边喝着咖啡，一边聊起了学校和宿舍里的事情。聊完这些后，他开始谈久保荣以北海道为舞台的作品《火山灰地》。

文子对大岛的这些毕恭毕敬的举止深为中意。特意挑选了一些自己看似也能有话可聊的话题来说。大岛的态度里，充满了努力不让特意为自己而来的女王陛下感到无聊的青年人的真诚。

两人从晦涩的作品论，聊到雨宫照子，不久又聊到了女性观。

"女性为什么就不能从一个更大的视野来考虑问题呢？即便是在这个情况下，她如果能再稍微坚强一点儿的话，我觉得也就不会陷进那样的悲剧中了。"

大岛似乎是想通过这样阐述自己的感想，将自己提高到和文子对等的高度上。

"正如你所说的，女人确实总是会想一些眼前无聊的事情。任何场合都是感情用事，任何事情都是以自己为中心来考虑问题。非常任性的啦。"

事实上文子正是这么认为的。和丈夫的离婚也好，和诸冈的恋情纠葛也好，如今想来，都是因为过度在意琐碎事情的结果。当然，其背后，确实也有丈夫的性格软弱、诸冈的任性自私的原因。但是，反过来站在男性角度来分析，也是有其情有可原的地方的。只站在自己这边，一味责备对方也不能不说是女性的利己主义。

文子如今已经有点儿洞穿一切了。能理解原本应该憎恨的男人们的心情了，有一种原谅他们也未尝不可的感觉了。岂止如此，甚至有点儿想反省一下自己了：对他们太过严厉了。这种温柔的心境让文子感到释怀的同时，也大为惊异。

大岛责备女性的任性自私，原本是做好了会遭受反驳的思想准备的，谁知却得到了文子出乎意料的肯定，反而好像有点儿疑惑了。平时，她不是会尖刻反驳，就是会付之一笑，说一句"你还年轻，不会懂得啦"之类的话。可是今天，情况却出乎预料。

文子只管沉浸在对过去的男人们的回忆当中，思绪翩翩。大岛却以为是自己惹她不高兴了，用后悔的眼神偷偷瞅瞅文子的脸。

因为是午休时间，播放着《蓝色华尔兹》的店内很快客人多了起来。

"我们走吧。"

文子站了起来，大岛跟在身后。虽然是四月份比较暖和的一天，但是吹到身上的风依然凉飕飕的。两人顺步去了十胜大桥。时不时会有擦肩而过的人转过头来看他们，眼神似乎是在说，那个野江家的出轨女正与一个年轻男人走在一起呢。但是文子并不在意，继续往前走着。

从咖啡店走到大桥，缓步走上五六分钟便到了。

随着桥离得越来越近，很快传来了浊流声。从日高诸山流下来的河流迎来了融雪期，化作一条茶褐色的粗带，纵目远眺，流向了无尽的原野。

两人并肩从桥的中间位置往下瞅。河水在视线下方的桥桁前形成了一个大漩涡，消失在了他们的脚下。看着看着，文子内心涌起了一种要被那漩涡拽进去一样的不安。

"我们走吧。"

也许是觉察到了文子的不安，大岛催促道。

两人返回桥畔，从那里沿着堤坝向神社方向走去。堤上的枯草周围，有些地方还有残雪，残雪遇到阳光融化了，融化的雪水流向了道路的两侧。

"我一看到这种大水，就会产生一种雄壮的情怀。我觉得这里在建起堤坝之前，大概发生过多次洪水。沙土因此得以从上流流淌下来，便形成了十胜平原。就好像尼罗河肥沃的土壤，是从泛滥的河水冲出来的沙土中诞生的一样，我觉得是河流创造了一切文明。"

大岛又开始侃侃而谈起来。现在聊的是自己的专业土壤学，是他比较有自信的地方。文子喜欢听青年这种有些骄傲的口气。尼罗河和冲积土壤如何不是文子所关心的，她喜欢看的只是青年拼命逞强，努力谈论自己的得意领域，想好好表现自己的样子。

大岛越发热情高涨。从三角洲的形成到土壤肥沃度，继而又谈到了河流和人类的关系。文子虽然在点头，实际上却什么都没有听进去，她只是在享受着拼命表达的青年的热情。

"因为有尼罗河那样的富饶，所以才会有埃及艳后那样知性、美貌的人诞生。是尼罗河生出了埃及艳后。我觉得这样说也不为过。"

"是吗？这个说法很有趣啊，大河流域会有美人诞生。"

"嗯，是的。"

一直沉默不语的文子突然插话表示赞同，似乎把大岛一下子噎得不知所措。但是，文子只是对他那冗长的话题中的这一部分感兴趣而已。

"我特别喜欢埃及艳后，虽然有很多人说她对婚姻不忠啦、魔女啦之类的坏话，但是我可不那么觉得。"

"最终是因为在她那一代埃及亡国了，所以才会被那样说的吧。"

"不是那样的啦。她虽然诱惑了几个男人，但是每次都是认真的啊。"

"但是，因为她以女性之身，插嘴无聊的事情了呢。"

"女人就是会容易执着于无聊的事情啊，男人看起来傻乎乎的、不起眼的事情，在女人看来却值得为它拼命。女人是有这样的执念的，你还不知道吧？"

聊着聊着，话题不知不觉从冲积土壤、从埃及艳后跑到了女人的执着上了。文子的话题总是随意跳转，任性自我。大岛的得意学科土壤学遭到了无视，且被她扣上了不懂女人的帽子，变得十分颓丧。

"我在女校上学的时候，曾经被朋友叫作埃及艳后的。"

文子看着充满河床的水面，梦呓般说道。那身影在大岛看来的确如同十胜地区的埃及艳后一般。

前方有一棵巨大的榆树。榆树虽然根扎在堤坝外面，但是枝干却乌压压一片盖到了堤坝上方。

"你帮我在那里拍个照吧。"

文子像命令一样说完，快步下了堤坝，站到了从黑土里冒出来的根部周围。

大岛为了喜欢照相的文子，每次见面时脖子上总是挂着相机。相机现在看来，虽然不算什么了，但是在当时，对于一介学生大岛来说，却是他唯一像样的财产了。

文子站在离着树很近的一片浅黄色的枯草上，手扶着长满疖子的树皮，摆了个比较随意的姿势。淡紫色外套的领子竖了起来，轻烫的秀发随风吹拂，从镜头里瞅过去，简直恍如风中美少女。

从正面照过之后，从右侧方照了一张视线微垂的身影，继而又将身体靠在树干上，用两只手撑住衣领，将目光投向远方，摆出沉思的模样照了一张，前前后后一共照了十张左右。

只让别人拍照，文子自己却对照相机一窍不通。不仅是对照相机，对于机械类东西，文子几乎毫不关心。

除了让大岛照的，还有其他照片，文子这段时期留下的照片颇多。当时，年轻男人拥有相机也是一种流行风尚。文子自身也喜欢被拍照。特别是得病以后，她经常拜托前来探望自己的人们给自己拍照。往坏处推测，也不能否定是因为预料到死亡已临近的缘故，但那也是后来的事了。在和大岛一起的时候，文子不可能意识到过死亡。

拍完照片后，两人再次回到了街上，去了酒店地下的西式小餐厅。

"女人是不会靠理性行动的，而是靠直觉或情绪一样的东西来行动的。所以，再怎么跟女人讲道理也行不通的啦。你也要踏上社会的，不了解这些事情，会很麻烦的啊。"

文子这样教导着，大岛只是像个学生一样聆听着。

两人在小餐厅里面对面坐了两个小时，时而沉默良久。文子将那段没有说话的时间在后来写给大岛的信里描述为"和你度过的空白时间"，以此来取笑他。

但是对大岛而言，那并非只是单纯的空白。同时也是对于自己太过年轻的焦躁，和无法完全把握自由奔放的年长女性的煎熬而苦恼不堪的一段时间。

带广畜产大学位于从带广市中心往西南行四公里，沿着道路错综复杂的带广八千代线路铺展开去的辽阔原野中。绵延无尽的平原中，有白杨树点缀，其间有一座二层楼的木制校舍和牲口棚，还能看到红色筒仓。

在一条条通往大学的道路两侧，都是一排排的落叶松。其左右目所能及之处，盛开着紫色的亚麻花和白色的马铃薯花。

随着天气渐渐暖和起来，文子为了来见住在这所大学宿舍的大岛，一周一次乘坐公交车前来，在落叶松林的前面等他。

虽说纵目远眺尽是原野，其实拐到岔道上便已经不见人影。柏树和白桦树荫处，两个人静静地站立，互相凝视着。

但是，青年依然像胆怯一样，很快会垂下视线，沉默不语。

文子注意到这位外号"大熊"的青年，内心十分羞涩，与外形完全不符。

与大岛在一起的时候，主导权经常是在文子手里。文子说什么，青年就顺从地去做。这是与诸冈在一起时无法得到的满足感。

尚如硬果君未熟，欲摇欲摘怀犹豫。

未触此胸部，君亦回归路，自行车轮很炫目。

落英缤纷路，我独自走去，两行白泥污脚步。

当一周一次约会感觉不够时，文子就往他宿舍里写信赠歌，青年也会十分殷勤地——认真回复。

从消毒水弥漫的疗养所，到青草气息浓郁的辽阔原野，文子的恋爱舞台转移了。

五月份到六月份期间，随着新绿萌发，文子再次找回了昔日的明朗。人们都认为她同诸冈的恋情之痛已经治愈，沉迷于新的热恋当中了。祥子也这么认为。

然而，在文子的心里，对诸冈的感情依然未死。

大岛的确淳朴温柔，对文子言听计从，不会有什么背叛行为。这一点对于文子来说，当然是一种慰藉，是无法取代的。但是，这种慰藉当中，文子却有时会感觉到一种美中不足。她充分明白青年的纯真，但是仅此却又无法完全满足。

想来，文子向大岛寻求的东西，正是为了弥补诸冈所欠缺的部分。也许在其内心深处，所寻求的依然是诸冈。

文子在寻求一张完美的男性像。帅气、知性、有才，又温柔、诚实、顺从，文子想要的是这样一个男人。诸冈能满足这些条件的一半以上，只是欠缺最后的顺从。也未必不能说文子不是在以大岛的纯真来补足这一点。

4

六月中旬，文子得知诸冈从十胜疗养所搬到了带广疗养所。也听说了其他各种相关信息。妻子道江也同时从医院里辞职，专心照顾他了。然后还听说寺本郁代，因为道江总是寸步不离诸冈左右，所以连探望都无法如愿。

既然换了医院，很显然诸冈的手术是迫在眉睫了。手术前如果不见上一面的话，也许后面就再也不能见到了。文子心知肚明，却又不想行动。

此时，文子的心里已经原谅了诸冈，不管怎么说，诸冈是把文子提拔到了这般地位的人。如果没有诸冈，也许就没有作为歌人活跃起来的文子。但是，文子只是提不起精神去探望。现在去的话，只会受到诸冈妻子的怜悯。

七月三日的早晨，曾经与诸冈住在同一个医院里的舟桥精盛联络文子说诸冈病危了。

"也许已经不行了。"

舟桥只说了这么一句，并没有再说你要来趟医院，或者是别来医院。

去还是不去呢？文子犹豫不决。去的话，或许当然会见到他的妻子和郁代。毫无疑问，其他歌友也会有很多人在场。在这样的视线当中，作为曾经争夺诸冈的女人前去实在煎熬。文子想作为同仁歌友去，但是她不认为人们会这么看她。

可能的话，文子想听诸冈说一句"希望你一定要来"这样的话。明知这样的话对于濒临病危且处在妻子监护下的他来说，是说不出口的，但还是想要他那句话。

文子想来想去，考虑了一整天，于第二天的七月四日，终于决定去探望了。

诸冈虽然接受了取出胸腔内填充物的手术，但那之后却患了胸腔化脓并发症，发烧到了近40℃，被移到了单间。

房间已经贴上了"谢绝会面"的纸条。

文子迟疑犹豫之后，还是果断地敲了敲门。稍稍过了一会儿，走出来的是妻子道江。

道江看见文子，似乎马上体谅到了她的心情，轻轻点了点头，说了句："可以待一小会儿。"

文子将带过来的花束递给她，从道江身旁走过去，进了病房。

听到门那边有动静，知道有人来了，诸冈用因为发烧而有点儿泪眼婆娑的眼睛，微微向文子的方向望去。

"好久不见……"

文子话说了一半，又咽了回去。半年未见面的诸冈，面颊消瘦，眼睛深陷，用目光轻轻抚触一般看着文子。形状姣好的鼻子里插着吸氧管，苍白的手腕上，连着吊瓶管。

曾经抓住文子，强行索吻的激情已经不见踪影。

"您怎么样了？"

"一说话，就会咳嗽的。"

妻子马上在旁边插话告诫道。

文子想跟他说："虽然一月份分手后没有再来过，但是心底里却一直没有忘记。"也想向他倾诉："虽然那时候的事无法原谅，但是即便如此，依然爱着诸冈的短歌和才华。"

文子心里埋藏着这些想法，盯着诸冈看。不知诸冈是否看懂了，还是想表达感谢之情，在枕头上微微点了点头。

再继续待下去也无济于事，后面站着他的妻子。在妻子面前互相凝视只会更加难堪。

"多多保重啊"。

文子只说了这么一句，便走出了病房，前后不到五分钟的时间。

回去的路上，文子被自己的顽固深深震惊了。为什么不早点儿去看望呢？为什么不在他能开口的时候去呢？眼睁睁看着和好的机会溜走了，她对自己的倔强大为恼火。

虽然不了解具体病情，但是文子也能想象得出：诸冈的生命已剩下为数不多的时日了。恐怕这是最后一次见到活着的诸冈了。在这最后的一次机会里，为何就没能表示一下歉意呢？为何就没能说一声"是我意气用事了，对不起"呢？

因为妻子在一旁不好开口，因为诸冈似乎很痛苦的样子没法说……可是，果真只是因为这个吗？老老实实地抛却那些虚假的成分，忠实于自己内心的话，应该是可以说出来的。对一个快要死的人说这样的话，是没有人会批判或者耻笑的。

明知如此，却没能做到，这样的自己不可饶恕。

文子只是祈祷诸冈近乎奇迹地恢复。

谁料，愿望居然成真了。不知是否文子的祈祷起了作用，从翌日开始，诸冈的病情有了好转。虽然依旧从胸腔里排出脓水，但是体温降了一些，食欲也有了一点儿。说不定会这样一直好下去，直接恢复呢。同仁之间窃窃私语，传来了这样的信息。

从八月份到九月份，诸冈终于撑过了夏天。

但是，文子这次也没去探望。不知是什么原因，这种心境的变化连文子自己都搞不明白。勉强要说的话，也许应该说是因为原本以为不行了，却又恢复过来了，这让文子的悔恨再次褪色了。

因为他恢复健康了，那种觉得"对不住"的悔恨心情便消失了，在妻子监视下去探望的不愉快感反而清晰地复苏了。文子虽然为诸冈的恢复感到高兴，可另一方面，她对于在妻子看护下挺过来的强韧肉体又感觉厌恶。

但是，这种恢复总归不过是死前的暂时小康而已。

如同要打碎文子随心所欲的天真心境一般，九月二十七日早上，诸冈突然停止了呼吸。

因手术后化脓而衰竭的身体，又遭遇到清晨强烈的咳嗽发作，诸冈挣扎了一个多小时后，被喉咙里一口浓痰堵住了呼吸，窒息而死了。

享年三十一岁。

文子是在当天上午，给青年大岛写信时，得知这个消息的。

可是，文子听了这个消息也并没有惊慌。诸冈之死已经在之前那次做好了思想准备的，且在心里已经认定现实的诸冈已经不是自己所有的了。

对于诸冈之死，文子坦然接受了。

诸冈的尸体被收敛入棺，当天下午运回了妻子家里。从第三次住院开始计算，正好过去了两年的时间。

夜晚，文子身穿丧服，参与了灵前守夜。

妻子道江坐在祭坛摆放的棺材前，周围坐的是和诸冈交往亲密的歌友们。

文子坐在离房间入口较近的后面的座位上，看着正面的遗像。照片上的诸冈不知是否在病房里拍的，身穿和服，略略俯身，看着这边。

不久开始诵经，人们的啜泣声随之响起，夹杂其中。诵经接近尾声时，哭泣声仿佛难以忍耐了一般，响彻了全席。只见坐到前面的妻子道江双手拿着手帕盖住了脸，哭得趴在了地上。

文子再次抬头看了看诸冈，然后又看了看位于同一列中左边位置上的寺本郁代。即便是在守灵的人群中，郁代的年轻貌美也格外显眼，她正握着手帕，目不斜视地紧盯着照片里的诸冈。

今丧服加身，不属任何人，此后依旧争夺勤。

拥有尸骸可抱哭，为妻位置真羡慕。

故人非此间，凡律不相干，我心相许亦无怨。

昭和二十六年（1951 年）十一月号的《山脉》上，登载了文子追悼诸冈的短歌。

这是自二月以来，时隔九个月后，文子写给诸冈最后的咏情歌。

第四章

丧　失

1

文子心中产生了一种无法填补的空白。那种无依无靠的感觉如同
从身体中拔掉了一根柱子一般。毫无疑问这是源自丧失了诸冈修平的
缘故。

文子似乎太过小瞧了诸冈之死。自一月份歌会以来，文子始终躲
着诸冈，一直无视他的存在。即便没了诸冈，文子每天的生活应该也
没有任何变化。

然而，死却是另外一回事儿。

无论怎么回心转意，诸冈也已经无法复活。此前一直以来的愤怒
和无视，反过来说，正是一直想着他的证据。也可以说是因为有一天
能互相原谅，所以才采取了冷淡的态度。而如今，却已经连憎恨都办
不到了。只有仿佛十胜的秋空一样，空落落无边无际的空白留在了文
子的心间。

无可置疑，文子如今已明确了一件事情的终结。那是一段迟来的
恋情，称之为青春有些不合时宜。而且，它也并不能像两个年轻人的
恋情那样，受到亲戚朋友的祝福。

但是，对于在战争进行中没有过关于恋爱的鲜活回忆而步入婚姻

的文子来说，和诸冈的相逢虽然有些为时过晚，但毫无疑问那是一段青春。

在这段空白当中，文子最先想到的是和丈夫中城弘一的离婚手续。虽然两人一直保持着分居状态，离婚被搁置起来一段时间未曾触及，但是在一个月前，弘一那边已经提了出来。从性格柔弱的丈夫清楚地提出了离婚要求这一点来看，他一定是受到了新的女人的挑唆，坚定了再婚的意志。

尽管早知道会有这么一天，可是，文子的内心却动摇了。如此一来，就从"妻子"这个立场回归一个女人了。即便明白这跟当下的生活并没有什么关系，却还是感觉心里没谱儿。

一面痴迷于和诸冈的恋情，一面却又对于妻子的位置恋恋不舍。文子也知道这样做太任性自我，但是不这样做确实难以拭去心中的不安。然而如今，丈夫既然已经提出来要求了，再让他继续等下去，也显得自己心里有所留恋似的。虽然对独占丈夫的女人心存不甘，却也没有将他夺回来的气力。也许诸冈死后的现在，对过去的一切做个了结也不失为一种生活方式。

诸冈死后，过了五天，十月二日，文子在丈夫递过来的文件上盖了章，正式向市政府提交了离婚申请书。根据文件记录显示，两人从昭和十七年（1942年）至昭和二十六年（1951年），度过了九年多的婚姻生活。

　　　盖章离婚后，呆立自信失，怀疑自己乃恶妻。
　　　手印微温留肌肤，与夫截然已陌路。

从丈夫的姓氏中城文子回归野江文子，文子总算内心获得了一种平静。从此没有理由再作为人妻被说三道四了。自己就是自己本人，不属于任何人。这不是什么不服输，文子心想。

但是，这终归只是文子自身的想法。周围的人们只会把她当成一个流言纷纷的女人来看：先是和诸冈传出绯闻，继而诸冈死后，自己离婚又回到了娘家。文子虽然劝慰自己要不惧人言，要堂堂正正地生活下去，然而，在失去心理支撑的现在，人们好奇的眼光依然令人煎熬。简直像被追击一样，以前在店里当雇工的一个叫村上的男人这时候提出了想照顾文子。村上现在经济独立，在车站附近经营着一家大型五谷杂粮批发店。

"再怎么不济，也不能当以前雇工的小妾啊，太瞧不起人了呢！"

文子去拜访了仍住在诸冈已经不在了的医院里的歌友舟桥精盛，把心中的怒气向他倾倒了出来。可是，无论多么要强，在世人看来，文子不过是一个拖带着孩子的、与丈夫离过婚的女人而已。

原本怀有毅然决然地清算过去的自负，可事实却与之恰恰相反，所有的一切在文子眼里都变得令人生厌。传播各种谣言的人也好，处于谣言旋涡中的自己也好，住惯了的小城也好，一切都让人窒息。

十月末，文子向母亲菊江诉说，想一个人去东京过一阵看看。

进京干吗呢，也没有什么特别打算，只觉得暂时落下脚来，一个人静一静的话，自己前进的道路也就自然而然地水到渠成了吧。仅仅是怀着这种漠然的期待。

父亲丰作从母亲那里得知此事后，理所当然地提出了反对意见。长子孝已经升入小学二年级，长女雪子在上幼儿园。虽说两个孩子也算不用太费力了，可是放着两个孩子不管，漫无目的地去东京也确实太任性自我了。

"任性也要有个度！"

就连十分宠爱文子的丰作也不由得发了火。

"这样下去怎么也没有个结果吧。因为我已经完全是一个人了，所以必须要考虑一下，今后怎么养活自己的问题。"

"但是，完全没有必要跑到东京去吧。"

"东京很大，我想肯定会有女人也能做的工作。打字员也好，美发师也好，总而言之，我想去学点儿手艺。"

决心也并没有那么坚定，说着说着，文子意识到了这点。

"工作的话在店里帮忙就行了。你们娘三个那点儿生活，我还是能养得起的。"

"可是，谁知道店里会不会一直好下去啊，爸爸您也并不是永远都会健健康康没个毛病吧。"

"你说什么呢。"

母亲菊江在一旁责备道。

"不管怎样，反正我想离开带广一阵子，一个人生活。"

实话说，这是她的真心话。

母亲菊江最为清楚不过，文子是一个一旦说出口，就不肯轻易收回去的人。而且，之所以说想去东京，似乎也是一种心情调整。虽然本人没有清清楚楚地说出来，但是自从诸冈死后，一直意志消沉这一点菊江也很明白。再加上离婚这事，内心动摇也是情有可原。也许现在先离开飞短流长的带广一阵子对家里也是好事。事到最后，反倒是母亲菊江说服了父亲。

"可以让你去，但不要想什么工作，年内要回来。"

菊江虽然觉得女儿太任性，但是身负离婚的伤痛又让她心生怜爱。

十一月初，文子在母亲和祥子几个人的送行下，独自离开了带广。十胜的原野草木已经枯萎，仅有叶落殆尽的白杨和如同褐色布偶一样的柏树挺立在寒冷的天空下。

其交通状况比起昭和二十四年（1949年）春天，曾经从高松带着喝奶的洁回来那时要好得多了。然而即便如此，从带广到东京，包括坐青函联络船在内，总共也还是要花接近三十个小时的时间。在函馆时还曾经残留下了去朋友当铺的屈辱记忆。那之后虽然只过去了两年半的时间，可文子却觉得好像过去了好长一段岁月似的。

东京这座城市，在十二年前就读家政学院的时候，她曾经住过两年左右。然而战后的东京，已经今非昔比。

文子决定先去拜访学生时代同年级的同学井川亮子，并在她附近的富谷租了一间公寓，准备独立生活。当然，虽说独立生活，也并不是一到了马上就有合适工作的，只能依靠从家里带出来的三万日元现金。

学院时代经常去的新宿和池袋等地，密密麻麻地布满了售货摊和黑市。二丁目和铁架桥下面，站了很多做夜间工作的女人。地下通道上到处都是流浪者。在久住乡下小城的人看来，这一切都嘈杂不安，令人眼花缭乱。

学院时代的很多好友要么因为战争离开了东京，要么婚后改了姓，联系不上了。这里面，挂念文子的尽是些丈夫工作顺利、很有势力的女人们。

井川亮子也是其中的一个。她每天的生活就是开着当时还很稀罕的私家车转来转去，去商店里买买东西啦，去看看戏啦等等。

要强的文子尽管表面上和亮子她们开朗地交往，但是内心却深知，自己无论怎么挣扎也不可能达到与她们齐平的生活水准。岂止如此，仅靠一个女人，如果不做什么见不得人的交易，或者其他可疑的勾当的话，连活下去都很困难。文子也曾经尝试过白天学打字，晚上去咖啡店上班的生活，可是也不过持续了半个月而已。

进京一个月后，文子很快便丧失了在东京生活的气力。从事情的进展情况来看，虽然口头上说是在东京独立生活，但是究其根源，不过只是想离开带广，尝试一下一个人自由地生活罢了。当如愿以偿地实现了时，东京生活便意外地褪色了，索然无味了。

连一个月都不到，文子又想回带广了。刚刚不久前，痛苦得连一天都待不下去的带广，如今却令人十分想念。同时，在脑海中复苏的，还有孩子们、父母、歌友们的面容。

无论离得多远，都无法逃离带广。文子深深为自己的弱小震惊了。不应该是这样的。原本以为自己还是很强大的，谁知被孤零零地抛到大城市里后，马上就成了这副德行了。

在城市里果然很难生活啊，把钱花完了就回去吧。剩下的就是好不容易来一趟，好好利用这个机会，尽情呼吸一下东京的新鲜空气了。内心这样打定主意后，心情反而轻松了好多。

第二天开始，文子白天在银座和新宿逛来逛去，晚上在电影院和舞厅里四处玩乐了。

十一月末，一个严寒的日子。文子照例吃完早饭后去了澡堂。当时，几乎还没有带浴室的公寓，文子住的地方也不例外。

距离女澡堂拥挤的时间还早，澡堂内人很少。文子泡在浴池里，不经意间摸到了左边的乳房。

实话说，刚刚离开带广时，曾感觉到左边的乳房有时微胀。从外面看来没什么异常，也不觉得痛。一直没怎么放在心上，直到今天。没想到这一阵，每当做前倾弯腰之类动作的时候，会有一种像是从胸部后方被扯了回去一样的感觉。

文子在热水中，用毛巾盖住了胸部，从下面轻轻触了一下乳房。

文子的乳房一直就不是很大。在瘦的如同麻秆儿似的女学生时代，做体检时总是为自己的平胸而感到羞耻，甚至曾经担心自己这个样子能否嫁得出去。好在从毕业时开始，胸部明显变大，结婚生了孩子以后，总算是和一般人没什么差别了。现在的大小放在手里正好能够握得过来。只是因为喂养过三个孩子的缘故，微微有些下垂。

即便如此，文子比较满足：与相同年龄的女性相比，虽然不大，但是形状比较挺拔。

文子继续用手慢慢触摸着乳房。

从下面按压乳房也不痛。大小也没有什么变化，可是能感觉到里面绷得很硬，似乎镶嵌了一张硬板纸在里面似的。

特别是左边外侧那里，使劲一压就会有钝痛感。

之前临近生理期前也会微微发胀。虽然知道会有那种状态持续上几天，然而现在离生理期还有一段时间。实在不可思议，又不是怀孕了。文子试着将手从左边移向右边。

右边与平时没有任何不同。柔软、略略下垂。用手指握住，也不发硬。左右两边明显不同。几时开始有变化的？想象不到可疑之处。文子有点儿担心了，对着淋浴处水龙头上方的镜子，照了照乳房。但是，镜子被热气笼罩得看不清。从浴巾一角露出来的那部分乳房，似乎并无特别的变化。

文子再次用心端详两只乳房是在回到公寓后，站在房间的镜子前时。罩衫上面披着对襟毛衣，她正在梳头发的时候。突然想起了乳房上的硬块，便解开了有肩带的贴身长裙的肩扣。

正因生在北国，文子肌肤白皙。此时，那白皙的肌肤因为泡澡泡得略带红潮。

文子再次轻轻摸了一下左边的乳房。痛倒是不痛，可依然感觉在硬硬地胀着。右边与之相比，要柔软得多。但是大小几乎没有什么差别。

没什么事啦，文子这样想着，正要盖上乳房的时候，突然发现左右两个乳头的形状不同。微微发暗的乳晕当中，右边的乳头轻轻向下突出，而左边那个却是直冲正面，蜷缩在乳晕中间。

虽然之前也会经常有乳头塌陷的情况，不过用指尖或者薄布之类拨触一下，就会一点一点地挺立出来。她照着以往的经验，这次也用指尖试着轻轻按揉了一会儿。

以前乳头总是会伴随着一种轻微的快感，渐渐抬起头来的。可是今天不知为何，却一直按兵不动，依然埋在里面。

文子将手放开，再次看了看镜子。重新比较了一下，发现乳房的形状似乎也稍有不同。右边轻轻下垂，下缘做出了淡淡的阴影，而左边却像要挑战什么似的，直愣愣地向上挺着。而且，乳房的颜色也有差异，右边微带朱红，左边的皮肤却十分光亮。

怎么回事呢？文子站在镜前思考着。

但是，没有医学知识的文子，不可能明白那意味着什么。只是有一种不知什么异样的东西潜伏在左边的乳房里这样的预感。

"是在孩子喝奶期间变成这样的吧……"

几分钟后，文子这样开导自己，说着离开了镜子前。

下午七点，她和井川亮子约好了在有乐町见面。便赶紧穿了一件小花花纹的连衣裙，淡紫色的外套，急急忙忙地赶往代代木八幡车站去了。

一进入十二月份，街上便是一派繁忙景象。商店展示窗被圣诞饰品装饰得五颜六色、十分绚丽。虽未下雪，可圣诞铃声的音乐却已经响彻四方。每当听到它时，就会产生一种思乡情怀。

刚来东京的时候，原以为带的钱够年前花的，谁知现在却几乎都已经花完了，只剩下三千日元了。这点儿钱不仅回不了家，顶多只够一周的生活费。文子写信给母亲要钱了。

但是，母亲那边立即寄过来的不是金钱，而是一封信。

信上说的是，她这个周末也要去京都进布料了。回来的时候会顺便去趟东京，到时候一起回家便可。返程票这边会买好，剩下的钱就当作返回之前的生活费吧。

母亲似乎是担心再继续送钱的话，她又不知道会再待几天了。想趁着她没钱了这个机会，赶紧将她带回来。

文子立即打电话说自己还不想回去，只希望先给自己寄点儿钱。说实话她是想回去的，但是随父母所愿被带回去的话，总感觉很窝火。明知不行，却偏偏想抵抗一下。

岂料，电话那边从母亲换成了父亲，被父亲训斥了一番，又听到了两个孩子的声音，文子便投降了。

十二月中旬，文子跟随母亲菊江从上野出发了。

从十一月初开始，离开带广后仅仅一个多月的在东京期间里，文子将三万日元花得分文不剩。

说是没钱受苦了，但是，那可是个明信片才两日元的时代。作为一个女人一个月的生活费，三万日元绝不是一个很小的金额。

煤气烧咸鲑，今亦阴云堆，东京无业独徘徊。

脱袜成足形，愈听愈寒冷，遥闻小田快车鸣。

以上是在《丧失乳房》中的短歌，为文子在东京逗留期间所做。

曾在东京那般想念的带广，回来一看却像从前一样，每天的日子无聊至极。

文子心里暗暗下过决心：这次回去一定要当一个好母亲、好女儿，兢兢业业地帮着打理店里。可谁知回到家里以后，这决心便立即夭折了。清醒过来一看，所谓当一个好母亲、好女儿之类的常识，感觉似乎是一种谄媚他人的虚伪的生活方式。

文子的心情实在善变。想要什么的时候就想得不得了，一旦到了手里，马上就会觉得无聊了。这种变化无常的心境，极端得连她自己都深为惊讶。可是，想要也好，觉得无聊也好，却都绝非虚言。若是忠实于自己的内心，自然会随时境而变。

即便如此，在回到带广的一段时间内，文子确实是一位好母亲、好女儿。好久没有照看两个孩子了，那段时间里，她关心孝的学习，给雪子读书讲故事。瞅着白天的空闲时间，就去广小路的店里，穿着跟母亲和店员一样的蓝色工作服帮忙。很难想象得出，这是一个月之前，不顾父母相劝，独自进京的那个任性的女人。

母亲菊江暗喜，以为她是去东京体会到了一个人无依无靠的感觉，因而受到了教育。

但是，这番沉静只不过是为下一次的跃动做准备的瞬间休整而已。宛如箭要离弦之际弓总是弯起来一样，文子是在这沉静之中，积攒着下一次飞跃的力量。

暗惧女汉子，母袜我来洗，掌中如此小面积。

父母篱下生，游闲外人轻，哀叹之歌似云浓。

北风吹青衣，工作服身姿，母亲悲戚她自知。

新年伊始，一月中旬前后，文子背着母亲开始偷偷出入坂本会馆的舞厅。一直待在家里的话，总有一种徒增年龄的焦躁、恐慌。

在这里，文子认识了一位舞蹈老师。此人名叫五百木伸介。年龄二十四岁，比文子小五岁。性格却有点儿不太像舞蹈教师，是一位认真、安静的青年。皮肤白皙、模样端正，身材颀长，一米八的个头儿。和他一起跳舞的时候，娇小的文子越发显得小巧玲珑、惹人怜爱。

舞厅里除了他以外，还有两位教师。可自从认识五百木之后，文子就只和他一人跳了。当五百木这边预约太多的时候，她便一直等着他有空。一旦两人开始跳起来，不管其他女人等不等，绝不肯轻易放开他。就连五百木都感觉为难，提出"休息一会儿吧"时，她也不肯答应。当别的女人们看她的时候，文子反而会越发使劲地握紧五百木的手，把身体贴得更近。

五百木所教的舞正是恰如其名，所谓中规中矩的社交舞。与此相比，文子所跳的更接近现代舞。动作和舞步虽然有几分乱，但也相应更有情趣。

交际舞快结束时，文子又强行将五百木拽进了贴面舞舞曲中，身体无缝隙地紧紧贴在他身上。那娇小的身材包裹在略略发黑的红裙和立领式中国旗袍款上衣中，长发在背后简单一扎，垂在后背上。摇着马尾紧紧追随着五百木。虽说是贴面舞，但是文子跳得没有任何猥琐之处，处处浸染的尽是可爱感。

不了解文子情况的外人看来，没人会认为她是一位有三个孩子的二十九岁女性，看上去只是一个一根筋只为爱情燃烧的二十二三岁女性而已。

文子的恋情再次开始了。

这次的对象与大岛同样，是比自己小的男人。但不同的是，这次是一位高个儿帅哥。那皮肤白皙、略带忧郁的风貌跟逝去的诸冈有几分相像。

温和如玉颜，屡屡常相见，不可思议心混乱。

长腿无所适，劝慰入座时，自己余裕显年纪。

二月初，文子和五百木跳舞时，感觉左胸在钝痛。疼痛是在跳华尔兹拐弯儿时，被拉近五百木胸前的时候，乳房后方一阵钝痛。文子瞬间屏住了呼吸，可还在跳舞的五百木并未发觉。

虽然疼痛并没有多厉害，不是那种难以忍受之痛，但是却很难消逝。明明疼痛不厉害，却总有些深不见底的感觉。

难道是那个的原因吗？

脑海里立马浮现出了镜子里见到的乳房形状。想着想着，文子罕见地舞步乱了起来。

"怎么了？"

五百木马上停下脚步，温柔地看着文子。

"胸有点儿……"

抬头往上看的文子的脸色，显得十分苍白。

"稍微休息一会儿吧？"

"不，没事，继续吧。"

文子仿佛要把不好的预感置之脑后一般，再次将额头抵在了五百木胸前。

　　当天，之后文子又与五百木跳了两支曲子。胸口依然感觉到轻微的疼痛，但是她又感觉或许是心理作用。文子边跳边自己用手轻轻按了按之前的同一个地方。这次疼得不像最初那么清晰了。谁知，在快要结束时，又像突然想起来了似的疼了起来。

　　文子闷闷不乐地回家了。她从侧门穿过洗碗池旁边，上了二楼。上楼梯的时候，木质楼梯发出"吱吱"的声响。房间里已经停火的简易火炉还残留着余温。孝和雪子一人一个被窝背靠背睡着了。文子用毛巾被把孝露出来的肩头盖了盖。然后拉开了背上的拉链。

　　骤然间又一阵钝痛，从左胸口嗖地跑到了手腕上。文子慢吞吞地收回手臂，等着疼痛结束后，脱掉了裙子。然后将灯光调大，站到了镜子前面，脱掉了长衬裙。

　　不知是否冬日夜晚空气异样清澈的缘故，连走在大路上的行人的脚步声都能听得很清楚。这样的情境中，文子像在做什么怕人的事情似的，偷偷窥视着自己的裸胸。

　　雪白的肌肤上一对美丽的乳房。右边那只看上去很柔软，轻轻下垂着，左边那只却胀得圆圆的，皮肤看起来油光发亮。乳头那一点深陷下去，外侧有一个小指指尖大小的微微发黑的地方。

　　是个污点吗？文子悄悄用指尖轻触了一下。不痛，但是用手指擦拭，污点也不掉。将脸凑得更近一点儿，努力瞅瞅，发现没错，是皮肤发黑了。

　　那颜色比起黑色更接近紫色，好像被打得青肿后皮下出血了一般的颜色。

　　这是怎么回事呢？

　　文子第一次发现乳房上出现这种颜色。发黑的是极小的一部分。

只看这一点的话，微不足道。平时可能一般不会在意。但是，乳房异样的发胀和那钝钝的疼痛让人感觉不容小觑。

虽然不知道是什么问题，但是那污点甚至看起来就像一只下方伸来的枪口，正对准了文子。

翌日清晨，文子起床后，马上跟母亲说了乳房的事。文子内心甚为不安，似乎这么放着不管的话，就会造成不可收拾的局面。

"是不是颗黑痣呢？"

母亲原本没有当回事，可是实际看了以后，也是一副疑心重重的神色了。

"还是去医院看看的好。"

"去哪里看呢？"

"大概是得看外科吧，去笠原医院那里看看怎么样？"

笠原外科医院在和文子娘家相隔一条街的十字路口。那里的医生是文子小学的学长，早在五年前就已经在带广开业了。那天午休时间，文子瞅着店里不忙的时候，去了笠原外科医院。

医生摸了摸她的乳房，左右比较了一下，然后从锁骨上方一直试着触摸到腋窝处。这个动作慎重地重复了多次。因为时间过长，文子甚至都怀疑这位医生是否怀有触诊之外的其他目的了。

过了一会儿，医生像是深思熟虑良久一样，抱臂问道：

"是从什么时候开始注意到左边的乳房奇怪的呢？"

"大约两个半月之前吧，我想应该是十一月中旬前后。"

"在那之前，没有什么异常吗？"

"经常感觉有点儿发胀似的，但是，不是很清晰的感觉。"

医生又摸了摸乳房。

"是不好的毛病吗？"

"虽然不敢断言，但是搞不好可能是癌症。"

"癌症……"

文子好像在哪儿听到过这个词语。好像是一位婶母，或者是某位熟人得了癌症死了。印象中是一种可怕的病，但是却并不了解具体情况。

若是放在现在的话，关于癌症的知识已经广为人知。几乎所有人都知道，它能形成于人体的各个内脏器官，除了早期做手术之外无药可救。

但是在当时，昭和二十六年（1951年）前后，在日本人中，得癌症的并不像现在这么多。那时人们患病，最大的死因是肺结核。癌症也就是胃癌稍稍引起了人们的注意。

听说是乳腺癌，文子也只有漠然觉得是一种可怕的病这点知识而已，这也不难理解。

"那么，该怎么办才好呢？"

"乳腺癌的话，必须要马上动手术。"

"手术是……"

"是把乳房切除。"

文子向下看了看自己的乳房。左边的乳房虽然有一个淡淡的污点，却白皙挺拔，比右边的乳房形状反而还要好。单从外貌来看，怎么也难以想象是到了必须要摘除的那种程度的坏东西。

"我们先摘取一部分硬块组织，在显微镜下看看吧。"

"如果检查出是癌症的话，就要切掉这个乳房吗？"

"那是最好的办法。"

"我不想切除乳房。没了乳房还不如死呢。"

文子用两只手盖住胸部，摇了摇头。但是，那时候的文子还没有意识到：那岂止是手术能够治疗的病，那已经是危及生命的病情了。

3

　　乳房上有肿块，除了癌症之外，还有乳腺增生、纤维瘤之类。如果是乳腺癌的话，那就是恶性的，必须要马上切除。但是如果是乳腺增生和纤维瘤等病，是良性的，就不必切除了。这个良性恶性通过切一部分硬块组织，放在显微镜下面观察，便可以判断出来。

　　笠原医生一看之下便怀疑是乳腺癌，但是为了做出进一步的准确判断，建议做这个切割试验看看。

　　"还是要切吗？"

　　只听到手术两字，文子的身体便僵硬了。

　　"说是切，也不过是两三寸而已。因为是用显微镜查看，只切指尖那么一点儿硬块组织就够了。"

　　"查查吧，早点儿查查好放心。"

　　母亲在一旁说道。

　　文子的身体上还没有过一丝伤疤。从出生到现在，还没有动过什么手术。可是这次却偏偏要在乳房上动刀。

　　"真的是两寸，对吧？"

　　最后，文子向医生这样确认了之后，同意了。

　　实际上，那个手术比想象的要简单得多。文子早上去了医院。医生在文子乳房周围消了消毒之后，进行了局部麻醉。手术几乎感觉不到疼痛，几分钟便结束了。

　　"接下来，我们要把这个标本送到大学里去做检查。应该会在十天以内收到答复。收到了就会马上联系您。"

医生手里拿着一个很小的玻璃瓶，瓶内的福尔马林液中，漂着从文子的乳房里取出来的肉片组织。肉片呈淡淡的粉红色，一部分血液将周围染红了。

这东西真的是坏东西吗？

文子带着一种与其说是恐惧，倒不如说是不可思议的心情，盯着那片小小的肉片看。然后文子听从医生安排，在伤口上贴了纱布，便马上步行回家了。

此后过了十天，文子从笠原医院那里收到了消息。

"大学那边回信了。我们有话要跟您讲，请患者和您母亲两人一起过来。"

电话那头传来了护士淡淡的声音。结果怎样了？问她这些关键的问题，她也不回答，只说等见面再聊。文子带着一种不祥的预感，立即和母亲去了医院。

笠原医生正在给病人看病，可一见她们来了，马上将两人特意领到了院长室。那郑重其事的态度让文子越发紧张了。

"是这样的，上次的结果出来了，果然是乳腺癌。"

"真的吗？"

"是大学里用显微镜看的结果，他们这么说了，就肯定没有错。"

"那么，会怎样呢？"

母亲代替文子问道。

"像上次跟您说过的那样，除了切除乳房外，没有其他办法。"

"讨厌，我不要。"

医生什么都没有回答，母亲低头沉默着。两人的沉默让文子的声音越发提高了：

"为什么非要切除乳房呢，为什么只切我的？"

说到这里，悲痛一下子涌上心头，文子用两只手用力地捂住了脸。

为什么只有自己要被切除乳房？只有自己的乳房得了乳腺癌，母亲、祥子和逢坂满里子，其他女人们都不得，偏偏只有自己得呢？这不合理，不能接受！文子边哭边为这不公平生气。但是，医生只管宣告，母亲只是沉默地听着，没有人回答自己这个问题。

被抛弃了……

文子在孤立无援中，继续哭得更伤心了。

"这样放着不管的话，会死的。趁现在赶紧做做手术就能得救。现在死了可就太可惜了吧，为了您的孩子也必须要活下去。"

医生所言都很明白。说的是这个道理。比起死亡，少个乳房要好得多。同样都要不幸，那就选择那个轻一点儿的。但是，文子并非因此就能欣然接受了。丧失乳房对于文子来说，已经超越了她所能承受的范围。

现在文子只能回答出一句"不要"，若是回答"好的"的话，一切都会崩溃掉。

"总之呢，就是这么一个情况，越早做手术越好。只要您那边下定了决心，我们这边立即就会做好手术的准备。请回家再好好考虑一下吧。"

不知是否被文子一直哭得有些发急了，医生熄灭正在抽着的烟站了起来。被医生这么一说，文子慌忙抬起了脸。

本以为要要性子就可以避免，谁知道完全行不通，预想完全被打乱，对方根本不吃那一套。

"怎么都不行吗？"

文子这次是哀求的语气了。那双大大的眼睛里，像少女一样盈满了泪水。这是当请求得不到应允时，最后乞怜的那种眼神了。可是，这似乎对医生也没什么效果。

"不行！"

医生像最后宣言一样，说完这句话后开始向门外走去。任何手段对这个人都行不通啊。离去的医生感觉像一个在说"不做手术就会死"的威胁者。

一旦确诊，刻不容缓地尽早做手术是乳腺癌治疗的原则。稍一疏忽，癌细胞就会最终转移到肺里去。这么一来，即使做手术也无济于事了。

二月中旬确诊后，到文子接受手术的四月份，中间大约隔了两个月的空白时间。

这两个月里，文子和文子的父母并非什么都没做。他们一面烦恼着应不应该做手术，有没有其他治疗方法；一面四处向其他医生和对这类病症比较清楚的人们打听情况。可是结果却都是悲观的。

亲戚或熟人当中得过乳腺癌的患者全都众口一词，都说这是一种很可怕的病，劝她分秒必争地赶紧做手术。文子下面的大妹妹已经嫁人，妹夫是内科医生，当然也是持同样的意见。手术似乎已经无法避免了。虽然觉得可怜，父母还是说服了文子。

文子已经明白了事态的严重性。实话说，最初被医生宣告自己必须要做手术时，还没有这么迫在眉睫的实感。

就像迄今为止，很多心愿都如愿以偿地实现了一样，她本来以为这次最后哭求一下的话，也会实现的。一方面心里想着生病和普通的事情不一样，另一方面还是有些乐观，以为拜托一下总会有办法。她对自己撒娇请求的才能很有信心。

可是，唯有这一次出师不利。那似乎是一个之前的做法绝对行不通的残酷的世界。

注意到这一点后，文子终于找回了本来的坚强。

现在还不能死，现在死了的话，就看不到孩子们长大成人了。这且不必说，恋爱和短歌都会无疾而终的。这个样子下去，留在世间就只是曾经有过一个叫作中城文子的女性而已。文子还是想活着。活着，还有好多想见证的东西。当被告知也许会死的时候，文子反而产生了对生的贪欲。

可是，那是在要丧失乳房的悲伤之后，终于生出来的欲望。从遭遇悲伤到接受它、超越它，这个过程花费了两个月的时间。两个月不算太长，也不能断言说是无用的时日。

但是，文子的心情如何暂且不论，单纯从医学角度来说，这两个月是白白浪费了的两个月。

下面终归不过是从结果论而言的一个推断而已。如果当时在诊断出来的同时，马上接受手术的话，或许还能得救。这一点让人甚为后悔。虽然两个月期间，癌症到底发展到了什么程度，无从确定，但是从医学角度来看，只能说这两个月的时间浪费得太遗憾了。

总而言之，四月过半后，文子为了接受乳房切除手术，住进了笠原医院。

住院前夕，文子睡前喊来了孝和雪子，让他们坐在了自己的左右两边。两个孩子围着文子，正好呈等边三角形的形状坐着。

"妈妈的奶因为生病了，所以要切掉。"

两人已经知道了母亲因为乳房的病要住院了，但是还不知要做乳房切除手术。文子在两个孩子疑惑的眼神中，解开了睡衣，给他们看了看乳房。

"这只奶以后妈妈和你们都看不到了。手术后，妈妈的胸这里就会变得像一块平板了。今天是最后一次能看到它了，你们好好看看它吧。"

文子在孩子们面前，毫不羞涩地打开了胸部。两个孩子胆战心惊地看着母亲雪白光滑的乳房。

"这里面长了一个叫作乳腺癌的病，放着不管的话，妈妈就会死的。比起妈妈死了，还是少一个奶比较好吧？"

两个孩子快要哭出来的样子，看着妈妈的乳房。

"奶没有了，妈妈也会健健康康地活着的，所以你们不用担心。很快就会治好回来的，妈妈住院期间，你们两个要好好听话啊。"

一开始是孝先点了点头，然后雪子也慌忙跟着点了点头。两人都是托这个乳房的福长大的。

"孝，雪子，摸摸妈妈的奶吧。"

文子拉着两个孩子的手，轻轻叠放到了乳房上。

"热乎乎的吧？圆圆的、硬硬的，一点儿也不像是哪里不好的样子吧？"

孩子们只是伸着手，面部却像害怕似的别向了一边。

"不要忘了妈妈也有过美丽的奶啊。"

两只小手掌放在乳房上。小手温暖的触觉中是钝钝的疼痛。文子一面在两个孩子的手心里努力留住曾经有过丰满乳房的记忆；一面强忍着钝痛。

4

中城文子在笠原医院接受切除左边乳房的手术是在昭和二十七年

（1952 年）。

"切除乳房"这个说法看似有些奇怪，但是从专业角度来看是很正确的。和手脚是从躯干上突出来的一样，乳房是从胸部隆起的。要从根基部位将其去除。这个意义上讲，"切除"这个词语十分合适。

关于当天手术的经过，文子只是朦朦胧胧地记得自己被搬运车运到了手术室之前的情景。也记得被仰面朝天放到了手术台上躺着时，骤然间感觉到强烈不安，想逃跑时的情景。

但是完全没有时间逃跑，文子的睡衣一下子被脱掉了，左胸被彻底暴露出来，一直露到了腋下，保持这个姿势被固定在了手术台上。

身着手术衣、脸上戴着口罩的人们来来往往，踩到瓷砖上的拖鞋的声音响彻耳际。不久，从垂向下方的右手上，慢慢注入了麻醉药。

一开始的疼痛带来了轻微的睡意。越想到逃不掉了，意识越发陷入了混沌中。

"不用担心的。"

感觉听到了笠原医生的声音，但是那声音好遥远，不久仿佛落入了深深的地窖中一般，身体不断地沉陷了下去。

"再来一点儿"，医生的这个声音成了最后的记忆，之后一切陷入了混沌中，人事不省了。

手术是从下午两点开始的，到两个小时之后的四点结束了。

返回病房的文子脸色苍白，刹那间脸颊塌陷，长长的睫毛和颧骨在苍白的脸上留下了淡淡的阴影。

医生把了把脉，测了一下血压，继续给她吸着氧气打着点滴。明明说是摘掉了乳房，可是胸部却被厚厚的绷带包得反而看起来更加饱满了。

"疼……疼疼……"

文子一面低声嘟哝，一面依然继续熟睡着。喊"疼"的似乎不是大脑，而是她的身体。

文子恢复意识，叫到名字能回答是在当天晚上过了六点以后。

"野江小姐！"

医生"啪""啪"打了她两个耳光，外行人看起来似乎有些粗暴，但这是让人快速苏醒的最好办法了。

"知道我是谁吗？"

"嗯。"

刚刚回答完后，"嗯"接着变成了"疼、疼"。

"有一点儿发烧，不过，这是因为手术而发的烧，不用担心。"

医生说着，又量了一下血压便走了。

半夜，由母亲菊江和女店员陪床，父亲和妹妹们等到她恢复意识后，便先回去了。

文子清楚地喊疼是在那之后又过了一个小时之后。

"疼、疼，救命啊……"

从哪里发出了那么大的声音呢？总而言之，如果不叫出声来的话，似乎就会窒息似的。胸部深处似乎被打进去了一块滚烫的热球，那热球仿佛正在拨开神经往外冲。

"妈妈，救救我！"

文子完全变回了孩子。不顾羞耻，不要面子了，满心满脑只有疼痛了。母亲一听到她叫唤，便冲到值班室里喊护士。

医生过来给注射了止痛药。扎针时的疼痛跟胸部的疼痛一比，也没什么感觉了。大的疼把小的疼给抹消了。

文子整整两天都在喊疼。每次医生都过来注射镇痛剂，可是那效果也不过是一时而已，疼痛很快又返了回来。

虽说是乳腺癌手术，可时代不同差距太大。若在现在，可以用插入气管的全身麻醉方式，手术方法也进步了很多。可在当时的情况下，虽说做了静脉麻醉，但长时间的手术只靠这个是行不通的，必须要结合局部麻醉，同时并用才行。一面做手术，一面还要观察麻醉状态。同时要身担这两方面责任的医生也十分不容易。

乳房周边在靠近胸膜处有一个对疼痛特别敏感的地方。乳房虽然从表象看来不是很大，但是根底却扩展到了周边很大范围。要彻底切除并不简单。

特别是文子的情况，并不单纯只是切除了乳房。手术开始后才弄明白，乳房周围的淋巴结也比正常的要肿得更大了。这就暗示着癌细胞扩散已经开始侵蚀到周围的淋巴结了。因此，手术不只是停留在切除乳房的程度，而是变成了从前胸到腋窝部位的淋巴结都要切掉的更广范围的手术了。

但是说实话，笠原医生也没自信说切净了癌细胞的所有巢穴。

确实是切除了主病巢乳房，且力所能及范围内的异常淋巴结也都切掉了。但是，在那之外的脖颈、腹部，继而直至肺脏内部的淋巴结处，并未进行确认。

如果癌细胞扩散到了那些地方的话，这个手术就很难说是成功了。自然，令人担心的是，癌细胞有可能会从那里继续扩散，继而引起复发这种最坏事态。

从经验来推断，笠原医生并不能断言，癌细胞没有扩散到今天手术之外的范围，从切掉部分的淋巴结来推断，很有可能已经扩散了。

"这样就治好了，是吧？"

手术第二天，文子在病床上问道。

"不要紧的。"

"真的得救了，是吧？"

"是的。"

这种情况下，作为医生只能那么回答。剩下的就只有祈祷不要再复发了。

到了第三天，疼痛总算镇压了下来，也能右肩朝下侧躺了。但是，发烧还是接近38℃，也没有食欲。小个子的文子双颊又瘦了，眼窝深陷，颧骨突出。原本白润、光泽的肌肤也变得干巴巴的，雀斑明显。

不过，文子体力的衰竭在第三天已经达到了顶点。

自第五天开始，文子的体温渐渐下降，食欲也随之而来。伤痕处依然很疼，身体一活动，整个胸部都会一阵疼痛。有一种被紧紧拴住的痛感。文子自己也知道，身体在一天天地恢复过来。虽说很疼，但那只是表面的那种火辣辣的疼，不再像手术刚做完时感觉到的整个胸部后方全都烈焰灼烧般的疼了。

她住院以来，寸步不离身旁的母亲也在第五天回家了，两个妹妹美智子和敦子来轮班照顾她了。

总算是过了术后危险期那个坎儿。

深夜，文子闭着眼睛，想象着自己没有乳房的胸部。没有乳房的胸部是咯咯愣愣的肋骨突出呢？还是像盖满了雪的湖泊一样，只是单纯地平坦着呢？

左右两边的胸会怎样不同呢？被孤零零地留下来的那唯一的乳房会呈现怎样的表情呢？会像独眼小伙儿一样相貌奇怪吗？还是没了伴侣孤苦伶仃的样子呢？

文子像局外人一样，悠然想象着现在正被绷带盖住的自己的胸部。

这种心情不同于悲伤和寂寞，是一种接近自我折磨式的残酷的乐趣，是一种想象一些奇怪的东西的乐趣。

第九天，到了拆线的日子了。

手术后，为了排出脓水，插入了管子，换过几次纱布。但是文子却还没有看到伤口。医生拿来了镊子和剪刀。

随着一种皮肤被撕拽的感觉，能听到一个小小的丝线被剪断的声音。似乎是在从左侧腹部往胸部方向前行，直至腋下附近的感觉。

会是怎样的伤疤呢？潜息静待的过程中，伸到脑袋后方的手逐渐麻木起来，指尖的感觉渐渐没了。

"还没有好吗？"

那之后又是几次剪刀的声音和小阵痛交叉而过。

突然，伤口处一阵凉飕飕的感觉，有什么湿漉漉、软乎乎的东西敷在了上面。好像是抽完线后，医生正在擦拭伤口。

"结束了。"

护士代替医生答道。

文子刚要抬头，护士慌忙将她按住了，似乎还在用消毒液擦拭中。

"请让我看一下。"

文子这么一要求，护士看了看医生，问道："怎么办呢？"医生正在用棉球缓缓擦拭着伤口，答道：

"给她看一下吧。我在旁边的病房里，看完叫我。"

医生说完走出了房间。护士目送他走出去之后，把手放到了文子的后背上。

"来，好好休息吧，我这就去给你拿过来镜子。"

文子变换了一下姿势，变成了仰面朝天的普通仰卧姿势。

"请看吧。"

护士从床头柜拿过来一把带把儿的小镜子，递给了文子。

"才刚刚抽线，所以……"

文子点了点头，慢慢将小镜子往胸口上移去，镜子里照出了右边的乳房，还有左胸。

"啊……"

一瞬间，文子轻轻叫了一声，将脸扭向了一边。然后又像确认噩梦一样，再次偷偷瞅向镜子。

从上方到侧腹，斜挂着一条黑乎乎的伤疤，在伤口中央位置有一个像被落下了一样的凸起物。

"这个是……"

"乳头啦。因为上面的皮肤没有损伤，医生特意给留下来的。"

文子调整了一下呼吸，然后慢慢移动着小镜子。黑色伤疤如同画了一个大弓一样，横切胸部。中央位置上，留下了一个像无根之草一样无依无靠的乳头。

原以为失去乳房会变得平整的胸部皮肤，因为伤口的缝合，呈现出凹凸不平的样子。

这与文子想象的平滑、白皙的雪面相去甚远，也不是雪白的胸脯上失去了乳房的那种胸部十分孤寂的样子。那情形没有什么感伤之类的情绪介入的余地，有的只是粗暴、丑恶的现实。

文子再也没有勇气继续看下去了。自己的胸自己看了都想把头扭向一边去，简直快要呕吐了。

"给我穿上吧……"

文子只低声说了这一句，便把镜子还给了护士，闭上了眼睛。

再也不想看了。讨厌看了越发痛苦的感觉。想逃掉，想从这场噩梦中醒过来，不去看就好了。

文子闭着眼睛别扭了半天。

"再过一阵儿，伤疤就变得好看了，就不明显了。"

护士在文子耳边轻轻安慰了一句后，去喊医生了。

"讨厌啊……"

文子的内心再次溢满了悲伤。

这个胸从此以后不能给任何人看了。别人自不必说，孝也好，雪子也好，站在旁边的母亲也好，再也不想给他们看第二次了。看了就完了，那些人会把脸扭向一边，不久便会纷纷投来同情的目光。

事实上，母亲便是这样的，一瞬间别过了脸去，用手遮住了嘴巴。现在正在怜悯地将文子睡衣的领口合上，想盖住她的伤口。

"妈妈，不用管我！"

文子紧紧闭着眼睛喊道。

"不用遮！"

母亲困惑地抽回了手。为什么会被批评呢？母亲不可能会懂。虽然觉得对母亲有些残酷，但是现在，文子能发泄悲伤的对象也只有母亲一个人。

"妈妈，你是觉得我很可怜，在同情我吧？"

"文子……"

"我不需要那种肤浅的同情啦。"

文子突然抓起了刚才照伤痕的带把儿小镜子，用力扔到了地板上。镜子发出一声闷响，碎片在地板上四散开去。

"文子……"

母亲又叫了一声，这时，医生和护士返回了病房。

"怎么了？"

"对不起。"

母亲道歉道。医生看着在收拾镜子碎片的母亲，默默无语地拿起镊子，从护士那里夹过了消毒棉。

冷冷的消毒液再次触及伤口。消毒结束后，上面敷上了纱布，然后用绷带绑了起来。绷带一层一层地卷起来，伤口像个宝贝似的被包裹在了白布背后的深处。

文子像个死人一样，上身任由护士和母亲摆弄，双眼紧闭。那样的胸不想理它，那已经不是自己的胸了。是恶魔擅自替换了的胸，是与自己无关的胸，文子一面这样在心里自说自话，一面不断流出了泪水。

文子从笠原医院出院是在过了一个月后的五月中旬。

伤口三个周已经完全愈合，疼痛也消了。因为在手术时连肩膀附近的淋巴结也都清除了，所以左臂还有轻微的浮肿。

不知是否因为伤口的问题，有时候胸部后方也会产生像抽筋一样的疼痛。不过好在不是太难受。

走在阳光普照、泥土气息清新的道路上，文子和母亲并肩回家了。

无论是擦肩而过的陌生人，还是熟人，都不知道文子胸口的伤。虽说动过手术，但是是怎样的伤疤，人们也只能凭空想象，并没有人见过。

文子轻轻哼唱着小曲，合着母亲的步调前行着，想努力忘却伤疤的事。

在不知内情的人看来，那只不过是关系融洽的母女俩午后的散步而已。

可是，走着走着，母亲菊江却想起了出院时笠原医生告诉自己的话——

"她好像因为胸口弄出了那个伤疤而对我十分痛恨。手术已经尽最大努力了。但是那只是建立在肉眼所见范围内的，也许癌细胞已经扩散得更厉害了。如果是那样的话，就会有半年或者一年后复发的危险。下次要是再复发了，不仅是胸部，还会扩散到肺部、腹膜和内脏那里，恐怕连手术也没法做了。虽然我感觉应该不会有这样的事了，但是也有个万一情况。所以，每个月必须要来做一次定期检查。"

医生说到这里喘了口气。

"她好像有点儿小任性，个性也比较强，可能会不怎么听话。但是，下次要是复发了，可就当真没命了。这种事情不能跟她本人讲，只能跟您这当妈的说说。请您一定要充分注意，有一点儿不对劲的地方，马上就带她来医院。没问题吧？"

出院前一天，医生只把文子的母亲叫到了院长室，这样叮嘱道。

5

从笠原医院出院的文子，最先着手的是如何将失去的左边乳房掩饰得像依然存在那样。

因为医生的好意，左胸上还实实在在地留下了乳头。

然而，在平平的、没有任何隆起的胸上，只孤零零地留下仅仅一个乳头，看起来着实怪异。就好像一个放在碟子上忘了吃掉的葡萄一样凄寂。

说到要将不存在了的胸部隆起搞得像现实存在一样，若是今天的话，谁都会马上想到胸罩。用胸罩可以装饰出喜欢的大小和形状。

但是在当时，昭和二十七年（1952年），胸罩还没有那么普及。

在此之前，放在胸前的是所谓的胸托，它是将钢丝卷成圆锥形，在上面盖上棉布，将其塞到贴身衣服底下而已。当时这个被称为"假胸"，只有东京和大阪的有钱人家的女儿和一部分女演员在使用。

布料店的女儿，从年轻时候就爱打扮的文子，当时已经知道有胸托了。

乳房不大的文子在东京逗留期间，曾经买来尝试过一次。可是身体一活动，胸托就会脱离合适位置。所以在戴的时候，不能活动得太用力。总而言之，那个时候是半真半假的淘气心态买的，没有也并不碍事。

但是，这次那样却行不通了。右边胸部有乳房隆起，左边却没有对称，会显得很奇怪。若穿大衣的话还好说，如果穿毛衣和连衣裙的话，就能看出来走形了。

文子暂且订购了一副胸托。

当然，虽说订购，带广这个乡村小城并没有地方可买，文子是拜托了出入店里的批发商，让他从札幌商店里帮忙买的。

当时的胸托尺寸，不知是否叫标准型，大小都是一定的。

六月初，批发商给买来了胸托。买的是左右两个，算是一套了。文子将它穿在贴身衣服下面，为了不让它上下移动，穿了一件小一点儿的毛衣，裹紧了胸部。

胸托大小比留在胸上的右边乳房大了一圈。小骨架的枯瘦身体上，穿着一件紧绷绷的毛衣，再放进去胸托，文子的胸部显得比之前还突出。

附近的邻居和歌友们都听说过文子乳房上长了不好的东西，动了手术。但是，并不知道其结果是左边乳房被全盘切除了。知道这一点的只有医生、护士和母亲菊江。

手术后，文子再三拜托护士和母亲，不要告诉任何人自己没了乳房这件事。

换纱布的时候也是，当母亲以外的其他家庭成员在一边的时候，会先请他们去病房外面等着，然后再处理伤口。所以，父亲就不用说了，连妹妹们也都没见过文子胸口的伤疤。

洗澡也绝不去公共浴池。文子出院以后，频繁地在自家浴室烧水洗澡。而且每次势必一个人进去。有时候雪子和孝也想一起进去洗，都会被她语气严厉地喝止："不行！不能进来！"

"孩子不要紧吧？"

看着被批评后有些委屈落寞的孩子们，母亲菊江打圆场道。

谁知，文子一副就要哭出来的神情，倾诉道："妈妈不要瞎说！孩子们只知道我漂亮的乳房啊。没有必要硬要他们看到这样伤痕累累的胸口，打破他们的梦想吧。那样做的话，孩子们就太可怜了啊！"

她这么一说，菊江也无法再说别的了。

就是这般架势，所以其他人只是以外行的知识，随意猜测想象文子的胸而已。

村田祥子因为记得她母亲曾经做过乳腺炎手术，乳房右边有一个小伤疤，所以以为文子的伤大概也是那种程度而已。

"做了手术后，乳房反而变大了呢。"

看着从毛衣下面隆起来的胸部，祥子说道。并非嘲讽，她是真心那么想的。

"不是的啦，下面放进了胸托呢。"

被人这么一说，文子也确实不好撒谎认可了，但是，之后立马又理直气壮地补充道：

"因为动了手术，所以变形了嘛。没办法我就塞上了圆圆的乳垫。"

假胸这东西的存在，祥子也已经略有耳闻。正因为对乳房没有自信，她也一直想着有机会戴戴试试，但是却没有勇气自己主动去买。

可是文子却以乳房动了手术为由，堂而皇之地戴上了。手术使它正当化了。不了解文子伤痕实态的祥子，反倒很羡慕拥有这么美丽饱满弧度的文子了，甚至想效仿她了。

然而实际上，戴着胸托的费心劲儿可不是一般的心情可以比拟的。最为艰难的是，稍一活动身体，隆起部位就会脱离位置。

文子想要稳定性更好的胸托。有了那样的胸托，外出也可以安心了。胸托前面碰到什么东西上也不必在意了。

这是戴胸托的所有女人都持有的愿望。当然，胸托制造商也注意到了这一点。

文子四处买来当时刚刚出来的服装杂志和妇女杂志，一一翻看有没有那样的产品。然后在那个夏天，文子终于在 D 杂志上，发现了一种叫作胸罩的新的护胸品在售。

文子看到这个商品目录，马上向东京总公司写信购买了。

虽说价格比较昂贵，但是应该是今后文子一直会用到老，永远离不开的必需品了。即便将来在带广也会有卖的，眼下也不像是会有的样子。文子一次购买了三个。

夏天衣着单薄，就时机来看正合适。穿上这个的话，稍稍简陋一些也不必担心。

文子穿着新寄来的胸罩，上面再穿上一件罩衫或毛衣。穿白色较薄质地的罩衫等衣服的时候，胸罩会从上面透出来，不习惯看内衣的男人们看到后会感到十分惶惑。虽说是手术的结果，但是文子在内衣的穿着方面，走在了这座小城的前沿。

然而，这毕竟只是表面现象，一旦脱下衣服，便能看到留在那里蛇形的黑乎乎的伤疤了。无论如何伪装，文子自身是无法从那伤口中逃掉的。

但是，越过这层悲伤，出院后的两年里，文子更是经历了多姿多彩的恋情。换句话说，这也是活在这个世界上的文子为爱焦思的最后一段时间了。

这期间，文子爱的对象是手术前曾经走得很近，手术时暂时中断一段时间的五百木伸介。

到了夏天，文子能自由出行以后，这段恋情再度燃烧起来，火势比之前更为猛烈。

虽然文子自身并没有注意到，经历过徘徊生死边缘的大病之后，文子对于爱情变得更加贪婪了。

五百木的老家是从带广往东有两三公里距离的K村。父亲是当地很有影响力的农业大户。五百木毕业后，不喜欢做农业，临时做了舞蹈老师，却遭到了家里的极力反对。虽然家里希望他回归农业，继承家业，但是五百木是一个比起农业，更爱文学和哲学的、爱思考的青年。

这个五百木有一个和文子是女校时代同年级同学的姐姐，也是文子所属的《山脉》和《新垦》的同仁。这位姐姐也因为自身身体状况不好，加上家庭状况比较复杂，依然单身。

文子最怕自己和五百木的恋情被他姐姐友子知道。

这种情况下，无论实情如何，世人都会认为是年长的文子引诱了纯情的青年，而实际上也确实是这样的。关于恋爱，文子已经是一个"声名狼藉"的有前科之人了。

明明担心被友子和其他歌人知道，文子却还是无法不歌咏对五百木的爱。

踮脚回吻唇，春夜爱经心，如此娇艳似水润。

春芽萌发中，穿行过树丛，无须借口真爱情。

这是自昭和二十七年（1952年）春天至夏天，发表于《山脉》杂志上的，文子写给五百木的咏情歌。既害怕被友子等其他歌人们知道，又悄悄咏唱短歌，但是这种关系到底是掩盖不了的。

拨日流云春已近，谣言四起"堕落人"。

如谣言所传，这个夏天，文子和五百木发展到了肉体关系。

文子忘不了第一次将身体给了五百木时的情形。

在那之前，文子除了丈夫之外，经历了与诸冈，还有大岛的一段段恋情。不过，那全都是文子身体健康时候的事。

六月，黄昏，漫长夏日的余晖停留在云端，一动不动。文子和五百木从神社后面来到了十胜川的堤坝上。广漠的夜色里，只有河面在发着白光。看着看着，文子突然涌起了一种冲动，想就这样被男人翻江倒海地折腾一番。这与其说是心在向往，倒不如说是身体在求索的一种冲动。

文子一个人走向桥边，朝驶过来的出租车招了招手。

纵跨十胜川的十胜大桥是连接带广和十胜川温泉的大桥，把客人送往温泉后往回返的空出租车频繁通行。从大桥到温泉坐车有几分钟的距离。文子曾经受诸冈之邀去过那里。

"上车吧。"

"去哪儿？"

文子不管他先上了车，跟司机说了一声："十胜川温泉。"车马上调了个头，再次横渡大桥而去。

五百木似乎觉察到了什么，表情僵硬地凝视着前行路上的夜空。文子偷偷瞅着青年那略略不安的神情，感觉到一种近似施虐他人的喜悦。

但是，进了温泉旅馆后，当房间里只有两个人的时候，文子这才意识到自己的立场未必具有优势。

没有乳房……

这一点现在才开始成为一个现实事态，袭向文子。然而，这并非是刚刚突发的事情，而是文子早就充分了解的事实，事到如今再狼狈实在奇怪。

说实话，文子早就料到早晚有一天，两人之间会出现这个乳房的问题。她一面想着有朝一日必须要清楚地告诉他，但是却又在拖延一时算一时。

然而，事到如今已经无法逃避。自己邀请来的，再这样回去的话，就跟自己承认失败逃路了一样。

看见五百木火热的眼神，文子下定了决心。反正早晚是要知道的。如果因此而被讨厌也是没有办法的事。那样反而能一了百了，断了念想。

可是，虽然这样下了决心，文子也仍然想着能欺多少算多少。想着想着，文子像昔日在学校艺术会上演过的女王一样，说道：

"关上灯吧。"

文子像少女一样对上前索吻的五百木低语道：

"求你了，我不喜欢明亮的地方。"

五百木老老实实地去门旁关上了灯。

黑暗中，五百木细细的脖颈和上面白皙的面容出现在眼前。距离近得嘴唇一撅就能接触上，文子确认过之后轻轻闭上了眼睛。

五百木的接吻方式笨拙又粗暴。只管强行压到嘴唇上，不会转动舌头、吮吸之类的技巧。

文子的双臂上，微微传来青年的战栗感。双唇和指尖也在轻轻颤抖。

"好喜欢你。"

文子在青年的臂弯中，喃喃低语道。

两人就那样缠绵到了床上。出租车内那个困惑的青年如今已经化身为凶猛的野兽。

"等一下，马上就给你，等一下。"

文子在五百木双臂下哀求道。

"给你，但是你要答应我一件事。"

黑暗中，五百木漆黑的瞳孔十分率直地等待着。

"胸部还有点儿担心，所以不要动这里。"

文子双手放在胸前，宛如环抱乳房一般的姿势，那动作像少女一样楚楚动人，惹人怜爱。

"明白了吧？"

五百木非常认真地点了点头。

"我把手放在胸上，你来抢我吧。"

文子产生了一种自己宛若殉教者一般的心情。五百木的手怯怯地从肩头移向下半身。像在控制激动的心情一般呼着气，有些不安地确认着往下滑去。

文子感觉自己如同全裸着被青年捧在手里的活贡品一样。心情从施虐向自虐摇摆着。

全身衣服都被脱掉了，只剩下一件胸罩裹在身上，文子以这样的姿态将青年迎了进来。

感觉到了五百木这个男人。认真品味的同时,文子将放在胸前的手一点点移到了他的肩头 。五百木每次用力时,胸罩便跟着摇动,而文子已经不再考虑乳房如何了。

想被夺走一切,想被折磨得气绝身亡,想被尽情颠荡,如同白色河面上看到的漩涡一样。想要那人事不省的瞬间空白。那样的话,乳房也好,人们好奇和批判的眼光也好,都能统统忘掉了。

此时,文子在向男女结合的那个短暂的燃烧中,寻求着某种平安。

不知过了多久,时间似乎很长,又像很短。在尽了兴的五百木身旁,文子温柔地满足着。那种满足与他的体力和技巧无关,是一种总算结合了的接近安心感的东西。同时,也是一个没有乳房的女人让一个年轻男人得以尽兴,从而确认了自己作为女人价值的一种满足感。

一切结束后,文子看了看胸部,胸罩几乎没有任何移动,依然好端端地盖在残留的乳头上。

　　夜空高鸣烟花开,吾被豪夺魂不在。

虽然第一次似乎有些怯意和迷惑,可第二次开始,他便毫不介意地索求了。青年虽有些厚脸皮和任性,但在索求时却又接近哀求了。

文子充分吊足了他的胃口,等到五百木等得快要没有耐心的时候,自己再主动给他。还是让他关掉灯光,不时把健康的那只乳房悄悄从胸罩里露出来让他含吮。五百木像一只小饿狗一样,紧紧吸住不放。

文子喜欢把乳房给他,自己轻轻抚摸着青年柔顺的毛发。轻抚青年头发的时候,文子感觉到一种他的一切尽在掌控之中的满足感。

文子已经抓住青年不想放开了。自这个时候开始,二十四岁的青年逐渐成了二十九岁没有乳房的女人的俘虏。

对两人关系最为清楚的是五百木的姐姐。

五月初，实在受不了闲言碎语的友子来到《山脉》发行者山下和舟桥那里，拜托他们劝说文子从弟弟身上收手。

现实情况如何且不说，依友子看来，只能认为诱惑弟弟的是文子，弟弟是被文子欺骗的。

这样的看法不只是友子，文子的朋友和歌人伙伴们也是一样的。实话说，"那个女人十有八九能做得出来"，这是他们的一致看法。

中规中矩的山下接受了友子的委托，找文子劝道："和五百木的交往能否自重一点儿呢？"

"我知道大家都在说我们的闲话。"

文子只是这样回答了他，并没有说要和他分手还是控制见面。

舟桥了解文子钻牛角尖的性格，所以从一开始就放弃了去劝说她的做法。

"现在两个人都在热恋中，只能先放着不要管。她是那种一旦认定了，不管什么事都会不尽兴不罢休的一个人，个性太强。所以，反对的话，搞不好反而还会起到火上浇油的反作用。"

被舟桥这么一劝，友子束手无策了。

这么一来，只有直接跟文子见面摊牌谈判了。可是友子心里虽然这么想，却感觉见面很有可能会被文子驳倒。对于友子来说，文子怎么看都太过强悍，不好对付。

但是，虽说强悍，身处谣言漩涡中的文子，其自身的痛苦却是周围的人无法想象的。

从夏天到秋天，两人的谣言像吹遍十胜平原的疾风一样，传得那座地方小城满城风雨。

九月份时，传闻不止于歌友和其他朋友之间了，连文子的父母和五百木家里都听到了两人之间的闲话了。

母亲菊江很上火："又来了！"对于失去乳房还恋情传闻不绝于耳的女儿真是瞠目结舌了。

"人家对方可是个前途无量的年轻人啊，你可是有三个孩子的人啊，还比人家大五岁呢。你也考虑一下自己的立场嘛！"

连菊江也说不出"你连乳房都没有了"这种话。文子不知在不在听，正垂着眼帘盯着指甲上涂的红色瓷釉。那个时候还没有指甲油，时髦的文子便将瓷釉涂在了指甲上。

菊江对于这般努力装嫩追求年轻男人的女儿既觉得可怜，又觉得羞耻。

"大家不是都在笑话你吗？你被耻笑的话，爸爸妈妈、咱家店里、你的孩子们，大家都会被耻笑的啊。求求你了，让父母发愁的事儿就别再做了。到此为止吧！"

原本打算批评她的，谁知半路上变成了哀求。

"即便你有多么喜欢人家，但是也没法跟人家结婚吧？"

"妈妈是说能结婚就行了吗？"

"不要说傻话！"

"总之能结婚就行了，是吧？"

文子只说了这么一句，站了起来。

受到周围的指责越厉害，被逼得越紧，反抗就越强。这就是文子的性格。表面看似温柔，心里潜藏着十分强韧的东西。

被母亲得知情况，并被责问一番之后，文子一改之前的遮掩态度，反而对两人的关系像夸示一般放开了。

"大家都想破坏我们的关系，所以我们也没有必要隐瞒了，堂堂正正地给他们展示一下我们两人是多么互相深爱着彼此的吧。"

文子确认了爱情后，跟五百木宣告道。五百木像被牵着鼻子一样点了点头。

"我是不会输的，所以你也要努力啊。"

感觉被逼入困境的实感反而将两个人更加紧密地连接在了一起。事态正如舟桥所担忧的那样进展着。

从这个时候开始起，文子开始在人前脸不红心不跳地喊五百木为小伸了，五百木也叫文子为文子姐了。

毋庸置疑，文子是个性格强势、认死理的女人。一旦燃烧起来，无法轻易阻止。没有那种一面燃烧，一面八面玲珑处事圆滑的手段。说得好听一点儿是天真烂漫，说得不好听就是不管死活的女人。

俯身为君系鞋带，幸福有此谦卑态。

举头望夜空，如捧月明中，流言蜚语已无恐。

事已至此，文子已经完全放开，将错就错了。交代清楚了两人的关系之后，就没有什么可怕的事了。

但是，如此强势的文子，对于不顾一切直奔爱情的自己，也不是毫无反省。

抱子自然泪水浮，母非凡人因何物。

蝌蚪猫头鹰，鲜花与爱情，万物同栖我心中，爱让女人生。

当一个人头脑清醒地思考时，文子被自己的任性惊呆了。自己都搞不懂自己了。但这只是一时的想法而已，过后，马上又变回那个心里想着男人的恋爱女了。

对于批评之后，态度越发挑衅的女儿，母亲菊江越发严厉了。因为文子要强的个性是从母亲这里遗传的，所以母亲拿文子没办法。

与母亲相比，文子的父亲比较温柔，很少批评她。

老首相喜欢，则反语相言，钱形平次①也在看。

此外，文子还有两首短歌是咏给父亲的。每一首都能看得出对温柔的父亲的怀念和依赖。

但是，对于女汉子性格的母亲，这样却行不通。自从和五百木的事公布于众之后，菊江除了歌会以外，禁止她的一切外出了。

万般无奈的文子想到了让祥子假称有歌会来接自己。

骗过母亲的眼睛出去以后，等回家时，自己再转到祥子家里，将她叫出来陪她一起回家。

对于祥子来说，这不是个什么好角色。但是，当文子双手合十说"拜托"时，她却拒绝不了她。在祥子心里，女校时代女王一样君临天下的文子的形象依然残存，让她不由得产生一种不得不服从的心情。

和五百木的恋情，以父母为首的很多熟人都蹙眉无奈。但是单从短歌这方面来说，这种四面楚歌的形势反而作为驱动创作欲的刺激药，激发了文子的创作欲，只会起到积极的正面作用，而非负面影响。

已经堂而皇之地公开与五百木的关系的文子，毫无怯意，接二连三地发表了多首恋歌。

月光清凉，寂寞心房，君之黑痣位置已忘。

---

① 钱形平次：江户的福尔摩斯，日本作家野村胡堂笔下的名侦探。

窃窃私语，夜风已住，他的年轻担心成阻。

这年十月份，文子成了女性短歌会会员。

该会北海道分会代表是宫田益子。在她的推荐下，文子加入了该会。

这个时期，文子已经成长为《山脉》《新垦》赫赫有名的女性歌人了。但是，这些杂志都不是全国性规模的短歌杂志，文子对此颇有微词。

既然要搞创作，就想得到东京这个中央地区的认可。这段时间开始，随着文子对短歌越来越自信，她开始有了扩大自己短歌的影响力的想法。

在宫田益子的牵线下加入女性短歌会是这个想法的第一个表现。第二年，昭和二十八年（1953年），其加入《潮音》短歌会，也是出于同样的目的。

第五章

晚 虹

1

从昭和二十七年（1952年）至二十八年（1953年），文子对于五百木的爱情，在旁人看来，正是无畏无惧地熊熊燃烧的时候。它就像落日前的光芒一样短暂而鲜烈。

但是，这段时间里，文子在沉浸于和五百木的爱情的同时，创作短歌的热情也在激烈地滚滚翻腾。喷涌而出的恋情结晶为无数美丽的咏情歌。

昭和二十六年（1951年），集结了十胜地区歌人的《山脉》在主导者诸冈去世后，自昭和二十八年（1953年）开始，随着舟桥、三宅等主要同仁的移动，开始越发低迷，连月刊的发行都无法保障了。

文子几乎每月都在《山脉》上发表作品，同时作为《新垦》的准同仁，也十分活跃。但是，对于前者的低迷和后者作为地方杂志这些特点越发感觉不称心，便积极参加了女性短歌会。

然而，虽然信心十足地加入了女性短歌会，但文子的短歌并不具备特别的优势。在十胜地区再有名，在全国也还不过是个无名新人。虽然在地方杂志，文子是一直被视若主要的同仁。所以对她来说，这种对比太难受了。而且还因为是只有女性参与的杂志，文子十分反感，并将自己的不满向一直师从的《辛夷》的主办者野原水岭倾诉了。

野原很早就认可文子的才能，故而十分理解她的不满。听她抱怨后，野原得到了小田观萤的指点，与四贺光子进行了交涉，帮文子在《潮音》获得了准同仁的待遇。

一个从地方杂志来的新人，一跃成为《潮音》的准同仁，虽说是有权威人士的介绍，但是在当时，确实算是破格待遇了。文子对此十分感谢，自那以后直至去世之前，每周都在此杂志上发表作品。正因为这精神百倍的劲势，在该杂志上发表的作品也都秀逸出众，被选为集体评定材料等，文子很快变得众所瞩目。

一方面是这种积极活跃的志向，另一方面是文子的活动也很频繁。出院后，文子也从未缺席过带广的歌会，也经常参加二次聚会。

这段时期，舟桥住进了位于市中心的志田医院，文子时常从自家店里溜出去，来他的病房里闲聊。

舟桥至今记忆鲜明的是，昭和二十七年（1952 年）圣诞前夜的傍晚，文子身穿荷叶边夸张的喇叭连衣裙出现了，跟他说："我今晚上要去和小伸（五百木）跳舞，马上就走了。"说完，旋转了一圈，让喇叭裙像降落伞一样蓬松了起来给他看。

舟桥因患病度过了近十年的疗养生活，腿脚无法自由行走。除他之外，病房里还有几位常年疗养的病号。在这些人的面前，恐怕一般人都会谨言慎行，不会说什么要和喜欢的男人去跳舞之类的话的，可文子却毫不在乎。而且，还手持裙裾转了一圈给人看。若是别人这么做的话，会感觉很讨厌，然而文子做起来，反而会生出一种楚楚动人、天真无邪的纯朴，让见者心生乐趣。

虽然并非因此而有恃无恐，不过文子也确实带着五百木来过几次病房。大多时候，五百木都是羞涩地低着头，即便舟桥跟他说话，也只是简单地回答一声"嗯"或"是"之类。当说着说着聊到短歌的话题时，文子便会热聊得忘记了五百木的存在，等结束时，再像突然想起来一样，"小伸、小伸"地朝五百木撒娇。两人的购物，甚至下次约会的事儿等，这些跟舟桥毫无关系的话，也能在他面前毫不在乎地说出来。

事实上，表面虽然看似旁若无人，其实文子本能地明白在男人们面前，是可以随心所欲到什么程度的。在人面前谈情说爱也好，撒娇使性也好，都不会让其他人感觉不愉快。这一分寸她把握得十分出色。

在这个病房里，文子仅有一次就自己的名字问题，和舟桥商量了一下。

时间略略上溯到前面，文子说的是正式离婚后也用中城这个姓氏会不会有些奇怪的事儿。

"这个嘛，还是重新恢复娘家的姓野江比较合情理吧。"

舟桥做了常识性回答，但文子稍稍想了想之后，说：

"毕竟以前我一直用的是中城，而且野江文子总感觉太土气。还是中城比较帅气吧。"

"但是，这好像并不是帅不帅气的问题吧？"

"不过，把它当作笔名就行了嘛。名字比较普通，所以至少姓要时髦一点儿吧。不然可不行啊，名字没劲儿的话，短歌也不会带劲儿的。"

文子从一开始就没有要换姓的意思。主意早已打定，只是说一下而已。

"你那么认为的话，就那么办好了。"

文子好像很满足似的点了点头，但是马上又加了一句："不过，我并不是还爱着中城的意思啊，不要误会。"

舟桥对于姓名如何倒是没啥想法，可是过后想一想特意这样强调的文子，反而让他感觉到了她和中城之间的一种羁绊，很奇妙的感觉。

这一年，文子周边发生了几个变动。首先是三月时，大岛从畜产大学毕业，搬到了札幌。四月份，舟桥也搬到了札幌的医院。十月，《山脉》的权威同仁山下去世了。文子周边关系亲密的人一个一个减少了。文子在和五百木的恋爱中创作着短歌，一点一点在《潮音》稳固了自己的地位。虽然身负没有乳房的悲伤，但那只是她一个人的秘密悲伤，她也已经习惯了在人前有说有笑。

之后十月份，文子总算等到了五百木的父亲松口，同意她在不久的将来，可以和五百木结婚了。文子和自己儿子的执着，让五百木父母终于让步了。这期间，鼓励、拽着动辄胆怯退步的五百木往前走的是文子这方。

可是，正如在等着这个幸福时刻的到来一样，不幸再次将其黑色的羽翼伸展到了文子前行的道路上。

十月中旬，当文子时隔两个月再次出现在医院里时，给她看病的笠原医生哑然失声了。

原本虽然微有下垂，但是柔软、丰满的右边乳房上，出现了硬块，都胀大成小指头粗细了，一直伸展到了腋窝处。

"好像还是癌症啊。"

经过充分触诊，拍了 X 光片之后，笠原医生哭丧着脸道。

"但是，癌细胞不是在这之前和左边的乳房一起切掉了吗？"

当时听到的是切除乳房就能治好，所以文子的疑问是理所当然的。

"没想到有一部分转移到右边去了。"

"为什么，会连这边都……"

文子朝下看了看右边的乳房。

即便被这样问，医生也没法回答。虽然把目所能及之处的坏东西都切掉了，也不能断言癌细胞没有扩散到其他地方。癌细胞终归不是肉眼所能追寻到的。

"怎么办呢？"

"还是要动手术。"

"那么，这边的乳房也要切掉吗？"

文子着急地追问道。医生沉默良久，最终静静地点了点头。

不知为何，文子没有感觉悲伤。变得平坦的胸部在视线中扩展，宛若十胜平原一样，冷森森的、一望无际。

以前，文子曾经做过和这同样的梦。自己在原野中拼命奔跑，既没有树也没有山，直到看不到边际的远方，有的只是一片茫茫草原，自己不停地奔跑着。但无论怎么跑，都到不了目的地。途中，文子产生了一种在自己胸上奔跑的错觉。明明是胸上，却又有洼地。那里住着蛇和蜥蜴。一面心里想着这是梦境，却又无法从恐惧中逃出来。当醒过来的时候，发现出了一身汗，两只手正放在没有乳房的胸上。

文子经常在梦里看到分不清是现实还是未来的情景。刚觉得这样的景色似曾相识，便意识到原来它和梦里见到的风景一模一样。是梦先夺取了未来吗？没有乳房的风景也是同样的。

"那么，也就是说胸部会全部都平了，是吧？"

见医生点了点头，文子反而骤然产生了一种奇怪的感觉。若是胸部全都平平坦坦的了，反而索性能清清爽爽，戴胸罩好戴了。两边的胸上都有伤的话，左胸的凄惨也就没有那么突出了。说不定左胸一直在盼着这样的结果呢。

陷入悲伤之前，文子索性换了一种态度。

医生再次摸了摸右边的乳房，在病历上写着什么，然后说了一声："请和你母亲商量一下吧。"便站了起来。

文子在同一个笠原医院里，又接受了右乳房的切除手术是在那之后过了十天，十月末的一天。

实话说，这个处置从现在的医学常识来说是否合适是有疑问的。一般情况下，癌症无论生在哪里，发现了立即切除是基本原则。只要在早期，切除一般就能治好。但是，若是发现太晚，或是复发的情况下，原则上是不宜动手术的。对这种复发的病例反复动手术的话，有时反而会伤害周围组织，刺激癌细胞，导致病情加速。

虽是从结果论而言，且在此一聊。就文子的情况，在最初阶段时其实已经为时已晚。退一步来讲，即使一开始没有判断出动手术已经晚了，也不应该在第二次转移的时候再做手术。无法否定这样的做法更加速了她的死亡。

但是，这也不能完全责怪医生。

总而言之，文子再次躺在了手术台上，右胸挺立出来，被切除了乳房。因为这次是第二次做了，文子和家人都对手术自身没有什么怯意了。不过，只有母亲菊江心里明白：女儿的死期将近了。

麻醉手术中，意识渐远行，幸福裸身已曾经。

手术刀好凉，残忍葬乳房，遥声嗤笑我不放。

乳房切除后第十天，伤口总算愈合了。在一个护士和母亲谁都不在的下午，文子一个人下了病床，试着站到了水龙头上面的镜子前。

午饭吃完后，患者们都睡着了，病房里此时是最为安静的时候。

文子掀开睡衣前襟，取下了卷在胸前的漂布。最下面铺着一层薄薄的纱布，纱布和胸带一起飘落了。

文子的眼前，瞬间跳进了缝痕鲜明的暗红色伤痕。伤痕从右边腋下往侧腹方向划下了弧线，尤其是在肩头和腋下有两处四五寸长的伤疤。

左边还曾留下乳头，而右边已经什么都没有了。两个乳房都没了，胸部平平坦坦。岂止如此，一部分伤处的皮肤被拽得变了形，甚至看起来有些凹陷。包扎的东西突然被扒掉了，胸部显得十分寂寥，在眼下一览无余。腹部看着离得更近了。

那已经远非女性的胸部。只让人看这里的话，也许会被误认为是谁伤痕累累的后背。

文子面对比后背还无情的胸部，明白自己现在已经确凿无疑地被连根拔掉了女人的部分。

古有出轨女，处刑遭割乳，而今自己同境遇。

镜面无情照吾胸，似鸟似鱼无不同。

只要你活着，他虽这么说，不知伤痕安慰我。

文子把失去双乳的胸上卷上了绷带，继而在它的上面放上胸托，穿上了连衣裙。如此一来，谁都不会注意到自己没有乳房了。

就连五百木，也只能抱着被白色绷带卷起来的胸。永远没有人看到它了。

十一月份，出院之后的文子开始定期去札幌医科大学附属医院接受治疗。

因为通过第二次手术，医生明白癌细胞已经扩散到右乳房以外的地方了，甚至已经扩散到了腋下和肩部的淋巴结上了。继续做外科治疗已经不可能了。从去札幌医大那天开始，文子马上接受了胸部和腋下的 X 光放射治疗。

放射治疗结束后，下午便住到她大妹妹所嫁的小樽家去了。第二天再去札幌接受放射治疗。为了那不满一个小时的治疗，几乎要花费掉一整天的时间。但是事到如今，也只剩下这唯一的治疗方式了。

在札幌医大接受放射治疗的过程中，文子渐渐意识到自己的病情之重。那似乎不只是留下伤痕，失去乳房之类那么简单的问题，似乎确实是会致死的病。

一回到带广，文子便搜集来所有的家庭医疗书籍，翻看了癌症的相关内容。

可是，无论看什么资料，文子的状态好像都已经为时已晚，令人绝望了。

虽然有所察觉，但是，当死亡终于以具体形式紧逼而来时，原本只是怀疑的那种不安，在晚上醒来时，化作了现实的恐惧，逼近了眼前。

"妈妈！妈妈！"

文子半夜爬起来，冲下了楼梯。

"怎么啦，文子？"

母亲惊讶地醒过来，文子将脸埋到母亲的膝盖上，抽抽搭搭地哭着。那个身影，已经完全看不出为奔放的爱情而生，和身为三个孩子的母亲的坚强和权威了。只不过是一个贪生怕死的人而已。

"不要担心，都做了这么大的手术了，已经不要紧了。"

菊江一边摸着突然变成孩子的女儿的后背，无法相信医生所说的这孩子就要死了的话。

文子怕黑。只要那黑暗的、一人瞎想的黑夜时间不来，就能从死亡的恐惧中逃脱出来。在明亮的光线下，和几个人一起待着的话，就能忘掉死亡已经临近的事儿了。

要悟透生死，文子还太年轻了。

但是，无论文子认为死亡已经离得如何近，却依然不觉得它是百分百绝对不可避免的。百分之八九十不行的话，不是还有百分之一二十的获救的可能性嘛。她的心里还抱着一丝希望。实际上也可以这么说，正因为是这样，文子才能在白天有说有笑、十分爽朗。无论读多少书，反正是医学方面的外行。这方面的无知，反而在救赎着文子。

燃尽奴真情，乳房随君拥，不知何时癌已成。

双唇被压住，乳房热乎乎，癌嘲笑着悄悄熟。

虽然惧怕、憎恨癌症，但是，文子还没有真正意识到它的可怕。

此时，死亡已经近在咫尺。

2

昭和二十九年（1954年）年初。

长子孝十岁，上小学四年级。长女雪子，上小学二年级。两个孩子都长得像文子一样纤细，脸上一双眼睛大得出奇，但性格上似乎更像父亲弘一，温柔、软弱。

虽然没有父亲，孩子们却在母亲的膝下，在姥姥、姥爷的守护下，无忧无虑地成长着。虽说离独立成人还早，不过日常生活几乎不需要费什么心了。

　　然而，看似健全、开朗的只是表面现象，孩子们对于自己没有父亲，母亲文子投向其他男人的眼神都十分敏感。特别是年龄大一点儿的孝，今年已经十岁，情窦初开的年龄，对于男女之间的事已开始抱有少年模式的关心了。

　　　　波斯菊轻摇，母为爱燃烧，少年目睹人变暴。
　　　　河鲑红腹开，多子拥在怀，为母羞耻悄然来。

　　这期间，文子和五百木的幽会几乎都是在深夜，一直是以五百木来文子家里的形式持续着。

　　白天时，彼此都有工作，最麻烦的是众目睽睽、人言可畏。

　　父母已经搬到了广小路的新店，住在东一条的家里。文子母子三人住在二楼，楼下租给了一对经营杂货店的老夫妇。

　　晚上，孩子们在九点左右入睡，楼下的夫妇也在近十点时上床。五百木瞅着之后的空子来。

　　作为到达的信号，五百木会在房檐下吹口哨。文子则开着二楼的窗户。冬天时，文子会在窗口挂上白色布条，表示可以进来的意思。

　　五百木迟到的时候，文子经常会戴上围巾，在外面等他。等着等着，五百木就会从黑暗中跑过来。两人紧紧相拥，然后悄悄打开后面的木门。蹑手蹑脚地爬上楼梯，走到近前的房间。孩子们已经在旁边的房间里睡着了。

　　两人接着那样拥抱在一起，五百木在清晨，再次一人离去。

　　五百木的家在跨过十胜大桥前面的K村，距离带广有两三公里路程，让他一个人走那样的夜路回去实在于心不忍，文子曾经留宿过他几次。

为了不让孩子们起床发现，天还不明，文子便先挪到孩子们的床边，早早起来，帮他们做上学的准备。

即使这么费心，有时候也会因为孩子们突然拉开门，而看到五百木睡在那里。

"叔叔是因为工作的关系，才住下了。"

文子装作若无其事的样子，这样解释道。但是，她也知道渐渐隐瞒不住了。虽然觉得孩子们还天真、年幼，可是，有时候会遭遇到孩子那冰冷得令人震惊的视线，文子就感觉十分狼狈。

和丈夫分别了，现在爱的是别的男人，这件事早晚必须要先跟长子说一说的，文子一面这样想着，一面一天一天地拖延着时间。虽然觉得移情别恋是人类的本能反应，但是在跟孩子解释这件事时，还是说不出口。

岂料，文子的这个担忧随着新年的到来和与孩子们的分别而自然消亡了。

年末，收到了曾经申请住院的札幌医大附属医院发来的回信，说是有空病房了。病房是双人间。

大年三十，一家人团圆。在收到压岁钱兴奋不已的孩子们身上，看不到三天后要和母亲分别的悲哀。在一时的热闹气氛中，孩子们暂时忘却了要和母亲分离的寂寞。

文子看着开心地和姥姥姥爷等亲人说话的孩子们，预感到这将是他们一起度过的最后一个正月了。

这段时间里，文子变得特别容易流泪。平淡无奇、一如从前的白雪皑皑的原野，一道一道夕阳晚景也伴随着深深的悲伤逼近了文子。现在，眼前的裸木和天空感觉已经变成了再也看不到的珍贵风景了。

文子一边心里想着要努力将其收纳在心中，一边却看得泪眼婆娑。只有一片朦朦胧胧的淡淡的黑暗蒙在眼前。

文子意识到自己的精神层面渐渐变得温柔、脆弱了。一方面精神越发敏锐，另一方面，又有一种反正已经这样了，索性放开做的意想不到的强劲。

《辛夷》的新年歌会是在文子马上要出发去札幌的一月三日晚上召开的。场所照例是在带广神社事务所的大房间。

这天，文子身穿绿色连衣裙，胸上戴着玫瑰花胸针，和一位男性一起出现了在会场。男子是《新垦》的同仁，《北海道报纸》记者远山良行。

当时，远山才三十二岁，是《新垦》杂志正刊的编委。作为年轻精英，在北海道内的歌人之间，十分有名。文子认识远山是在一个月前，因为做放射治疗去札幌医科大学附属医院时，顺便去报社拜访他为契机。那是一直对文子的短歌深感兴趣的远山主动写信邀请她去的。

这段时间，文子跟初次见面的人，也已经能够毫不在乎地告知自己失去乳房和死期已近的事了。那怪诞、悲惨的事实通过文子的嘴里说出来，便变成了甘美、凄惨的浪漫。远山已经通过《新垦》和《辛夷》，对文子的才能注目已久。如今，在这上面又重叠上了一个现实版悲切的女人形象。

一月三日晚上，先是有短歌会，然后文子要坐十点半的夜车从带广出发。远山听说后主动要去带广迎她。

一是时间尚才正月，报社还在新年休假中，再者还有新结社的事要去见《辛夷》的同仁。不过，那同时也是为了接近文子的一个借口。

虽说是正月，作为札幌主要短歌杂志的编委会委员、未来之星的远山，接近六个小时火车颠簸，特意来到带广并非寻常事。

《辛夷》的歌友们用一种惊讶和羡慕的眼神，仰望着和这位年轻明星简直像挽着胳膊一样出现在会场的文子。

远山个头虽然不高，但却是一位鼻梁秀挺的好男儿。与分手的丈夫弘一、诸冈、五百木同样，是文子喜欢的那种略带柔弱气质的美男子系列中的人物。

况且远山又有"新垦之星"这个美誉。他的名字在地方歌人之间，具有绝对的分量。和这样的男子并肩出现在歌会上，对文子来说，会大大增强她自身的存在感。不管是不是有过算计，文子都是一位时刻喜欢受人瞩目的女性。

在这带广最后一场歌会上，文子咏了下面这样一首短歌。

无数白兔闪光跃，吾之纯真不眠夜。

野原水岭、菅原、浅见等《辛夷》主要同仁们齐声盛赞了这首短歌。曾经对文子抱有强烈敌对意识的逢坂满里子如今也诚挚地盛赞了这首短歌。两人之间在这几年里，已经在名声、实力上拉开了无法填补的差距。

当天晚上，文子在歌会进行的过程中，被野原催促着，向同仁们道了别。

"我也许再也无法回到这里了。今晚会接着去往札幌。也许会在札幌医院里，作为一个没有乳房的女人，断绝气息。但是，无论变成什么样子，我都不会停止创作短歌。我会咏到死前的那一刻。而且，我想我会继续梦见带广的。"

这是文子内心的真实想法。再也回不到这里了。一个人的时候，被不安的心情摧残煎熬着，可是在众人面前讲这些话的时候，反而有一种沉醉于悲剧中的感觉。

　　文子说完，热泪盈眶。

　　"再见了。"

　　像说给自己听一样，文子说完最后一句后，轻快地转过身去，快步走向了出口。

　　远山向众人施了一礼后，跟在文子身后，追了出去。看到这里，众人才像总算回过神来一样，拍手相送。两人在这掌声中并肩离去了。

　　文子的退场华丽漂亮，与踏上死亡之旅的印象相去甚远。

3

　　中城文子入住的札幌医大附属医院位于札幌市西部。医院在二战时被称为女子医专附属医院，后被称为札幌医大附属医院。

　　文子住院的病房位于东楼病房的一层，有点寒碜简陋。木制的走廊一有人走上去，就会"吱呀"作响，从远处看只见地板在上下起伏。

　　文子的病房是五号房，从这栋楼南端开始数，第三个房间。面向走廊，有格子门窗。格子门前面还有一扇板门。板门几乎位于病房中央。打开进了门，往前一走，并排放着两张床，床和地板都是木制的，床边是陈旧的铁制暖气片。

　　被护士领着进入这个房间的一瞬间，文子就感觉到了一种被投进了牢房一样的逼人寒气。虽是上午十一点，冬日东向的病房内已经照不到阳光，破旧的墙壁和涂层剥落的床无不显得阴嗖嗖的，寂寥无比。

南侧床上躺着一位老妇人。文子在进房间时，已经通过门口的名字牌得知她叫涩泽繁了。

在带广的笠原医院那里已经住过两次院了，加上和诸冈的交往，文子原本以为自己已经习惯了医院，可是，这边的病房里面却比那些病房里面飘荡着色彩更为浓郁的死亡阴影。

"这里有架子，可以把替换的衣服和毛巾等放到里面去，然后，日常使用的茶杯和卫生纸等请放在床头柜上。多余的被子和洗刷用品可以放到床底。"

负责照顾她的护士接近三十岁，给她说了一下身边衣物的存放场所等。

文子像事不关己一样，看着一起来的远山点头，自己却结结实实地坐到了床上。

"行李等后面再整理就行，先休息休息吧。"

护士走了之后，远山安慰她道。

"有没有什么需要的东西？我去给你买。"

"这里也会有小卖部的，等实在买不到了再麻烦你吧。"

远山和她约好明天再来之后，便回去了。

等远山回去后，房间里只剩下两个人的时候，旁边的妇人迫不及待地问道：

"你是哪里不好啊？"

妇人五十岁左右，身材娇小。

"乳腺癌，切掉了乳房。"

"我是没有子宫的，说是子宫癌，马上做了手术，但是好像已经晚了，现在好像已经扩散到了骨盆上。"

没有子宫的女人和没有乳房的女人对面而卧。文子对这个妇人顿觉亲切。

"我好像也是发现晚了，扩散的癌细胞用放射线治不好吗？"

"医生没有明确地说过，不过我查了各种各样的书，问了很多人，好像都说治不了。实话说，我是只剩下半年左右的命了。"

"怎么会呢……"

"没事的，我已经放弃了。"

妇人抿着薄薄的嘴唇，轻轻笑了。虽然有点儿皱纹，但是鹅蛋脸优雅大方，仿佛看透人生一样沉着安详。

"您不怕死吗？"

"怕，但是怕也没有办法呀。无论如何挣扎，也不是凭我一己之力就能解决的问题。"

文子曾经也顺口说过类似的话，然而那是一种近似发乎亢奋情绪的东西，并非内心接纳了而说出的话。

"我已经是个老婆婆了，没有办法，但是你还年轻呢，必须要努力啊。"

妇人从床头柜拿起茶杯，去门口附近的水龙头前面，接了杯水，喝了。虽然白发瞩目，可那身着睡衣的背影并不衰老。让人无法想象此人失去了子宫，且癌细胞已扩散到了骨盆中。

从下午开始，文子整理了行李，去小卖部买回来了卫生纸和牙刷等日常用品。一切结束时，已经四点了。窗户外面是一条小道，不断有雪花飘落。

五点整时，晚饭来了。吃完晚饭后天已经完全黑了下来。

文子坐在圆凳上，以床头柜为书桌，给母亲和五百木写了信。给母亲写的是倾诉自己一个人的寂寞，给五百木说的是一定要战胜病魔给他看的坚强。写完两封信后，可能是因为旅途疲惫的缘故，便昏昏欲睡了。

接着就那么上床休息了。之后八点的夜间巡诊开始了。

"没什么事吧？"

护士敲了敲门，然后医生走了进来。医生是一位戴眼镜的三十四五岁的男人。

"关灯时间是九点，晚安了。"

护士叮嘱一声后退出了房间。医生始终没说一句话，两人的脚步声渐渐远去。不知是否因为正月的缘故，过了八点的病房里鸦雀无声。时而从外面大道上传来电车的声音。电车过后又是一片寂静。旁边的病房里传来了患者急促的咳嗽声。那声音也仅仅持续了几分钟。夜晚来临，寒气逼人，窗玻璃边缘处出现了水纹。

涩泽繁背对着文子，在读书。

仔细看看，是一本封皮很硬的《圣经》。一开始是安静地默读，中途开始变成了低声朗读。

"健康的人那么多，为什么偏偏只有我们得了癌呢？"

"这是这个世界上必须得有人承担痛苦才行的结果。"

"即便是那样，也没有理由非要我们来承担吧？您不觉得太不公平了吗？"

"这么想的话，世上的秩序就会乱套了。"

"秩序那玩意儿从一开始就是乱的嘛！让我一个人受苦的秩序，如果没有了的话该有多好。"

"不应该这么想的。"

"我可不想当什么殉教者。"

文子说完才意识到自己的语言有些过激，妇人什么都没有说，一直盯着窗外开始下起来的雪。

远处再次传来汽车的声音。声音可能是因为雪的缘故，听起来十分遥远。仰面朝天能看到脏乎乎的灰色天花板上，圆形电灯灯罩落下的黑影。文子再次不安起来，找话说道：

　　"在我来之前，这个床上住的那个人怎么样了？"

　　"去世了。"

　　繁的话音十分沉静。

　　"年末二十五号去世的，和我一样，也是子宫癌。"

　　文子悄悄环顾了床的一周。

　　脑海里浮现出刚刚去厕所时，迎面碰上的那个老太太的身影。老太太不知患了什么病，弯着腰，用手按着下腹周围，由两个护士搀扶着双臂走来。眼睛虽然清楚地在看着前方，但是两个颧骨却异样突出，呈现出了死相。说她是活着的，感觉却更像是已经步入了死者世界。

　　从厕所里返回的时候，在护士值班室前面的第二个房间前，听到里面传出了低低的呻吟声。不知是男是女，声音低得无法判断，那声音像野兽的哭泣声一样低沉、痛苦。刚想站在门口仔细听一下那声音，护士手里拿着注射器从值班室走了出来，消失在了门内。护士是一位年纪轻轻的圆脸女性。

　　护士一消失，昏暗的走廊里便没了人影。周围病房像在等死一样悄然无声。

　　就要这么在这里死去吗？

　　死亡总算以清晰的形式逼到了眼前。在厕所里遇到的老婆婆也好，在走廊上听到的呻吟声也好，躺在旁边病床的老妇人也好，大家都一样无法摆脱死亡的阴影。曾经虽然恐惧，却依然尚存甘美的感伤的死亡，如今成为清晰具体化的实像，围绕在了文子的周围。

"讨厌啊！"

文子看着天花板小声嘟哝道。

进了这里，就无法活着回去了。这里似乎只有那种暗无天日的日子，大家都在轮番等着死亡的到来。

不知是不是护士急急的脚步声从走廊里穿过。声音拖着长长的尾巴，最后化作地板隐隐的"吱呀"声，消失了。

黑暗中，在追寻那声音的过程中，文子突然听到了似在低语的声音。她从枕头上抬起头往旁边一看，涩泽繁再次朝着窗户方向在诵读着《圣经》。繁像被什么东西附体了一样不断地快速诵读着。

"阿姨，请不要读了！"

"……"

"请不要那么讽刺地读《圣经》了！"

"讽刺？"

"读那玩意儿也不可能救命吧？要读你一个人默读吧！"

老妇人像莫名所以似的摇了摇头，合上了《圣经》。

知道自己说得太任性，文子将被子拉到头顶，盖住脸，像个小孩子一样放声痛哭起来。

4

当时，权威短歌杂志《短歌研究》从这一年开始，一年两次从一般投稿人那里征稿五十首短歌。在全国已经享有盛名的人暂且不论，对于很多地方歌人来说，入选这个五十首短歌被认为是踏入顶级文坛的翻越龙门的有力手段。

文子从听到这个消息时就在考虑投稿的事了，想到可能会落选便没有对其他人说。

但是，在得知自己也许会死于癌症时，便突然涌起了勇气。若是因为生病，寿命将终是一件无可奈何的事情，那么，至少在死亡之前留下一个自己曾经在这个世界活过的证据。想到这里，便没有时间去纠结什么落选时的耻辱和没有自信之类的事情了。

第一次五十首短歌征稿的截止日期是一月十五日。

像是体察到文子这份焦虑的心情一样，在带广的十二月初时，老师野原水岭就曾劝她投稿。

"我这样的怎么可能呢？"

文子虽然马上表示了反对，但是野原早已看穿那并非是她的本意。

"错过这次的话，可是要再等半年的啊！"

这句话让文子下定了决心。

"那我就试试看。但是，让大家知道落选怪丢人的，所以，请您不要跟任何人提起我投稿的事啊。"

自那之后，到离开带广来到札幌这一阵，几乎攒了近四十首短歌。不够的还有十首，那十首她打算在札幌医院里创作。

对于离开亲人和相恋的男人们，变成孤身一人的文子来说，生存价值只剩下了创作短歌和与远山良行见面了。

远山虽然并未特别意识到他的出现正是绝佳时机。深受死亡的恐惧和孤独折磨的文子，即便现在再接近远山，也未必能断言那就是花心。

一月份的第二个周日，临床的涩泽繁为做周日礼拜去了教堂，下午也没有医生巡诊。那天，背对着雪花纷飞的窗口，文子第一次把唇给了远山。

闷闷地震继清晨，娇娆何物留一身。

淡雪纷飞几多日，丧失自我告发时。

文子第一次告诉了远山自己要投稿五十首短歌，给他看了之前所创作的所有短歌。

远山当然赞成文子投稿。看了精选的四十首后十分佩服，鼓励她继续赶紧再追加十首。

但是，搬到札幌之后，短歌创作并不顺利。

在札幌医大附属医院的文子，每天的任务首先是七点接受体温检查，然后整理头发，画个淡妆，吃早饭。早上的巡诊是每天早晨九点到九点半之间。关键的 X 光放射大致是从两点到三点之间，在一楼进行。在原左右两只乳房的位置和右边的腋窝等处，隔一天放射治疗一次。

持续照射 X 光，会出现头疼、恶心，白细胞减少等各种各样的副作用。因为照射了强烈的 X 射线，皮下癌细胞会受到打击。而在那之前，表面的皮肤也当然会受到伤害。照射部位的皮肤被 X 射线灼伤得暗红。这个倒还好说，再继续照射就会造成皮肤损伤，所以必须适时停止照射。

刚刚开始治疗的文子，虽然还没有出现明显的副作用。但是照射结束后回来的好长一段时间里，全身感觉非常疲惫，有时候会有轻微的头疼。而且，环境的改变也削弱了她的创作欲。

可是，截止日期就在眼前了。错过现在这个机会，还要再等上半年。半年后，自己还能否像现在这样咏短歌，更为重要的是，还能否活着都不敢说。

十一月，野原从带广赶过来激励她创作。虽然嘴上没有说出来，但是野原的鼓励似在暗示她这是最后的机会了。

文子来到札幌后，终于理解了自己的病是不治之症。虽然以前也觉得可能不行了，但那只是存在于头脑中的想法，并不是作为现实的事情来理解的。

然而，这里却有太多活生生的事实了。文子周围目所能及之处，尽是已经活不了的癌症晚期患者。患者们一面看着前辈患者渐渐死去，一面数着离自己即将到来的死期还有几天。"他还有两个月"，"他还有三个月"，患者之间互相传闻着。即便没有医学知识，患者们也能从对方的症状上觉察到这些。

生病有秩序，别后人关屋，远远门声人离去。

从外科病房到放射线科病房的走廊分界线处，设有一道铺网的门。文子从住院第二天便听说过那道门叫作"打不开的门"。打不开的意思是说，一旦进去，就再也不能活着回家了，不必再打开。

门上标识写的是"放射线科病房"，但是人们都喊它为癌症病房。从治疗者这边来说是放射线科，而从病症患者来说，癌症病房这个表达更为恰当。

回过神来一看，文子确实已经身处"打不开的门"里面了。

虽然也会在小卖部买东西，混在人群中，或是去美发店做头发，但最终的归宿却依然是癌症病房。推开"打不开的门"，进来的一瞬间，文子就从生的世界回到了死的世界。从暂时的生的世界返回了确定的死亡世界。同时，也是从一个可以堂堂正正地约定明天的世界，回到了一个无法谈论未来的世界。

文子走在阳光里，内心对回到那扇门内十分排斥。一想到那阴暗、凄惨的世界，就想这样逃掉算了。然而事实上，一进入门内，却也有一种安心的感觉。在这里已经没有必要隐瞒自己得了癌症了。在这里已经不需要逞强作势了。痛苦、怕死才是正常人，这占了绝对多数。即使倾诉死亡迫近，在这里也没有人同情，没有人怜悯。死亡既非特权，也非悲伤，而是理所当然，极为平常的事情。

文子一面想逃跑，一面却又返回这"打不开的门"内，也许正是因为这种安心感吧。

但是，不管病情如何，五十首短歌投稿的截止日期却是在一步步临近了。

一月十三日，文子将好不容易创作好的五十首短歌抄写好了，傍晚拿着去了医院斜对面的邮局。

"十五日前能到东京吗？"

"发的是快递，没问题的。"

邮局人员一面将装进袋子里的原稿放到秤上称，一面回答道。

5

在札幌医大附属医院的中城文子周围飘荡着一种灰暗、阴郁的气氛，但是，她的生活本身却未必能说是封闭式的。岂止不是，甚至反而看起来要比在带广时更为阳光、绚丽。

理由之一是，虽说住院，但文子的外出不太被限制，相对比较宽松。

虽然已经治疗无望，不过，病症的进展并不是很快。一两天的时间内，是看不出来什么的；但若从半个月、一个月的时间来看的话，谁都能看得出来。放射疗法只是暂时的延命手段，并非根本治疗手段。

从医学常识来说，癌症晚期患者最后应该躺在床上静养。那样的话，能防止多余的体力消耗，延缓通往死亡的路程。这是一般的治疗方法。但是，她的责任医师野田医生却没有要求她静养。这不只是野田医生一个人的倾向，而是放射线科全体医生的倾向。

在深知癌症是置人死地的医生们看来，在患者活着期间，尽可能地满足他们本人的愿望，才是他们内心的真实想法。

在床上静躺的话，也许体力的消耗会比较少。然而，虽说因此能延长生命，可顶多也不过是半个月或再多点儿，连一个月都达不到。换个想法的话，与其以惨淡的心情，被整整一天捆绑在床上，还不如走到街上去散散心。若能一时忘记死亡，换个心情，说不定反而会活得更长久一些。

不用医生们特别啰唆地去说，当身体衰弱下来时，患者们自然就不会去外面了。自己希望外出是尚有体力的证据，还有希望。如果患者这边提出来想外出的话，只要不耽误治疗，医生就会批准。也许这是作为医生，对那些与死亡有约的人们的最大赠礼。

邻床的基督信徒老妇每个周都会去教堂，对面病房的胃癌患者每周六都会回家住上一夜，这都是因为有医生的特别关怀。

在住院最开始的一个周里，文子只是和远山去外面吃了一次饭，那也是胆战心惊地跟护士打了报告，得到许可的。但是，得知医生对外出管得不严后，文子马上变得大胆了。半个月后，文子便经常一早去市里的美容院、商店等地，甚至有时候坐一个小时火车，去小樽的妹妹家里了。

虽说两个乳房都已经没有了，癌细胞已经扩散到了整个胸部，但是用绷带将上面包起来的话，就跟普通人没什么两样。文子立马就变身为一位身材娇小、婀娜多姿的美女。乍一看，都分辨不出是已婚还是未婚。

要说这段时间文子的病情，也就是稍稍有点儿容易疲劳，轻微有点儿咳嗽的程度。此外，并没有什么极端症状。

癌症只要停留在乳房上或者是胃上等局部部位，就只是那里的病，但是一旦开始转移，就会变成全身的病。从医生角度来看，容易疲劳是因为癌细胞增生，夺走了身体的营养。轻微咳嗽是因为一部分癌细胞已经转移到了肺里面，引起了肺癌。

但是，文子自身并不明白这样的细节。听说过是不治之症，但可能是因为能够自由行动的原因，自己并不觉得有那么严重。这果真是能置人死地的病吗？有时候，文子甚至会忘记自己是个病人。

住院生活过了有一个月，文子对医院和札幌街头也都熟悉了。

医院确实十分阴郁凄惨，但是也有其相应的几个乐趣。

主治医生野田医生是一位个头不高，戴着眼镜的，看起来很诚实的人，对文子特别亲切。巡诊的时候，经常认真倾听文子的倾诉。问他要安眠药时，也都痛快地给她。若是其他患者，则会说不要吃得太多，要两次能给一次的节奏。而文子要则几乎没有拒绝过。

这里面除了给予反正是要死的人这样的同情之外，还隐藏着其他某种好意。

不止是医生，就连在小卖部里卖东西的男售货员和外卖员等人那里，文子也很有人气。她从小就喜欢一级品，买什么东西都想要好的。拿水果来说，苹果只买在当时价格十分昂贵的。每次文子一去店里，男店员就会偷偷给她使眼色，背着别人偷偷多塞给她一个。

吃饭也是这样的。文子嫌弃医院里的供餐不好吃，所以几乎每天都会点外卖。寿司店的送餐员每次只要听到文子的名字，就会带上最高级的寿司飞奔而来。一来到病房里，只要文子随便问声："身体还好吗？"对方就会一直不想走，陪她聊上半天。文子知道年轻男子们对自己抱有好意，她在享受着自由操纵他们的乐趣。

但是，这些只是表面现象，一个人来到陌生街头的寂寞是无法治愈的。白天有人来访，周围也生机勃勃的；可一到晚上，一段长时间的孤独感便汹涌而来。

这样的时候，文子就会给留在带广的五百木伸介写信。

伸介先生：

来信我拜读了。那么忙还写信给我，好开心啊。但是，不回信也没有关系啦。因为我这边也没有什么事嘛。我觉得好奇怪呢，你问为什么吗？因为你的信写得太见外了呀。我为了你如何如何……为什么就不能像我们平时见面跟我那样说呢？就像我喜欢你呀这种。请不要客气。再尽情多多地写给我吧。貌似要求很多，可是我现在真的好寂寞呢！寂寞得经常偷偷地哭。所以，措辞太客气的信，显得你太像个外人，真是意犹未尽呢。你的心意于我，太奢侈了。我这样的女人实在与你不相配。我无法为你做点儿什么，只会让你担心，对不起。要说我所能做的，只是远远地爱着你，这么深深地爱着你了。请将我拥入怀吧，像平时一样。像把我的长发撩起，在额头上轻吻时那样。

虽然昨天暴风雪很大，电车也整整一天没动。不过今天是个好天气。这次，我换了个房间。这个房间里暖气很足，非常暖和。只靠毛毯也能睡的。今天的这封信是不是真的很奇怪呢？这是因为我很寂寞啊。但是，你不用特意来啊。工作第一嘛，男人都是这样的。我会忍着寂寞，在昏暗的雪天里疗养的。

我的心肝，永远永远，不要忘怀。

为了我让你感冒了，对不起。要赶紧好起来啊。我还是在咳嗽，虽然不像之前那么厉害了。谢谢你去我家里了。我父母也很开心。不过，听到你说去歌会感冒了。好讨厌啊。感冒太麻烦了吧。但是，是我不好嘛，没办法啦。

说一百遍我爱你。

文子

二月二日

这封书信地址写的是带广市东三条，收信人写的是坂井启子留意。信是通过坂井启子寄给五百木伸介的。虽说一时勉强认可了两人的婚事，但是五百木的父母对儿子与文子的交往并无好感。为了避开他父母的眼睛，文子想出了这种费事的手段。

文子以年轻的伸介纯粹的爱情为内心支柱，似乎着急赶命一般，在札幌交往了各种各样的人。

自然，这里面的大多数人都是以远山为中心的歌人伙伴。

这段时期，通过《新垦》《山脉》《辛夷》《潮音》等各短歌杂志，中城文子的名字已经在北海道广为人知了。一个发表大胆、奔放的短歌的美女作家，被丈夫背叛，失去了乳房的不幸女子，这样的印象挑起了歌人们的兴趣。实际上，当时文子的知名度并非诞生于众人对其短歌的评价，而更多的是诞生于这种俗世关心的、为人们所津津乐道的东西。

当时，远山良行、宫田益子等人想创办出一个不拘泥于社团的、新形式的自由短歌团体，而策划了《冻土》。因为跟主要人物远山比较亲密，所以文子的周围聚集了一些与《冻土》有关联的人物。

除远山和宫田之外，还有山名康郎、古屋铳、矢岛京子、石塚札夫、莺留真久等人。

这其中，与文子最为亲密的还有石塚札夫，与远山并列前二。

石塚此时已经四十五六岁了，依然单身。因为心灵手巧，自己拆编一些竹制品等，以此勉强维持生活。

此人长相寒碜、微微驼背，看人时总是自下而上地仰视，是一个让人感觉阴险、扭曲的中年男人。但是因为其家离医院较近的缘故，所以他几乎每天都会来文子的病房里拜访。

文子当然对这个男人并没有抱有好意。无论从外貌还是性格，石塚都不是文子喜欢的类型。

石塚创作短歌历史较久，自昭和十四年（1939 年）左右开始创作，二战时已经加入了《新垦》和《潮音》，在短歌这条路上，是文子的大前辈了。但是，他的短歌本身正如他那纯粹但偏执的性格一样，大多是艰涩、难懂、自命不凡的东西。在《冻土》同仁中，也是属于被排斥分子，似乎没有什么特别亲密的朋友。

文子一开始也觉得这个阴郁的驼背男人很怪异。当他一个人悄无声息地打开门走进来时，文子会突然被吓一跳。当傍晚等光线昏暗的时候，邻床的老妇人如果不在，两人仅仅那么对面而坐，文子就会产生一种像对着巴黎圣母院的驼背男一样的阴森心情。

但是，等习惯了跟他聊起来以后，便发现石塚是一个与年龄不符的、纯粹专一的男人。虽然没有那种固定工作，只专注于自己喜欢的竹制品工作，生活比较简单，虽有其固执、偏狭的地方，可根性是个耿直的男人。

石塚似乎早就知道自己的容貌和性格不受女人欢迎。更不必说，何况文子还有远山这个亲密男友，其他同伴也各自对文子怀有好意了。

石塚对女性的爱情是源自自己不受欢迎的自卑，从这里往后再退一步，就变成友情之类的形式了。

敏锐的文子一眼便看透了石塚的这种性格，知道这个男人绝对不会对自己出手。在憧憬、敬畏的人面前，男人就会变得顺从。即使被非常任性地像仆人一样地使唤，他也会言听计从。文子本能地觉知到了这一切。

不止是石塚，文子在将很多男人当成仆从者操控方面，有其本能的天才之处。对男人怎样说，怎样做，然后对方就会怎样来回应之类，她特别在行。

诸冈也好，五百木也好，现在的远山也好，接近文子的男人都甘愿屈尊为她服侍。不可思议的是，包括今后登场的男人在内，接近文子的大多数男人不是死了、失踪了，就是陷入了其他不幸当中，最终都会在落魄潦倒中消失。唯有文子一人如一朵大花一般，骄傲地盛开着。

何况是一个从一开始就投来憧憬眼神，退后一步不敢近前的男人，让他像仆人一样服侍自己对文子来说，简直易如反掌。

最初的时候，石塚来到病房里，聊的是一些无关紧要的天气变化之类的话题，或者工作上的事儿等。然后突然像中了邪一样聊起了短歌。正如沉默寡言的男人经常有的那种例子，一旦诗兴大发地聊起来，便无法轻易停下来。

文子在这样的时候，几乎不开口，一直等到他总算平静下来时，就会拜托他去买东西啦，从衣架上拿过来衣服啦，往墙上打挂衣服的钉子啦等等，帮忙做一些日常该处理的事情。

石塚会拿来自己亲手做的手工竹制品，如购物筐啦、废纸篓啦等，来讨文子开心。他会顺从地遵从文子的命令。为文子献身做事时，石塚十分欢喜，乐在其中。

　　一月末的一个大雪纷飞的一天，石塚身上穿着厚夹克，头上戴着夹克上的帽子，来到了医院。房间里，邻床的涩泽繁已经钻进了被窝，文子一人坐在椅子上，盯着外面不断飞扬的雪花。

　　"喂，带我去个神社或者寺庙吧。"

　　文子一看到石塚，半撒娇半命令地说道。

　　"雪下得这么大，去不了啦。为什么会想去那种地方呢？"

　　"今天从早上开始就没有人来看我啊，大家好像都在等着我死呢，所以我想去神社抽签看看。"

　　这番理论说得让人似懂非懂。石塚已经习惯了文子的这种任性自我。

　　"下雪电车也不通行，去不了的。"

　　"那你就叫车嘛！"

　　"车也叫不到的！"

　　"那就走着去。"

　　一旦说出来，女王陛下便不会退步。文子已经脱掉了睡衣，开始穿外出服了。

　　"现在说外出，护士小姐是不会同意的啦。"

　　"没事的，可以从窗户逃出去。"

　　窗下有积雪，到雪表面也还有一米的距离。跳到这种地方的话，不要说能站住了，全身都会被埋在雪里。

　　"不行啊！我替你去抽签吧，你在这里等着我好了。"

　　"你真的会替我去吗？"

　　"南一条大街上有一个三吉神社，我去那里抽了就回来。"

　　"那么抽完那个，回来的路上，再买个寿司吧。"

石塚穿上刚刚脱掉的带帽子的厚夹克，再次戴上了上面的帽子。

"一定要以我的心情，祈祷过后再抽啊。不要那些乱七八糟的签，必须要大吉呀！"

"知道了呀！"

石塚将脸几乎全都埋进了帽子里面，出了门。

雪一点儿也没有要收的迹象。文子一边心里想着没有人来探望自己是因为这个大雪的缘故，一边深感恐惧。害怕有一天，人们会突然像潮水退去一样，远离自己而去。

看着纷纷飘扬的雪花，那种不安越发强烈起来。

给石塚下那么苛刻的命令是因为无论吩咐他做什么事，他都会忠实地遵守。既有这种想撒娇使性的小情绪，内心深处更有一种想通过给他下达命令来确认自己存在的这种愿望。所有人都会追随自己，不会离开。文子想要的是这种确信。虽说死亡就在前方等着自己，那也不允许人们抛弃自己。也可以这么说，她经常想确认自己的影响力。此时此刻，石塚正在承受着这个愿望带来的危害。

　　内心已放弃，下午谁来此，打上钉子挂病衣。
　　天气略微寒，裤上猫毛粘，单身朋友来相见。
　　起风夜编笼，双手快又灵，灯火与我同被剩。

在歌集《丧失乳房》的终章中，有这些吟咏石塚的短歌。

第六章

光彩

1

在札幌，比起严寒的一月份，寒气略缓的二月份雪下得更多。

二月末的那一天也是，雪从早上起一直下个不停。

从窗户往外望去，雪花比一月份时下得更大。

雪下个不停，削弱了人外出的气力，文子整日待在医院里。

自从来到札幌的医院里，《冻土》的朋友和带广的熟人等，一天均会有两三个客人来访。有时候会更多一些。上周周日时更是热闹非凡。从带广来的女校时代的朋友和小樽的妹妹夫妇碰到了一起，竟有十多个人。

只因为不想被客人一来就同情自己："很寂寞吧？"文子拼命故作开朗地闹腾着。信上虽然写的都是颓废的话，但是面对面时，就会说些什么住院也很快乐之类的东西。

为了使阴郁的病房再稍微显得明亮一点儿，文子在收音机上、窗边架子上、小箱子上和其他所有地方都装饰了花。连墙上都贴上了有花色的壁纸，装饰得十分亮丽。

之前一直大煞风景的病房很快变成了像年轻女性居住的公寓一样，充满了华丽、温柔的气息。

但是，那天不知是否因为连续下雪的缘故，没有一个客人来。过了三点，天气很快开始变暗时，石塚出现了。不过他就像定期船一样，已经称不上是来探望的客人了。石塚以他擅长的竹藤工艺做了两个花瓶筐，筐里装着什么瓶子。他跟文子说是拿来装饰花用的，然后很快便回去了。

　　傍晚饭点时，文子也没有什么食欲，觉得下这么大的雪，叫外卖也不好叫，便放弃了。饭只吃了三分之一左右便停下了筷子。随后给母亲写信，让她给自己寄春天的衣物。之后便一边在床上考虑着新歌，一边迷迷糊糊地躺着昏昏欲睡了。

　　值班护士敲门后走进来，是在那之后的三十分钟左右。

　　"中城小姐，您的电报。"

　　"哪里来的？"

　　"好像是东京来的。"

　　一听说电报，文子马上有一种特别的预感，慌忙起身打开了电报。

　　"祝贺您入选五十首短歌特等奖，稍后给您书面通知。日本短歌社。"

　　文子就那么坐在床上，读了两遍。

　　读完两遍后，总算明白了电报的意思。

　　"阿姨，我入选了啊！"

　　"入选？"

　　基督徒老妇人似乎不太理解文子所说的话。

　　"上次我发出去的短歌，得了特等奖呀，我的短歌中了特等奖呀！"

　　文子接着只合上了衣领，穿着长袍奔向了内科的病房。那边有一位叫作山田荣子的女性，也是一边在疗养一边在创作短歌。创作历史虽然挺长，但是咏的短歌都很平凡。

　　对一个跟短歌无缘的老人说什么也无济于事，若是山田的话，一定会明白入选五十首短歌特等奖是多么伟大的事。

"你读一下这个。"

在临近关灯时间的间隙，气喘吁吁地飞奔进来的文子，把山田吓了一跳。

"好厉害啊！"

山田读完重新看了看文子，一向很在意他人的眼光，打扮得很美的文子今晚上竟然凌乱着头发，喘着粗气来了。

"要赶紧联系大家啊。"

"但是，已经那么晚了。"

文子一面这样说着，渐渐在山田的盯视中，欢喜变成了一种实感，喷涌而出。

"你的短歌会登在那个杂志上呢！"

听到这个消息，远山和野原、石塚他们会是怎样的表情呢？他们张口说的第一句话会是"果然"呢？还是"祝贺"呢？也许有人会显出一副难以置信的表情吧。但是，总而言之，已经选入特等奖了，不管别人说什么，入选已定。

"这个肯定没错吧？"

"写着日本短歌社呢，肯定没错啦。"

会不会是谁的一时恶作剧呢？让自己做个美梦之后，会不会马上再追加一封订正的电报呢？幸福越大越是不安。

"你已经是和我们不一样的人了，好伟大啊！"

一从山田那里回来，文子就从护士值班室里给带广的家里打了个电话。母亲接了电话，听到消息很为她高兴。但是似乎也确实不明白入选特等奖的真正价值所在。

脑海中越发浮现出远山、石塚他们的面容，煞有介事地将自己一个人的喜悦奔走相告太孩子气了。等到明天，他们来的时候再说，反正入选的事儿也不会逃掉。文子将喜悦一个人埋在心里，悄悄上了床。

这个五十首短歌的入选并非是像以前的得奖那样，不是由赫赫有名的歌人们选出的，而是由当时的《短歌研究》的总编辑中井英夫选出来的。

这次当选的五十首短歌的题目是《冬日烟花——一位乳腺癌患者之歌》，但是中井并没有征求文子的同意，将其改为《丧失乳房》发表了。

> 裸木与白雪，此处无阻隔，丧失乳房我声阔。
> 乳房已丧失，如丘冬来时，唯有枯萎残花饰。
> 别后独卧病床夜，难避战斗床哆嗦。
> 烟花灭时夜空黑，何时体味祝日归。

以上短歌选自《短歌研究》，昭和二十九年（1954 年）四月号登载的五十首短歌《丧失乳房》。

这个作品一经发表后，立刻遭到了整个短歌界的大反击。

首先是在当选作品所登载后的五月号《歌坛的反响》中，若干著名歌人发表了意见：

"这真让人受不了，陈旧又土气。"——香川进

"歇斯底里，夸张身姿。"——福田荣一

"这位是女性短歌会会员，平时并不出彩。这次素材过重，若不沉下心去读，就会读不下去。"——北见志保子

"表达粗糙，姿态非常抢眼。把中心过于放在素材上了。整个感觉杜撰痕迹太浓。"——中野菊夫

这种种说法，与其说是在评价，倒不如说是简直等同于谩骂了。

大野城夫所说的"编辑会不会是被作者所吸引呢？不过，这位作者有一股精神上的强大劲儿"，这个评价还算是有些客观。近藤芳美对其嗤之以鼻，不予理睬。正经认可的只有宫柊二、冈山严、阿部静枝三位。

更有尾山笃二郎在《艺林》中，对中城作品指桑骂槐地发表了一首如下短歌：

父母生眼耳，尽皆污秽者，歌亦声不彻。

此外，一些口头批判、詈骂之言不绝于耳。中井在讲述自己当时的感想时，感叹道："无论古今短歌界，绝不希望有新人出现。"

总而言之，中城作品从根底上动摇了二战后在自然咏和现实论的旧壳中发展的短歌，之后数年间，在《短歌研究》和其他杂志上其反响依然热烈，争论与批判不断。

但是，这些反响与文子自身并无多大关系。文子只是想咏短歌而咏短歌，咏完后投稿了，回过神来时便发现自己得了第一名。

虽一夜之间成名，但同时也树敌无数。不管怎么说，托中城作品这个巨大反响的福，同时被推举为第二位的川上朝比古、岛田幸造等人的作品完全成了陪衬般的存在。

文子在登载着前述诸人的各种反响的《短歌研究》五月号上，作为当选作家的抱负，以《不幸的确信》为题，写下了如下文章：

最近的短歌大多昏暗、匮乏，抑或多具有逃避式、装饰性等特点，或者是大肆挥舞着短歌这个武器，想避免与不安的现代诀别。

我觉得缺乏"短歌是想咏所以才咏的"这种轻松自在和"情不自禁而咏"的那种必然性。原本是大众文学的短歌，难道不应该更加绚丽多彩吗？

之所以在深知短歌的界限和空虚的基础上，执着于诗歌创作，是因为这对于我来说，它是再现时时刻刻的自己最为合适的工具。这种在被束缚的不自由中享受自由的形式，正与我的生活方式绝无二致。

在与所谓不治之症癌症的恐惧对决中，感觉自己的手第一次从确信不幸伸到了生命的深层。在阴郁的癌症病房里，发现自己平淡的日常生活时，为什么不去创作短歌呢？我所追求的新抒情作品无他，这是生活本身的表达。强忍陷入病人自虐的危险和无情审视自己的可憎，一味只为自己所写的作品没想到被捧到了具有普遍性价值的高度，我现在刚刚抓住一点点这样的尝试端绪。总是离地三尺飘浮半空的自己的脚上，被绑上了铅坠。对这不自由的抵抗已经在我的内心萌芽。

这次投稿的作品虽然侥幸入选了，但是在自己的眼里，也实在是幼稚、实属未成熟之作。我想好的作品一定有很多很多。总而言之，我想保持自己的姿态，不想被束缚在这把交椅上，一切都从这里开始。

作为新人来说，这是一篇过于好强、自我意识过剩的文章。

2

文子的五十首短歌被选入《短歌研究》特别奖的吉报，在北海道的歌人伙伴之间也引起了很大的反响。当然，虽说同样是大反响，在东京的老牌歌人之间，引起的是是否认可中城短歌的争论，而在北海道歌人之间引起的争论则是一种接近惊讶和赞赏的反响——那位女歌人的作品被选入了特等奖。

当然，北海道的歌人当中，也有对文子的短歌反应很冷淡的人。其理由跟东京歌人相同。不过，那些人只限于绝少一部分人。

之前，一直不过是一个地方杂志明星的文子，瞬间成了全国明星。那位话题中人物就在自己身边，这种半骄傲半迷惑的心情便是北海道的歌人毫无掺假的实感了。

五十首短歌入选之后，文子第一次出席《冻土》歌会是在三月份第一个周的周日下午。场所在曾经将文子介绍给《女性短歌》的宫田益子家里。当然，在这之前，在《女性短歌》入会一年时，她便称"像在创作无精卵一样的短歌，我不干了"，便退会了。

那一天，明亮的阳光中，小雪稀拉飘落，是初春常有的天气景色。文子一大早起床用心地化了妆，换上了粉红色毛衣和无袖连衣裙。

下午，石塚出现了。

"我说，我半道上也许会喘不动气，到时候你能背着我吗？"

文子对着镜子照着发型，问道。

"没问题的啦。我虽然看上去这个样子，但是胳膊是很有劲儿的啦！"

虽然都是小个子，一个年过四十的男人背着一个三十岁的女人，这种画面单单想想就很滑稽。但是两个人都说得非常认真。通过让男人宣誓为自己服务，文子会感觉到安心。石塚则觉得自己被人依靠，也很满足。所以，要说微不足道，也确实不足以道。

宫田益子的家靠近藻岩山。从医院到那里，坐电车也要二十分钟。会议从一点开始。床头柜上的表已经显示十二点半了。

"好了，差不多了吧，咱们走吧。"

见文子依然执拗地在瞅着镜子，石塚催促道。

"二十分钟就能到吧？那不是还早嘛。"

"已经十二点半了呀！"

"没事的，稍微晚一点儿去吧。"

文子去哪里都要比规定的时间晚上个十分二十分钟去。与其说是源自入选了五十首短歌有点儿小翘尾巴，倒不如说是来源于文子的一种接近信念似的心情：女性就应该让男性等。

《冻土》歌会上，对于文子的这种态度，也有很多人抱有反感。也有人持这种反驳意见：即便获得了五十首短歌的特等奖，顶多也不过是从带广混进来的一介新人而已，稍有点儿过于装腔作势了吧。

但是，这些人也只是对文子自恋式的态度反感而已，并非不承认她的短歌本身。而且，有些不愉快的男歌人们虽然当时觉得不太喜欢，然而不久后也围到了文子的身边，变成了宛如亲人一般的存在。

个人的好恶之情另当别论，现实是，无论在《冻土》也好，北海道内的短歌团体也好，都已经无法无视文子的存在了。

从这不久之前开始，远山和宫田就劝过文子出版短歌集。文子自身虽然也很想出，但是鉴于目前尚未做过什么大的工作，有点儿胆怯。

可是，如今的中城文子可已经不是一介地方作家了。虽说评价褒贬不一，但却是一个突破了五十首短歌特别甄选的这个堡垒之后的歌人了。出个一本两本的短歌集也不足为怪了。

文子一方面感谢远山他们的好意，一方面内心感觉到了他们的急迫心情。要出版的话要赶紧出，不然有可能会到死后才能出。他们频频劝说也许是因为考虑到了这些。

虽然不想被同情，但是文子也确实想出短歌集。作为自己在这个世界上存在过的证据，留下来的只有短歌。只要有短歌集留下来，孩子们长大的时候，就能明白妈妈曾经想过什么，为什么烦恼过了。

重新查看了一下之前所做的短歌，已经咏了四百首左右了。不知不觉已经咏了这么多了，连自己都感到惊讶。不过，这么回头重新读一下，发现也有一些幼稚得让人脸红的作品。概而言之，一开始做的时候比较粗糙，表达也浮于表面。可自从得病之后，作品呈现出一个转折点。意识到死亡之后，作品姿态变得扎实稳重了。颇具讽刺意味的是，自从病情在不断进展，死亡难以避免之后，短歌却越发精炼，能够坦诚面对自己的内心了。

从全部作品中除掉近三成，留下来的放到短歌集中也不以为耻的有三百多首。

《冻土》歌会之后，远山、宫田、山名、古屋等人聚集在文子的病房里，就短歌集的题目问题进行了讨论。

此时，文子自己提出的题目是《花之原型》。

　　年年花谢又花开，鲜花原型藏我怀。

题目是从这首短歌中想到的。

所谓《花之原型》是文子自丧失乳房以来，一直持续深怀哀惜之情的乳房本身。另外这也是文子这个女人的原点。虽然失去了外形，但是依然残存原型，同时它也是文子对于自身的女性主张。

此外，《赤马》《红色眩晕》这些题目也曾经被当过候选题目，不过，《花之原型》是文子自身强烈希望的，远山他们也赞成。

虽然不久后，被改成了《丧失乳房》这个题目，但在当时，文子连想都没有想过会变成那样。

短歌定了下来，题目也定了下来。那么接下来，就轮到下一步了。从哪里出版？怎么出版呢？

首先，出版社暂定为宫田益子也出版过短歌集的 H 出版社。文子本人是想尽可能到东京找出版社出版的，可是，东京又没有认识的出版社，即便勉强拜托去求人，隔得太远也不方便。H 出版社的话，同仁们都了解，可以多提点儿要求，价格也能稍稍给便宜一些。考虑来考虑去，最终定了 H 出版社，剩下的就是序文了。

"拜托谁好呢？"

考虑到文子之前的短歌经历，拜托带广时代受教过的野原水岭或舟桥精盛来写是情理之中的。但是，实话说，他们还有些过于年轻，不够权威。再稍稍年长一点儿的话，就是《新垦》的小田观萤了。也有人提议拜托《潮音》的四贺光子。

可能的话，请东京德高望重的歌人也比较理想。可是，即便是远山和山名，也没有关系亲近到可以拜托写序文的歌人。

"请谁写好呢？"

远山再次和众人商量此事时，一直沉默不语的文子突然说道：

"川端康成老师怎么样？"

所有人瞬间一副呆愣愣的表情看着文子。

"你说的川端康成，是那位小说家吗？"

"是呀。"

"你认识川端康成吗？"

"我读过他的小说了。"

大家再次面面相觑。尽管各种绞尽脑汁在想，也没有一人脑海中浮现出过川端康成的名字。最重要的他又不是歌人，实际上拜托他他也不可能会给写。

"为什么要拜托川端先生呢？"

"因为歌人中有名的人都是些老年人，太无聊了吧？我从上学的时候开始，就是他的小说的粉丝了。而且川端先生人长得也很帅。请他写序文简直无可挑剔。"

确实，如果能请得动川端康成来写序文的话，那是最好不过的了。然而，果真能办得到吗？

"但是，怎么拜托他呢？"

"我会直接给他写信的。"

"信倒是好说，但是只凭那封信，他就能给咱写了吗？"

"我感觉他能给写。"

这方面就不过是文子的第六感罢了。

"他现在可是在报纸上也写小说呢，太厉害的大作家了。不可能啊。"

远山不由得笑了起来。

"是啊，他现在应该是在给北海道的报纸写小说吧。我每天都在看呢，你是报社记者，找找文艺部的人，拜托一下认识川端康成先生的人嘛。"

的确，此时的川端康成，正在为北海道的报纸写连载小说《东京人》。

"可是，那是道新、中日和西日报纸三家报社共同主办的，和我们没有直接关系的。无论多么了不起的记者，拜托那么厉害的大作家写序文脸皮也太厚了啊！"

"是吗？但是，我今晚上会马上给他写信试试看的。"

文子无视目瞪口呆的三个人，已经在自己内心决定了要拜托川端康成。

"那位老师是个很温柔的人，我觉得他一定会答应我的。"

尽管文子很有自信，但是朋友们没有一个人相信她会成功。近乎无名的一介地方歌人，请一位文坛大咖般存在的川端康成写序文，只能认为此人是疯了。

岂料，文子这个想法漂亮地言中了。川端康成不只是愉快地应允了，还特意找角川书店社长角川源义先生询问："这些短歌能否发表在《短歌》上呢？"

《短歌》编辑部在请宫柊二看过之后，决定出版在六月号刊上，并将这个决定跟川端康成和文子做了沟通。

就这样，在《短歌》六月号的卷头处，以《花之原型》为题，登载了文子的五十一首短歌。更厉害的是，同时并列登载的，还有川端康成和宫柊二的两篇文章。

这中间的详细经过，在川端康成的文章中有比较详细的说明，下面引用一部分。

今年的三月十日后，我收到了中城文子小姐发过来的信函。随信附有短歌稿子《花之原型》。一位素不相识的女士。我首先看了看信："如果不是必须要与癌这个不治之症对战，我想我也不会这么厚颜不知耻。……少女时代，曾读过山川弥千枝小姐的遗稿集，触动了心灵，从此打开了写作之眼。自己也想写点儿能流传下来的文章。到时候若能拜托川端老师写上一两行的序文就满足了。单纯的小脑瓜里，一心只想这个。"信的开头处是这样写的。如今，要出版短歌集《花之原型》了，轮到我的序文问题了。但是这个如今，此人却因为癌症复发，每天痛苦不堪地躺在病床上，思考着自己仅剩的一点儿生命。

我读了《花之原型》，内心深受触动。在此人有生期间，为她写写她从少女时代便期望的序文，大概也是因为生于相同时期的缘分，和对于短歌的强烈感应吧。趁她活着期间，想让她在短歌杂志上出版几首短歌。但是，我不太了解最近的短歌，此人的短歌形式也让我觉得有些特别，无法强行推荐。幸而角川书店在发行《短歌》，于是拜托了角川先生，决定请合适的歌人品读鉴别，如能及格便采用。

角川书店便麻烦宫柊二先生看一下，然后发来了要登载到《短歌》上的吉报。谁知，好像是这份吉报发过来的前一天还是同一天的早上，日本短歌社的《短歌研究》四月号和编辑中井英夫先生的信一起来了，让我特别读一下中城文子小姐的《丧失乳房》五十首。看了《短歌研究》，发现《丧失乳房》中了第一次五十首征稿特等奖。据说中井先生之所以特意让我读是因为觉得中城文子小姐的五十首是当今短歌中的"反季花"，光彩四溢，是"短歌本身的日暮彩虹"。中井先生做梦都想不到我已经读了中城小姐的短歌，并在为此活动。我为这个不可思议的偶然和因缘深深震撼了。况且，《短歌》杂志即便在《短歌研究》之后，也依然决定要出版五十多首。

关于中城文子小姐的短歌，我在此不做外行评论。让短歌本身直接碰触、刺激读者心灵即可。只是应该写一下中城文子自身在给我的信中进行的自我介绍吧。在日期为五月五日的她的第二封信里，是这样说的："明明躺在病床上，一眼看到底的人生，……除了平安，此外一无所需了。"对于一个这样说自己的人，引用信的内容也许会给她添麻烦。不过或许，这样的事儿，早已经算不上是什么添麻烦的事了。总归不久都要死。她本人也深知这一点。

根据第一封信的内容，此人经历复杂。"度过了幸福的少年时代，更加幸福的东京游学时代，结婚、离婚，伴随着瞬息万变的境遇变化的是时间的零碎化，长篇大论的文章没有合适的时间写，总算找到自我的是短歌世界。那是捕捉住一个个瞬间的自己，将其放置掌上认真凝视一般的短诗形式。……这样的自己想在活着的时候出版短歌集，就像给自己立碑一样的心境。二十九岁得了乳腺癌，因为错过了最佳治疗时期，再次手术时癌细胞又转移了，变成了肺癌。在这个癌症病房里也是最年轻的一个。在这短暂的半生里，我究竟留下了什么成果呢？……遭到丈夫的背叛，重新住回娘家，成了市井闲聊的谈资。勉强得到的恋人又很快去世。这些遭遇我也绝没有当作不幸而胆怯退步。可是，却实在是败给了癌症。虽非处于深渊，却似在暗黑牢房。拖着沉重链锁的，正是呻吟声本身。神经变得衰弱，服用安眠药以助眠。大概我会在这里结束生命吧，作短歌到何时呢？危险难测。今后若能再活下去就是赚到了，一直怀着这种想法。想好好珍惜时间，但时间却飘然而逝。所以总感觉好疲惫，一直在睡似的。……在床上痛苦的每一天，一想到还有为数不多的生命，依然十分焦躁。……若不是得了癌症，肯定没有想出版短歌集的勇气。"这些心情也都表现在这个人的短歌里。

对于当时，有连载在身，十分忙碌的川端康成来说，这是一篇异常长篇的序文。

其中，好像是要登载在《短歌》上的"这份吉报发过来的前一天还是同一天的早上，日本短歌社的《短歌研究》四月号和编辑中井英夫先生的信一起来了，让我特别读一下中城文子小姐的《丧失乳房》五十首。看了《短歌研究》，发现《丧失乳房》中了第一次五十首征稿特等奖"。从这一段也能看出来，文子并没有告诉川端康成自己被选入了《短歌研究》五十首歌咏的特等奖。

收到日本短歌社发过来的被选入特等奖的消息是在二月中旬，文子发出信的三月初，入选已定。但是，文子特意避开了，并没有提及此事。其理由之一是不好意思堂而皇之地写出还没有正式发表的特选。同时，想作为一个还没有得到任何认可的纯粹的新人来接触川端康成。实际上，这样做更会给读信人带来新鲜感和刺激，激起对方想为自己做点儿什么的想法。文子虽然并没有明确想到这些，但是内心是怀有这种不失纯真的心情的。

川端康成虽然写着"……为这个不可思议的偶然和因缘深深震撼……"，但是从一般社会礼节来说，毫无疑问还是报告一下合情合理。虽然身处地方城市，不懂东京的这些礼节，算不上什么大问题。但也因此导致了登在《短歌》上的歌要从在《短歌研究》上登过的歌中去掉再选。

不过，文子拜托的不是在《短歌》上转载的问题，始终只是序文的事儿。所以这未必能断言是文子的责任。换个极端的说法，甚至也可以说是川端康成自作主张的结果。总而言之，就这一点来讲，虽然或多或少有些失礼之处，但是文子的短歌弥补了这些不足，始终是太过新鲜，很有魅力。这一点无可置疑。

即便如此，进展能这般顺利，不用说远山他们了，就连文子自己也始料未及。远山从文子那里听说川端康成答应写序文一事时，一开始以为她是开玩笑的。直到看了川端康成的亲笔信，才总算相信了。其他同仁们也是一样的反应。

为什么会这么简单地答应了呢？远山他们深感不可思议。

文子就是有这种非理性的、直感性的第六感。很多人对川端康成抱有一种眼光敏锐、感受性丰富、一般凡人难以接近的文豪的强烈印象。

文子虽然一直也是那么想的，但是又本能地感觉到在那敏锐当中，还有一种对女性怀有好意的、尊重女性的温柔的一面。如果向他倾诉临死前的哀伤，他肯定会答应的。若说为什么连一位素昧平生的作家的这种倾向都了解，那只能说是因为文子是他小说的一枚粉丝，一篇接一篇地将其所有作品都读尽了的缘故。

实际上看一下川端康成发来的礼貌又充满温柔气息的回信，可以看出来，文子的直感没有错。这之后，文子作为回礼，给他寄去了在十胜川捕捞的鲑鱼。这一举也收到了写满亲切问候的感谢函，很关心她的身体状况。

而且，在之后的小说《睡美人》中，在关于不眠所描述的部分里，引用的一首短歌也是摘自文子的歌，从中可以看出川端康成是多么关心文子。

夜为不眠我准备，蟾蜍黑犬溺亡者。

之所以如此高度吸引了一位作家之心，当然也有文子写的拜托文的出色，和所作短歌十分优秀的原因。可是，果真能断言只有这些原因吗？对于这位无名美女作家所怀有的堪称异样的好感，对我们了解作家川端康成的另一面也深有意味。

这样，《短歌研究》四月号、《短歌》六月号上，很快发表了文子的短歌，而且各自都是五十首。特别是在《短歌》的发表，是在继《短歌研究》的发表之后，在褒贬不一的舆论之中，伴随着川端康成的序文和宫柊二的文章，以闪亮登场的方式装点在卷首的。况且，该歌人还是一位丧失双乳、美丽的女子。在二战后的短歌界，当真没有如此华丽又震撼登场的歌人了。

关于此时的短歌状况，上田三四二先生曾描述道：

昭和二十五年（1950年），疾风怒号终焉。

昭和二十六年（1951年），魅力丧失。签订和平条约那年，短歌界欠缺紧张气氛，保守倾向再次霸占主流。

昭和二十七年（1952年），跌入沉滞深渊。延续在去年保守、传统的时风中，中坚层活动稍稍显著。

昭和二十八年（1953年），巨星陨落。因斋藤茂吉、释迢空的去世，甚至出现了将茂吉比作太阳，将迢空比作月亮，说如今才是短歌界正式进入了黑暗时代的文章。这种丧失感，是危机的自醒，其结果是为次年的飞跃做好了准备。

昭和二十九年（1954年），新风华丽登场。

如上所记，这华丽登场的主角，正是躺在札幌医院的中城文子。继而，上田氏关于这个新风的华丽登场，这样记述道：

本稿意欲回顾"新风的华丽登场"，新风的登场——将中城
文子、寺山修司写在前头的新人登场十分漂亮，实属新闻性大事
件。这一年，以《短歌》的创刊为契机，短歌界进入了《短歌》
和《短歌研究》两部杂志竞争的时代。新人的发掘作为克服前面
所说的短歌界的"沉滞"手段，由新闻界进行了尝试，而且尝试
大获成功。

但是，即便如此，再也没有像中城作品这般被卷入毁誉参半
的狂澜中的作品了。

中城登场时，被视为二战后第一线的作家统统都站在了反中城战
线上，这让人意外。以前将短歌努力向前推进的也正是他们。是他们
打败了视他们为危险分子，欲摧毁他们的成就的陈旧权威。说起来，
他们是短歌的推进者。或许正因为此，对于在他们内部新出现事物的
动向进行阻止的浓厚意识，已经早早地开始起作用了。

值得一提的现象还有一个，就是发表中城入选的《短歌研究》的
问卷调查，貌似对发现中城的该杂志编辑心怀顾虑，对主角中城装作
视而不见，反复称其为可有可无的配角。在他们这样的意识下，难道
不是潜藏着老子才是二战后短歌界的希望这样的自负、自恋和对于那
闪闪发光的宝座被一个才冒出来一两天的中城之类无名新人夺去，岂
能容忍的功利心吗？

中城文子登场时，一线女性歌人悉数以一种半嫉妒半眼红的心态
对待她。

"很能暴露啊！大概就是这点中奖了吧。""果然是错季而开的花
啊！"等等。能客观看待中城作品中蕴藏的真实性，给予不戴有色眼
镜的中肯评价的为数不多。

俗话说"憎其人者，恶其余胥"，简直正如此话所言，他们对中城短歌的反感意识表现为迁怒于推出中城作品的《短歌研究》了。石井的"对中城作品进行评价的一个提议"，正是因此而提出。虽说正如有人所说过的那样，《短歌研究》的编辑者确实在其处置方法当中有失慎重。但是，难以认为只凭一个新闻记者的演技，中城短歌便会引起如此大程度的骚动。这份石井建议中，虽然确实也有一种不能当作迁怒来一笑了之那么单纯的东西，然而，这个建议底部流淌的石井意识中，含有很多"憎其人者，恶其余胥"之类的感情性成分。于是乎，围绕这个建议，《短歌》和《短歌研究》的匿名栏里出现了完全相反的意见。一向就对中城短歌不怀好感的歌人们一齐对石井的建议鼓掌欢迎。

另外，《短歌》于昭和二十九年（1954 年）九月号女性作家座谈会上，对文子的短歌进行了如下评论。

生方：目无观众、赤身裸体，十分大胆的演技派。

阿部：这是哭给人看的……这是在说，看到有人哭，你难道不难过吗？

编辑部：不过，好像不太受好评啊！

阿部：登载在《短歌研究》上时，还是《农场》那篇更获好评。

生方：虽然感觉十分优秀，但是……总而言之，那番热闹非凡被认为是俗不可耐呢。

山下：虽然被强拉硬拽地读了一次，却毫无想读第二次的想法。

葛原：短歌本身已经将想说的话——说得满满的，所以，最后一句结束后，就什么都不必考虑了。

就是这样一个状况，每个人的评价都有微妙的区别。

另外，《短歌研究》在昭和二十九年（1954 年）十二月号的一年回顾里，这样写道：

中城文子的短歌在今年的短歌界中华丽登场，甚至出现了中城旋风等类似说法。虽然也有新闻界引领了一步的这样一个特色，但是反响比较强烈，这一点貌似也包含着一个问题。然而，依然还是有必要进行本质上的探讨，在此稍微整理总结如下：

一，关于中城文子的境遇和其作品之间的关系，因为其境遇的特殊性，是不是对其作品做了过大评价或者过小评价呢？

二，有新闻界站在前端，又有川端康成的序文影响，短歌界以外的关心也十分密切。对此，也就是说短歌界自身会不会因此而有些反感，有意识地将其放在了卑微化的视角之下呢？

三，中城的作品是中城这位特殊女性在特殊境遇下的产物，而且，它投向沉滞的短歌界，超越了作品本身的不安定性。这一点是否果真充分地得到讨论了呢？凡此种种，总而言之，是否可以再稍微整理一下呢？

从以上这些说法也能窥见当时短歌界关于中城作品的评价状况。

另外，《短歌》的九月号编后记中，编辑太田朝男在追悼中城之死时，同时又如此记述了其生存方式：面对不彻底的现代短歌界，独自一人奋不顾身地挥舞着自我主义旗帜，昙花一现般凋落的灵魂。

昭和二十九年（1954 年）的短歌界，说是全都被卷入了中城旋风也不为过。

3

在《短歌研究》和《短歌》这两部当时短歌界的代表性杂志上，相继发表了新人的五十多首短歌，真是短歌界有史以来的壮举。

而且，在《短歌研究》中，继四月号发表了五十首短歌之后，在六月号上，与近藤芳美、塚本邦雄等人一起，杂志社再次十分用心地推出了中城文子。三位歌人各自三十首，装点在了卷头。

在这个《短歌研究》上，最初发现文子并积极推出的，是当时担任该杂志主编的中井英夫。

中井在五十首应征作品的选拔时，看到文子短歌的第一眼，立即被其清新的文风和粗暴的自我告白方式所打动，觉得这才是打破沉睡短歌界的绝佳刺激剂。

定为特等奖的第二天，中井马上就给文子发了挂号信，鼓励她写后面的作品。

对于这一点，文子后来虽然说过一些恨话："明明都喘不动气了，已经入土一半了，一点儿都不同情我。"但是对身处东京的中井来说，是不可能知道文子的病情进展到何种程度的，即使濒临死亡。"那就更应该披肝沥血，要留下好短歌了。"——这便是新闻工作者中井的真实想法。

实际上，后来被编入《丧失乳房》中的短歌，接近一半是在垂死挣扎的病床上坚持咏下来的。如果没有中井近乎苛刻的督促，毫无疑问不会有那样充实的短歌集。

中井一方面在督促文子创作，另一方面又写信建议文子推出处女歌集。

从一开始就想在东京正儿八经的出版社出版作品的文子，当然对中井的提议毫无异议。

刚要在札幌印刷的歌稿立马下了架，被送往了东京。一切出版事宜，完全委托给了中井。

中井一接到稿子，马上对这些稿子以及之后所咏的三十多首短歌，进行了整理，并决定由东京的出版社出版。

标题为《丧失乳房》，序文中登载的是川端康成的文章，最后加上了文子写的后记。内容分成了"装饰"和"深层"两个部分，一共收录了四百九十一首短歌。

这里选的是其中的第一首和最后一首。

如烟似雾杨柳岸，人生执着亦梦幻。

死亡近在前，爱不变誓言，镇魂歌般立震天。

在这部歌集的后记当中，文子这样写道：

有生之年确立自己的遗作，这种小心谨慎也许很愚昧。

但是，希望能在将来孩子们的眼里，形成一幅真实的母亲像。这是我将四年时间创作的不成熟的作品总结了一下的主要原因。

这或许是一位母亲向孩子的辩解：因为太过忠实于自己内心的声音，而无法像世间一般的母亲那样生活。但是我觉得：比起胆怯地守护着平稳的生活，选择了飞蛾扑火般负伤而生的母亲，是无法称其为错误或者不幸的。只是，无论翻开哪一页，如果都能听到母亲惨叫般的呐喊的话，孩子们是否会自然而然地选择在其他明亮的土地上顽强生存呢？

前面也曾经提及，这部短歌集的标题定的是《花之原型》。这既是文子的希望，也是远山和其他伙伴比较赞同的。但在东京的出版社出版之际，被改成了《丧失乳房》。这是中井英夫的意见所起的作用。

中井在发表五十首短歌征文特等奖时，已经擅自加上了《丧失乳房》的题目发表了。

对此，文子有些不满。然而，对于高度评价并帮忙发表自己短歌的编辑，又不好意思说什么，便睁一只眼闭一只眼了。

文子特别在意，怕自己的短歌被认为是因为自己患有癌症接近死亡的这个特殊原因而发表的。

特别是《丧失乳房》这个题目依靠的是女人失去乳房这个悲剧性效果，甚至看上去好像太甘于女人这个身份似的。如此一来，显得多么饥不择食的样子。

中井当然也明白文子的这种心情。《丧失乳房》作为歌集的题目，既大胆又有点儿印象深刻。但是，中井强行说服了有些不情愿的文子，连短歌集的题目都说服她定为《丧失乳房》了。

文子是一面解释着"虽然不喜欢这个题目……"，一面将自己的短歌集送给了熟人、朋友的。毫无疑问，她对这个题目十分不满意。

然而，中井觉得像《花之原型》这种太有情调的东西冲击感太弱了，必须要有一股从主题开始便堂堂正正、大大方方敢于展露羞耻的强劲力量。

不可否认，中井的这个做法确实成了招致一部分人批判的因素，称其展示欲太强、故作姿态。虽然现在看来，并不觉得是什么特别过于冲击的词语，不过在当时，《丧失乳房》这个题目是多么的过于夸张。可同时又托这个题目的福，文子的短歌得以伴随着华丽、残酷的印象，强烈地抓住了人们的心。

就这一问题来讲，好也罢坏也罢，文子是身处地方的一介歌人，而中井则是东京文坛感觉敏锐的新闻工作者。

《花之原型》这个题目，成了在同年《短歌》六月号上发表的五十一首短歌的标题，而且也是文子去世后，在第二年的昭和三十年（1955年）四月号上，第二部短歌集的书名。

4

从春日到初夏，文子周边受到了东京文坛汹涌而来的巨浪的强烈冲击。不管任何人说什么，文子已经是明星，是女王了。

然而，这期间，癌症也稳稳妥妥地在折磨着文子的身体。

从乳房转移到肺的癌细胞侵占范围越来越大，文子不断地干咳着，有时候痛苦得简直无法呼吸。

这段时间，三月份的病床日记上，文子做了如下记录。

三月十九日

八音盒在响。窗外风很大。应该叫春日风暴吗？天空平静。能见到孝和洁，很开心。孝真是长大了。我最近觉得孝可爱得不得了。孩子们虽然每个都很可爱，但是一想到这个胆小、怯懦的孩子作为长子，今后会受不少苦，我就觉得好悲伤。

看了雪子的画，后面的解说很有趣。

洁还不太会发某些音，小舌头转不过来。幼儿很可爱。

希望孩子们都能不娇气、坚强独立地生存下去。

三月二十一日

上午，和中山静代小姐聊了一上午短歌。下午，让子来接我，一起去了市里，看了两部电影，两个都很好看。

回来也不觉得疲劳，很开心。

不在病房时，畑先生（妹妹美智子小姐的丈夫）、泽刚夫人、成田老师来访了，真是太过意不去了。没有收到任何来信，很失望。因为是春分日，晚饭吃的红豆饭。

读完了正宗白鸟、小林秀雄的随笔集。

三月二十六日

一直注射不进来，好痛。每天都做，皮肤都变坏了。

雪子不来，好悲观。肯定是没有人能带她来吧。因为带广家里很忙的，只有我一个人安稳无事，对不起。

咽喉的压迫感使呼吸困难。心里总是在想着死的事。但是并不觉得悲惨。

而且，在四月十三日的日记里，只写了一行字："旁边病房里的老太太死了。"十五日栏里，万一有情况，作为紧急联系人，写下了这些名字：歌人小田观萤、四贺光子、野原水岭、舟桥精盛、宫田益子，还写了带广的鸭川寿美子、河内都，还有东京的古贺、浅川、柴氏等三人的名字。

人死床已空，我搬来填充，不喜阴影且关灯。

缓缓膝曲弯，宛如倒下玩，悲惨结局亦可见。

之前是一周两三次外出，四月末时变成了一周一次，进入五月份后，连那一次外出都难以保证了。全身的疲惫感和窒息感逐渐削弱着外出的欲望。

曾经在三月中旬一度中断的胸部 X 射线放射治疗也在四月中旬再次开始了。考虑到被 X 射线灼烧成暗红色的皮肤和不时袭来的眩晕感等副作用，照射宜暂停一段时间，可是，癌症发展之快已经不允许它停下来了。

但是，即便是在这个过程中，文子也在不断地给五百木写信。这是日期写着三月二十五日的一封信，收信人还是用的"坂井启子"。而且，信封后面的通信人姓名用的是嫁到小樽的妹妹畑美智子的名字，住址写的是"札幌医大附属医院住院病房东栋五病房"。

伸介先生：

一向可好？知道你很忙。春天来了，再过一个周就是穿春装的季节了。我躺在床上，迫不及待地等着春天。想在明亮的阳光下生活的愿望也油然而生。吃了很多药，汲取了很多营养，所以一点儿都不瘦。想你想得不行了。四月份的第二个周日前后也行，你能来吗？如果能和你一起走在春风里，那该多么幸福啊。不要当天就回去啊，一直期待着呢。希望你能带收音机过来。虽然很重，很对不住。但是想听一听那时候和你一起听过的或跳过的各种曲子。总是能感到你的存在。有没有又去山里呢？你现在在哪里呢？听小美说了很多关于你的消息，稍稍晒黑了一些吗？喜欢你晒黑一点儿。

我去松竹座观看了两部电影。是护士领着我去的。是固定座，很舒服。非常好的电影。如果能和你一起去看的话，该有多好啊！启子小姐还好吗？如能来札幌散散心玩玩的话，我可以帮她安排住宿，可惜她又不来。我的梦被言中了，没有跟你说过吗？我做了一个去兜风的梦。奇怪吧？这次住在一起的阿姨是个好人呢，特别好。

和你跳舞、看电影等，曾经玩得好尽兴。但是，那种表面的开心之类，与现在虽然不在一起，却依然心相连的暖暖的内在的愉悦相比，我觉得实在太肤浅了。我现在很幸福。但是有时候，也会模模糊糊地想倚靠在你的身上出去走一走啊。

一定要来啊！我等着你。

我先睡一会儿，然后再读书。

保重。

文子

随后一个月之后的四月二十六日的信跟上次相比，印象截然不同。用铅笔写了两张信纸。文中则是用了"小伸"这个亲切的称呼。

伸介先生：

小伸，因为我是在床上仰面朝天给你写的信，所以笔迹潦草，不好意思。说实话，最近身体状况不好，这样下去就不行了。无论如何都想活到五月份，想见到你。但是，如果活不到那个时候，请原谅我。旁边六号房的老太太去世了。肺、心脏和咽喉都爬满了癌细胞，解剖了呢。我可不要解剖什么的啊。虽然只要用心观察医生的脸，马上就能明白自己处在什么情况了。小伸要长寿啊，请连我的那份儿也一起幸福地活下去吧。我虽然生命短暂，但是非常幸福，无可挑剔。感谢你。有时候也会听着收音机音乐流泪。我不在身边小伸也会感觉寂寞吧？一想到温柔的你，我就难过得不行了。我是你的，永远。

前几天，让一位说在音更那里认识你的人帮我照了相。我现在已经起床都困难了，也许是最后的照片了。

只是这件事，我恶化的这件事要绝对保密，不要让家里爸爸他们知道啊。我不想让他们担心，因为即便不告诉他们，爸爸也有点儿脑溢血的危险。

也许今后连写信都很困难了，对不起。

祝你健康生活，开开心心。

四月二十六日

你永远的文子

半个月之后，五月初，五百木抽了从工作地点糠平回来时的一点儿空闲，来见文子了。住了一个晚上，但是中途她撒娇使性不让走，说："你要走的话，我马上就死。"以下是在那大约半个多月后文子的信。

伸介先生：

谢谢来信，好久不见了。

居然连你的生日都忘了，真不知道自己是怎么回事呢。很久之前给你写的信也没有寄出去。这次会一起放进去。至于为什么没发出去，原因这就写。简单地说，是因为你活着，而我已经迈进死者领域了。在那样的地方即使爱你，也已经语言不通了。你对我说的话，听起来已经是来自一个遥远的世界；我向你讲述的也只是化作了暗黑的声响，无法传达。虽然你在信里说过前一阵来札幌很开心，但是那是谎言。

你显得非常寂寞的样子。是我不好，明明隔着那么近，实际上却不由得有种相距遥远的感觉，是这样的一种不明之物使我变成了那样。所谓的不明之物，便是刚才写过的生死界限了。

当然，我爱你。因为作为年轻人的条件你都具备，让人无法不爱。我想，如果我健康的话，我们早就结婚了。你真是好照顾任性的我。

再继续束缚着你就太残酷了，年轻的你适合更快乐的幸福。

我想我的病肯定治不好了。"不要紧的，会治好的"，这种哄骗孩子的话太滑稽了。自那以后，我的身体状态也在发生各种各样的变化，我想应该先跟你划个界线了。这是发自我的良心，请不要误会。而且，我祈祷你能有新的幸福。如果奇迹出现，我的病好了，到时候请和我做个好朋友吧。收到了坂井小姐的信，因为回信太累了，请代我问个好吧。我已经完全放弃了。

我想你每天会很忙，工作再忙也请注意身体。真的非常感谢你能对我那么好。

非常挂念你的事，总是感觉非常过意不去，必须要尽快为你做点儿什么，还是从我这里解放出来的好，虽然最终没能拥有共同话题，但是你的温柔我永远会好好珍惜，永远不会忘记。

现在的我，皮肤整日被X射线照得越来越黄，无所事事地躺在如同牢笼一样的病房里。写到这里吧，祝好。我想今后可能写不了信了，请务必多多保重身体。

不要让我改变决心啊!

五月二十六日

（满怀悲伤）再见啦

　　这样不时凝视终结的心，因为悲痛的爱情而摇摆不止。但是在这个过程当中，病情也毫不含糊地将文子一步步推向了死亡的深渊。

5

　　文子一面心寄远方的五百木，另一方面，又反复在和远山幽会。

　　并不能用花心之类的词语来描述它。好像要努力逃避逼近过来的死亡恐惧一样，文子对现实的恋情的欲望更加熊熊燃烧起来了。这段时间，文子绞尽自己所剩无几的微弱力量，外出了。

　　初来札幌时，文子外出约会的对象仅有远山一个人。和远山相逢，共餐，继而同去酒店。在那里爱得死去活来。

　　幽会之后，文子眼睛周围会出现黑眼圈，走路都让人担心。

　　与其说是在互相确认爱情，倒不如说是一种类似自虐身体的行为。但是，那一瞬间，能让文子忘掉一切。步步紧逼的死亡恐惧也好，丧失乳房也好，如今是文坛之星也好，一切的一切全都忘掉，完全成为一个纯粹的女人。

　　在札幌的歌友之间，文子和远山之间的关系已经成为公认的事实。只要远山在病房，其他朋友们都会若无其事地早点儿离开，注意给两人创造单独的空间。文子自身也明白他们的这些费心，并甘于他们的这种好意。

　　虽然了解两人的这种特殊关系，短歌的好友们依然聚到文子周围，纷纷关照她。若是为了文子，谁也不惜自己的力量。

其中，最为热心的还是当属石塚札夫。

石塚对文子的态度与其说是爱情，不如说是接近献身了。拜倒在女王石榴裙下的用人一般的真诚。正因如此，文子也只对他一人敞开心怀。

超乎常人地热爱时髦，更注意穿着打扮的文子只会在石塚面前满不在乎地化妆。他以外的任何人，甚至连远山和医生，文子也不喜欢被他们看到素颜，只有被他看毫不介意。

"无论怎么化妆，都上不了粉呢。"

身体状况不好的时候，文子会这样叹息。

"身体不好的时候，就不要化妆了嘛。"

石塚一说，文子便哭了起来："连化妆都化不了的话，就要死了啊。"

"就要死了"是文子最近的口头禅。

登在《短歌研究》上的五十首短歌和在《短歌》卷头的五十一首短歌相继发表后，文子受到了文坛权威的批判。对此，文子一直十分抵触。其直接发泄不满的对象便是石塚。

"我才不相信那些老爷子说的呢！他们活在这个世上，都是为了欺负我，让我痛苦的啊！不管男女，都是那样的啦！"

文子像个孩子一样喊叫着，石塚平静地开导着她说：

"你只要沉默不语就行了。什么也不要说，时间会解决一切的。"

"我可没法那样悠然自得呢，死亡在一步一步地靠近我，就是现在也没有停歇啊。即便死后能得到认可，我也不可能知道了吧。"

"总而言之你那样想，是自我意识过剩呀。"

"你什么都不懂的啦！女人的心情也好，要死的人的心情也好，明明什么都不懂，还说什么大话！"

石塚沉默了，任她随便说去，等到卸下心灵的重荷之后，不久文子就会一点一点让步。

"我可不是一个像夏娃一样的女人啊。"

尽情痛骂一顿后，文子突然落寞地嘟哝道。而且，末了还会自己投降：

"安慰一下我吧。"

之前所有不顾一切地詈骂全都只是为了寻求安慰找借口，是为了让人打气而抛出的诱饵而已。

石塚一面对文子的这种任性感到头疼，一面又被她任性背后的率真所吸引。任何时候都不怕难为情，肆无忌惮地展露自己，这种不加掩饰中充满了女性独有的情感气息。

女人的任性自我原本就是很麻烦的东西。但是文子却以自己独特的任性，大大提高了其独有的魅力。

即便如此，石塚对文子的献身也异乎寻常。

六月初，洋槐花盛开的时节，文子突然提出想外出。此时，石塚因为感冒发烧了，但他还是让文子坐在自行车后座上，带她去了植物园。

高大的榆树在草坪上落下了浓郁的阴影。紫丁香花开的院内，石塚推着自行车，文子坐在自行车后面的行李座上，两人缓缓前行。

路上，在上坡的时候，因为文子的重量，自行车前面差点翘起来。石塚拼命摁住，用力往坡上走。来到长凳上休息时，他将文子从自行车上扶下来，给她采集来她想要的花草。

只要能在文子活着期间，和她待在一起，石塚就很快乐了。只有他们两人在一起的时候，文子既非什么文坛之星，也不是什么天才歌人，而是中城文子本身。

"和你的爱情无色透明，所以难能可贵啊。"

文子时常会心血来潮地这么说上一句。石塚每次听到这样的话都会开心地低下头。

喜欢上某一个人，毫无疑问那是一种爱，但那并非就是恋爱情愫。这种深信不疑让石塚得以满足于只管奉献单方通行的爱。

"你要是也在我娘家打工就好了，在我们家做工的人现在都比我们家有钱了呢。"

文子悠闲地坐在凳子上，说着这样的话。两人所在的草坪前面，是一片由山毛榉和械树组成的树林，上面飘着朵朵白云。

"但是，如果在那里做工的话，万一对府上的大小姐抱有幻想，最终陷入失恋中坠入歧途……"

"哎呀呀，不用那么从一开始就先把话说死了吧。"

说完这种无关紧要的话，文子突然又问道："女人总是希望受到偏袒的啦！你知道吗？"继而又说：

"总而言之，女人是希望有人掠夺的啦！"

这些话让石塚感到迷惑。

任何时候都不会背叛的石塚对文子来说，虽不会成为恋爱对象，但是作为一个倾听者，是一个必不可少的存在。

实际上，石塚心知肚明，也能分开这前前后后的界限。即使听她嘴上说"希望有人掠夺"，石塚也明白那里面并没有包含自己。这仅仅是显示了文子的某种心理状态而已，并非是让他马上那样去做。石塚知道，如果自己对文子采取这种类似的行动的话，两人现在的关系马上就会崩塌。

文子以前一直用"六子""文文"或者"小F"等爱称来称呼自己。这些名字当然都是文子躺在病床上百无聊赖地想出来的称呼。

一个年过三十岁、有三个孩子的女性，用这样的爱称称呼自己，虽有些傻，但是在文子这里却一点儿都不奇怪。看一下床上坐着的小小的文子，忘却这些年龄与境遇的问题，看起来是一个多么适合这些爱称的女人啊。

通过毫不羞耻地这样称呼自己，文子感觉自己又回到了年轻、纯真的女学生时代。

用这些爱称称呼文子的，在歌友之间只有石塚。

"什么嘛，你这个人！上次在歌会之后，让六子叫那家伙了吧？"

"那时候，六子不是不在嘛，所以说那家伙、那人就行了吧。"

"说什么嘛！赶紧好好道歉啦！"

"好的好的，对不起，对不起啦！"

"不行啦！你要把手拄在地板上道歉啦！"

"六子，对不起啦！请您原谅我吧！"

石塚双手拄在床下的地板上道歉道。文子这才快活起来。

邻床上的涩泽繁看到这每天重复的半真半假的游戏似的举动，不由得蹙起眉头。

虽成了名人，但是每天争论的都是些微不足道的琐事，就像一个小女孩生了三个孩子，直接那么长大成人了一样，一副幼稚的孩子气。完全想象不出这就是在这整个日本都已经出名的歌人。

令这位妇人总是感觉愤慨的是，明明石塚如此这般倾尽付出，可是文子一见到远山来了，就会突然撒起娇来，对石塚骤然态度变冷，简直就要说出来"你快回去吧"。当然，石塚也会看这点儿眼色，默默地回去了。可即便是这个时候，文子也只是轻轻瞥一眼而已，甚至连"再见"都不说一声。

等石塚一回去，文子态度立即一百八十度大转变，迫不及待地缠着远山，说一些"好寂寞啊！""握住我的手！""吻我！"之类的话，仿佛忘记了刚刚还是和石塚在一起的那些事了。

明明是这样的，但第二天石塚一来，反会遭到她发难：

"你为什么总是那么冷淡地回去呢？"

"你这么说，我好为难啊，我不喜欢说那种'好了，我要回去了'啥的老套话啊！"

石塚一说，她又把头扭向了一边：

"你要那么回去的话，就不用再来了啊！"

"是我不好啦，下次开始会注意的啦。"

"好吧，那就原谅你了，给我揉揉脚吧。"

于是，石塚马上变身为按摩师。

"她只是在利用石塚先生呢。"

涩泽繁在文子不在的时候，曾跟前来探望的旧书店的人吐槽过，这是自始至终一直看着两个人整篇故事的妇人的真实感想。

但是，石塚本人却对这种事毫不在意。当然，文子也并非是在用一种像那个妇人所说的一般感情看待石塚的。不管旁人如何看，两人之间有着只有他们自己才能懂得，分不清是爱情还是友情的精神羁绊，这点倒是真的。

石塚祈祷文子的病能好，从该年二月份开始，便戒掉了自己特别喜欢的烟和打弹子机的游戏。这是他对文子感情纯粹的表现。石塚在文子死后六个月，也一直服丧，坚持这两个习惯。

6

在札幌，围绕在文子周围的人不仅有远山和石塚。其他人虽说不像他们那样与文子关系亲密，但是，文子在这些人的心里也都各自留下了

深深的烙印。

古屋铳便是其中的一人，他既是《冻土》的同仁，也是刚刚结束实习生活的精神科医师。

实话说，古屋在见面之前，对文子是多少有些反感的。这里面既有作为《冻土》年轻的未来之星的自负，更有对于把文子说得跟天仙一般的石塚札夫的反感。

实际上，古屋在《冻土》三月份歌会上，第一次与文子见面时，不但没有搭腔，甚至连寒暄都没有。这背后既有对女性歌人算什么的轻视；另一方面，也无可否认，还有对一位闪耀舞台的炫目女性的自卑意识。

古屋第二次见到文子是在四月中旬，在宫田益子的家里，给文子录音的时候。

这是石塚提议的，"文子的体力越来越弱了，不久之后就没法外出了。趁着现在先单把声音留下来吧。"

多么残酷的企划！但是，这个企划还不如说是文子自己提出来的，石塚只是在将其忠实地传达给了伙伴们而已。

一进入四月份，文子每天都能清楚地感觉到自己的体力在一点点地衰弱。即使来看望的人说什么"脸色好看了"，"看起来挺有精神的啊"之类的话，那也只是一时的错觉，或者是安慰而已。文子内心十分明白这一点。所以想录音到磁带里，留下自己的声音。虽然是出自尽可能想留下自己活过的证据这个愿望，但同时，也是因为文子迷醉于自己为死后留下声音这一悲剧性剧情而想到的。

事实上，文子此时在跟人们说话的时候，一直都是像悲剧主角一样的姿态，时而非常难过的样子，甚至一直眼含热泪地说话。

这个声音在文子死后，在守夜的席位上，播放给了人们。说话间时不时地传来干咳声和强忍咳嗽的艰难的声音，听起来十分痛苦。让人忍不住落泪。

这个录音会上，古屋从大学里借出了当时还比较稀少的录音机，冒雨搬了过去。那时候的录音机，重量很足，一个人拿特别重。古屋搬着它从大学里走到了三公里以外的宫田益子家里。

虽然表面上装作冷漠的样子，但是古屋也和其他人一样，十分看重文子。

难做的不只是古屋，石塚也在去往宫田家的路上，在下了电车后的昏暗光线中，突然被文子央求道：

"掐住我的脖子，杀了我吧……"

石塚已经习惯了她的这种任性做法，明明自己提出要录音，可一旦事到眼前，又突然难过地叫唤。

"说什么要活下去的话，这么痛苦的遭遇，我才不给你活了呢！"

听那说法，简直就像是给石塚活的似的。石塚一如往常默默不语地等着文子再迈步。

"喂，我要死了啦！可以吗？就这样死啦！不留什么声音啦！"

看着街灯下，像个要脾气的孩子一样，不停摇着脑袋的文子，石塚强忍着想紧紧抱住她的冲动。

即便这般让周围的人拿她没办法，录音磁带中却完全没有闹别扭的痕迹，只留下了温柔甜美的叙述腔。一对着麦克风，文子马上就变身成为一位对着汇聚一堂的听众倾诉的不幸的女人。

这个会结束后不久，古屋来病房拜访时，文子拜托他道："下次来的时候，帮我拿点儿安眠药过来吧。"

来到札幌后，文子睡不着时，总会问医生要安眠药吃，不知不觉已经成了习惯了。

"这里的医生不给吗？"

古屋一问，文子轻轻瞅了他一眼：

"你是医生，一定知道致死量的吧？"

古屋此时并不明白文子心里在想什么，或者应该说，他把握不住文子的话术。什么时候说的是真话，什么时候说的是假话。

一周以后，古屋又去看望文子了。他忘记了之前所说的药的事。只拿着文子所说的想读的《湖畔》去了。

"给我拿来药了吧？"

被文子突然一问，古屋有些惶惑。

"好过分啊！你真是个好过分的人啊！"

文子对他拿来的《湖畔》连看都不看。

"我的话你一点儿都不当回事啊。反正那个女人要死了，没有必要遵守约定，你是这么想的吧？"

"不是的啦！真的是不小心给忘记了。"

"虽然说你是医生，但是根本就不了解患者真正的痛苦啊。你肯定是在想反正是个该死的女人了。"

文子的眼里早已经泪水盈眶了。

"不是那样的啦！对不起啦！下次来的时候一定带过来。"

古屋只是一个劲儿地道歉。但是，他一边道歉，一边以其职业性敏感觉察到了文子想要安眠药的真正理由。

如果只是因为失眠，从医院里拿的药应该就够了。她这么疯狂地想要更多的药，难道不是因为想用到睡眠以外的其他用途上吗？

但是，现在说这个，只会导致文子情绪更加激动。古屋一个劲儿地道歉，同时又明白了文子此时与死亡对决的心情是十分狼狈的。

总而言之，被缠着要药就给她的话，似乎是在促成文子的自杀。

古屋心想，就这样暂时先不去探望她了吧，可是一到下一个周六，便又挂念得无法不去了。犹豫再三，便拿着一些镇静催眠药物出门了。

但是去了一看，文子似乎已经忘了安眠药的事儿，什么都没说。因为她什么都不说，古屋反而不安了起来。要回去的时候，悄悄问她道：

"最近睡得好吗？"

"完全不好。"

文子一副事不关己的样子说道。

"那么，是在吃着药吗？"

"不，已经不需要药物了，靠自己，一直到睡着为止。"

"你存药被发现了，是吧？"

"我放在八音盒里的，被实习的医生给发现了。"

文子有些寂寞地笑了。

古屋将带过来的药原封不动地放在口袋里，又带回去了。

是不是早点儿给她药就好了呢？回去的路上，古屋思来想去。如果早给她的话，或许已经大量服药自杀了。因为没有早给她，被中途发现了，自杀不成了。因此文子不得不一直活到死亡自己来临为止。也许比起死亡，对于文子来说，继续活下去才是更为残酷的事。

这个时候开始，古屋已经消除了对文子所抱有的奇怪的反抗心理了。无论如何深受瞩目，文子都在不断地窥见死神的身影。对于这样一个人，只从表面上批判她是不对的。

7

中城文子的照片现在依然留有多张。带广的敦子小姐那里就不用说了，小樽的美智子小姐等人那里也都保存着几张。幼时的、少女时代的、女学生时代的、家政学院时代的、跟着家教学习时的、婚后抱着孩子时的、和带广的文化圈的人们在一起时的照片,然后,还有在札幌医大附属医院的病房里的和在周围的草坪和建筑物前拍的照片等等。这里当然也能看到诸冈、五百木、远山,还有石塚等,点缀了文子周边的男人们的身影也在不时地闪现。

这其中最多的还是进了札幌医大附属医院之后的照片。这是歌人朋友当中一位叫作中田的青年,很喜欢照相,经常来给她拍照的缘故。文子自己也比较喜欢照相。

当然,自从转到札幌之后,无论是摄影的人还是被摄影的人,虽然嘴上不说,但是不可否认,双方都想尽可能多地留下她不久后将从人世消失的身影。

中田作为《冻土》的伙伴,是个新面孔。但他是北海道警察中的精英职员,是一位热心的青年。当时的他就喜欢照相。自己照相、洗片自不必说,连反射镜等设备都整备齐全,非常讲究。

五月初,文子已经是禁止外出的状态了。这是因为癌细胞已经确凿无疑地从肺部侵入了气管。有时会有剧烈的咳嗽发作,会有陷入呼吸困难的危险。

五月中旬,中田去看望她时,瞅着文子情绪不错,提出了想给她拍照片的请求。

前面古屋也拍过文子的照片,但是因为过度拘泥于想拍自然态,所以拍得有些奇怪,惹得文子不高兴。

"可以啊,不过既然要拍,就一定要拍得漂亮点儿啊。"

文子出乎意料地爽快同意了,马上又笑道:

"因为我死后,大家都要看着那个照片缅怀我啦!"

中田一瞬间觉得有些瘆人,但是实际上,文子所言果然成了事实。

她死后，报纸和杂志上所登的照片几乎都是这个时候中田拍摄的。这些照片在众歌友之间也增洗了很多，广为传送。

三天后，周六的下午，中田让石塚札夫当助手，带着相机、三脚架、反光灯等，来到了医院。

在往医院走的路上，中田和石塚聊道："随时有可能会离世，所以想多拍点儿，拍个百八十张的。"

既然要拍，尊重她本人的意愿最为重要，即要拍得漂亮点儿。另外，与其说是要拍得诚如本人，倒不如说是要拍得比本人更漂亮。

总而言之，拍摄对象是感性敏锐超乎常人的一匹烈马。一会儿撒娇，一会儿生气，发起脾气来无法收拾。趁着她心情好，想照相的时候尽快拍下来是上策。

即便如此，只拍一些外出打扮得整整齐齐的姿势也没有什么意思了，可能的话，文子也想拍一些无意中的动作。拍摄本身问题不大，之后做出来的照片如果感觉不合心意不给她看就行了，中田心想。

摄影当天，村田祥子从带广来到了文子的病房里。中田赶紧让石塚和祥子当助手，做好了摄影的准备。他让祥子拿着反光灯，让石塚拿着带把儿小镜子，将窗户上透过来的光线和灯光，对准文子的左边脸颊。

"这是电影式的手法。"

中田非常认真。

文子首先在睡衣上面穿上了短外褂，坐在床上，拍了一张。

照片上文子的头发像女童一样，在额头前面梳得整整齐齐，往内侧稍稍卷着，这就是所谓的甜美发型。左右微微内扣，有个波浪固定在耳际。视线轻轻垂下，盯着左下方。眼神在凝视着一点，似乎在沉思着什么。

胸部平塌，感觉肩部瘦削无肉。脸部并不太瘦。后面的暖气管边角上，向下垂着一件长袍。那是一件带着白丝缎的胭脂红颜色的衣服。文子曾说过它跟《乱世佳人》中的费雯·丽在电影里面穿的那件是一样的，十分自得。

在那右边的镜台上，有一个圆圆的花瓶，里面装饰着百合花，在它的旁边，能看到带着十字架的圣女像。

看见这个时，中田曾问她："你变成基督教徒了吗？"

"人家给的啦，都这样了还谈什么信仰……"

她笑道。似乎感觉这个问题很滑稽。

镜台左手边是窗户，挂着长袍的右手边是一扇纸拉门，里面有一间壁橱。当有客人来探望自己，需要换衣服时，文子经常会进这里面换。另外，拿来招待客人的点心和替换的衣服之类也都是塞在这里面的。

"这里面很脏乱的，不准看呀！"

除了母亲以外，文子绝不让任何人窥视这里面。

病房里还带着拉门和壁橱，也许会让人觉得奇怪，但是，这个病房是将以前的值班室改装过来的，所以才有这样的构造。

照片里的长袍和圣女像之间，墙壁的一角处，贴着一张写着"NO.5"的白纸。那是文子病房的号码。

"要揭下来吗？"

中田一面对焦一面问道。

"五号房，我会死在这里面的，所以一起拍进去吧。"

文子淘气地笑着说。

在这里拍出来的是三张照片。一张是身穿法兰绒睡衣，系着一条腰带的；另一张是在上面又披了一件短外褂的；还有一张是和村田祥子的合影。

穿着短外褂的照片前面已经说过，是凝视一点的姿势。只穿着睡衣的那张似乎是因为光线太炫目，文子闭着眼睛，长长的睫毛和微突的下唇让人印象深刻。

和村田祥子一起拍的那一张文子很罕见地笑着。那是在病房里拍的三张里面最为自然的一张。虽然祥子嫌自己体格又大又胖，想把自己拍得小一点儿，故意往后退了很多，但是在照片中，祥子的肩膀还是拍得很宽。

文子笑着将左肩倚靠在壮实的祥子身上，表情十分明朗，完全看不出是个几个月后会死的人。

此外，还有几张文子或笑或站立，或看向后方的照片等。都是中田做好了挨批的思想准备后偷拍的，其中一半没有给文子看过。

因为文子感觉疲惫，加上午后的天空阴了起来，当天就拍了那些，户外摄影改到了次日。

次日是周日，所以中田带来了望远镜头。

一开始是倚在医院正面的门柱上拍的。

"会让人看到的，讨厌啦。"

文子一面闹着小情绪，一面将两手背到身后，站到了写着"札幌医科大学附属医院"的牌子下面。此时的文子，身上穿着自己中意的那件无袖连衣裙，上面是白色的罩衫，脸上非常用心地化着精致的妆容。

中田在户外阳光下，瞄准某一个阴影处的东西，调整着光线。光线有些偏，微微模糊。不知为何，这个正门前的文子神情非常淡漠，像在怀疑他人似的。

这之后，从正面转到背后的树林中，文子右手扶在枫树上，立在那里。

文子见石塚从相机旁边往这儿看，于是说道：

"札夫先生，稍稍朝那边转一下。"

文子让石塚转身向后去，其间，摆了一个姿势照了下来。

文子把自己当作不幸的悲剧女主，自以为表情是哀伤、寂寞的样子，然而洗出来的照片上的表情却是似乎马上就要哭出来似的，和美貌相去甚远。

反而在中田花费时间拨弄相机时，嘲笑他"你好像没有啥自信啊，能行吗？"的时候，被偷偷拍下来的照片，生动地照出了文子调皮的表情，令人满意。

这张照片，文子自己也十分中意，洗出来之后，又继续增洗了十多张。

"我死后，就把这张装饰在祭坛上吧！"文子所要求的也是这张照片。

实际上，在守夜的现场，出席者是一面听着录音机里播放的录音，一面看着这张照片落泪的。

还有一张是背靠在石阶的扶杆上，眼睛稍稍神游远方。拍这张时可能有些略略疲惫了，神情虽然温柔，但是稍稍有些倦意的样子。

另外，还有靠在当时的医院院长的乘用车车门旁边照的。还有倚在石柱上，仿佛熟睡一样闭着眼睛照的。文子的照片里经常有一些闭着眼睛的，总而言之，这些照片都是因为过度在意姿势而照出来的失败作品。

还有一张，是在石阶前面和石塚并排拍摄的。石塚站在右边，文子蹲在左边。石塚身穿一件皱皱巴巴的衬衫和一条牛仔裤，含羞带笑，又有些惴惴不安的样子。相比而言，文子显得十分快活，笑得非常爽朗。不知是因为和石塚在一起特别放松呢，还是意识到相机故意笑的。 这张照片照得最好。

可能的话，中田也想拍一些文子生气的时候、落泪的时候的照片。文子最有魅力的、最楚楚动人的时候就是在直接表现出来这些感情的时候。 但是，文子是绝不会让他拍到这样的照片的。

这个周六、周日连续两天在外面的拍摄是最后一次拍摄了，再以后她便不允许拍照了，说什么"尽让人疲惫，不想照了！ 感觉多拍一张照片就会早死一天呢"。

这个时期以后，直到去世之前，说起文子的照片，便只有枕边放着《丧失乳房》的书，身上穿着长袍躺在病床上睡觉的那一张了。

这是收到《丧失乳房》短歌集的七月中旬，文子主动叫来附近照相馆的人，自己摆好姿势让他照的。

床单和被子都换成了新的，身上穿着领边带白丝缎的中意的长袍，头发上插着两朵带白玫瑰花的头饰。 枕边是打开了的八音盒，从那里面露出了化妆水和白手帕。

文子仰面朝天，闭着眼睛，仿佛在酣然熟睡。

母亲和周围的人们对文子突然让拍这样的照片的真实意图大为不解。 但是对于文子来说，她是当作自己死时的容颜来拍摄的。 虽然还活着，但是是在想象着自己死时的模样，自己表演出来，让人拍摄的。拍照前当然非常用心地化过妆。

"妈妈和孩子们会扑在这样的我身上，为我痛哭啊。"

文子看到洗出来的照片，热泪盈眶。

"我如果死了，请马上把五百木先生、石塚先生、祥子、孝和雪子，把大家都喊过来啊，让大家都来，呼唤着这样入眠的我的名字呀。"

文子想通过自己主动亲近越来越近的死亡，来努力逃离这个恐惧。

第七章

装　饰

1

自四月到五月，文子一面沐浴着华彩登上文坛之星的大道，一面又为几件琐事忧虑。

文子最大的悲伤，当然是死亡的临近。她比谁都明白，身体在一天天地衰弱。越来越急的咳嗽发作和喘不动气的感觉，以前只是一直强忍几分钟就能熬过去了，但是这一阵却没有那么简单了。痛苦得不行，打上镇痛剂才能终得安宁，勉强入睡了。

不过，虽然说得有些难听，可是死亡对文子来说，已经是既定事实。虽不定哪一天，但是就在不远，不久将至，这一点已经是文子自己和他人公认的事实。

说是共识似乎有些奇怪，可却是作为无可避免的命运只能承受着。这个悲伤和恐惧太过于强大，无法成为憎恨与反抗的对象。

与其相比，令现在的文子陷入忧虑的是比死亡更小的一些无关紧要的事儿，因而是身边的某些实际问题。

文子最先意识到这事是在五月初。早上，起床拿着镜子照时，注意到鼻子下面长出了一层淡淡的胡须，看起来有点儿发黑。

文子以前就是汗毛较浓的那种，眉目清晰，曾经被人说过像个男孩子。女学生时代，还曾纠结过小腿上的腿毛，偷偷用剃须刀剃过。

但是，那只是比别人更爱打扮的文子自己比较在意而已，和其他朋友相比，并不算特别浓厚。随着孩子的出生，得病后体力的衰弱，这种事情文子也都不记得了。

谁知突然有一天，她却发现鼻子下方周围似乎颜色变浓了。

直接面对阳光看的时候，并不算突出。但是斜向或者往旁边一看，从光线发暗的角度上看时，就比较明显。以前只是长着淡淡的柔毛，可是现在似乎更黑了，也好像有点儿粗了。慢慢用指尖轻轻碰触，还能感觉到一点儿排斥感。将小镜子拿得稍远一点儿，会发现鼻子下方全都模模糊糊地发黑。

"你看，我这些地方，是不是好像有胡须变浓了？"

自己盯着看了足足有三十分钟后，文子最终向邻床的涩泽繁问道。繁自从进入四月份后，食欲急速下降，人明显憔悴起来。在床上翻个身似乎都很困难，只拿眼睛朝上盯着文子的脸看着。

"你这么一说，也许是稍稍有点儿浓呢。"

"为什么呢？"

"我是不是也挺浓的？"

被她这么一反问，文子从斜上方瞅着涩泽繁的脸。在柔和的阳光照射下，繁仰面躺着。她的皮肤底色原本就和文子不同，微微发黑。所以，一直不怎么显眼，可是听她这么一问，确实感觉嘴部周围看起来发黑了。繁五十岁左右，也许是年龄原因，但又似乎无法断言确实是年龄问题。

"上个月去世的十二号病房的内山太太也说过这样的话，是不是癌症厉害了胡须就会变浓呢？"

"不会吧……"

文子歪着脑袋有些怀疑。不过被她那么一说，也确实有这种感觉。记得相邻病房的四十岁的妇人在面对面聊天时，也曾经怀疑过胡须似乎有些浓了。

"一般情况下，生病的话，头发和胡须都会脱落变薄的吧。我的祖母也是，毛发脱落，死时的脸似乎很干糙的样子。身体不好的时候，头发居然变浓了，这可是太奇怪了啊……"

"确实是这么想的啊。"

对于这个五十岁左右死期就在眼前的妇人来说，管它鼻子下面一带是浓一些还是淡一些，也许这都不算什么问题，但是在文子这里却不行。余命虽短，可只要活着，就想美美的。如果现在文坛的明星鼻子下面长出了胡须，那可就香艳全消了。

当天，文子化了特别浓的妆，打消了早上的不安。头发和胡须变浓这样的现象，不可能会发生在死亡临近的患者身上，她这样给自己解释道。

在此之前，不用说来探望的客人了，文子连医生都不让看到自己没化妆的素颜。

文子使用的化妆品全都是高级品，这些在镜台抽屉的里里外外，摆得到处都是。

无论何时何种情况，一听到有人敲门，文子都会先问上一声："哪位？"一知道对方是谁，势必会再加上一句"请稍等一下"，绝不会忘记在这期间掏出梳子和小粉盒，整理一下妆容和头发的。

不用梳妆打扮，可以直接让其进房间的只有石塚札夫一人。

几乎所有男性在报上名来之后，都要再等上个四五分钟，后来前来探望的《短歌研究》主编中井来的时候，实际上整整让他在门外等了十几分钟。

总而言之，虽然用化妆品能瞒过一时，等第二天再看镜子时还是黑的。别的部位倒也罢了，唯有脸部是不只每天早上要看，一天还要看上好多遍的，所以，让人不要在意也是不可能做到的。何况是比别人更爱打扮的文子呢。

仔细看一看的话，能看出脸上的皮肤全都发黑了。难道是镜子的原因吗？用别的镜子照一下看看，还是一样的。每个镜子照出来的都是一样的。少女时代开始一直引以为傲的白皙的皮肤，如今已经变成了隐隐的茶褐色，只剩下毛孔显得很粗大了。

是真的变黑了呢？还是错觉呢？很想找个人问问，但是又局促不前，担心反而会特意提醒了原本并没有注意到的人注意到它。见过文子素颜的只有石塚和文子母亲两个人。可是，石塚毕竟是个男人，这种问题确实问不出口。而母亲已经返回了带广，现在不在身边。

留心观察了一周后，发现黑色不但没有变淡，反而好像越来越浓了起来。

第八天，文子打定主意，索性问了一下她的责任医生野田医生。

"怎么感觉最近好像胡须变浓了似的……"

医生盯着文子的脸看了一会儿，不久点了点头，说道：

"化个妆的话，能遮住吧？"

"遮住倒是能遮住，但是为什么呢？"

"我想是因为药物原因吧。"

"是因为药物，胡须变浓了吗？"

文子慌张地站了起来。

"因为现在服用的阻止癌症恶化的药里面含有雄激素。我想胡须变浓大概是因为这个吧。"

文子拿起小镜子，再次使劲盯着看。毫无疑问，鼻子下面发黑了。那并非是心理作用，而是因为摄入了雄激素的结果。

"那么就是说，我吃药越多，胡须就会变得越浓，我就会越来越变得像个男人吗？"

"说是雄激素，也没有多大的量，所以没有必要那么担心。顶多是胡须浓一些，喉结稍稍突出一点儿而已。"

"这里也会变吗？"

文子摸了一下喉咙。听医生这么一说，确实感觉好像有点儿突出。

"就你吃的那点儿量，还完全不要紧的啦。总而言之，不用担心。"

虽说不用担心，但是文子毕竟是个女人，很难做到。正因为原因明确了，不安感越发强烈起来。

"那个药不能停止服用吗？"

"开什么玩笑！停用的话病情就会加重了啊！"

文子知道装在红色胶囊里的药是对抗癌症有效的药，最近刚从美国进口过来的，在日本数量不多。也听说过它虽然被称为抗癌药，但只是稍微延迟了一下癌症的发展速度而已，并非是能完全治疗的药。然而，虽说如此，文子现在却没有停止不用的勇气。放射疗法会伤害皮肤，带来眩晕和恶心等很多副作用。这种状态下，这个药就是最后的依靠了。

"并没有那么浓的，不用放在心上。"

医生像安慰她一样，拍了拍文子的肩头，走出了房间。

这是文子未曾预料的事实。那些交往过的男人们，他们身上流动的激素居然和能阻止自己致死的病的药物接近。

即使听医生说了，并非雄激素等同于药物本身，文子也不明白其中的具体差异。对癌细胞的抑制作用如何暂且不说，身体确实是出现了变化。

文子在床上照着小镜子，然后思考着之前的男人们。

已分手的丈夫弘一、诸冈、五百木、远山，这些曾经肌肤相亲过的男人们，此时文子不由得感觉特别怀念、特别珍贵。

难道被男人拥抱也是一个治疗方法吗？

文子脑海里再次浮现出意想不到的场面。文子有一个一旦想到了便会深信不疑的坏习惯。

似乎在行房时从男人们那里收到的爱之点滴会带来延长自己生命的效果。男人们也许是携带这种药物的值得去爱的美好的人类吧。

这么一想，觉得男性这一存在，与之前自己对他们的好恶感不同，都是拥有雄激素的温柔、勇敢的人类。

> 闻治癌有效，亲亲干菱角，清影报纸上可瞧。
>
> 残存几分命，恢复无踪影，逢神便拜此心情。
>
> 癌药新完成，遥远教室中，寒夜白鼠深眠静。

这时候放射科分配来一位叫作中川纯的青年实习生。

实习生两人一组，被轮番分到医院内各科。因为放射科是个很小的科，分到这里的实习生只待一个月。

中川虽然个子不高，但是长相甜美，一表人才。和已经三十二岁的远山相比，还带有几分学生的纯情气质。

实习生会跟随各自的前辈医生，去听取他们关于患者病情和 X 光的说明。有时候还会来抽血检查和注射。像癌症这样长时间住院的地方，患者马上就会看出来他们是实习生。即使穿着白衣挂着听诊器，年轻的他们也总是十分紧张，有些惶恐之色。虽然在患者看来不太靠谱，但是那种认真工作的态度，反而也很令人满意。老患者们有时也会欺负他们。

中川是跟着野田医生的，负责文子的病房。

从第一天中川跟随野田医生来的时候，文子就把目光停留在了这个青年身上。野田医生将 X 射线拍的片子对着阳光进行说明时，青年看着照片的眼睛又热又美。

第二天，中川一个人晚上来巡诊的时候，文子特别倾诉了自己胸口的痛苦和不眠，问他要安眠药。

中川从头至尾认真地倾听了文子的倾诉，然后回了趟值班室后，自己拿来了药。

"不好意思啊，明天也能再麻烦你吗？"

"啊……嗯……"

青年稍有些窘迫地点了点头。

"总是看像我这种肯定会死的患者，很无聊吧？"

"不，没有那种事啦。"

中川慌忙摇了摇头。那认真的样子，让文子觉得无比可爱。

"不知是不是因为明白自己已经不行了的原因，看到像你这样的前途无量的人，总觉得好开心啊。"

"不要这么说啊，人在什么时候都不能丧失生存的希望。"

中川不知是否想起了自己是医生的身份，突然说话老成了起来。

"那么，你能做我的希望吗？"

中川惊讶地看了看文子那又黑又亮的大眼睛。

"开玩笑的啦，没事啦，托你的福，今晚似乎能做个好梦了，晚安。"

文子在青年不安的视线中，像一朵大玫瑰花在慢慢枯萎一样，缓缓地闭上了眼睛。

2

也许患者往往会对医生怀有某种美好的依赖。特别是女性患者这种倾向似乎格外强。这或许是对于医生这种比自己强大的强者的一种羡慕。但是同时，或许也是一种对于对自己了如指掌的人的一种安心感。

不可否认，文子对中川的爱里存在着这样一种对自己的一切尽在掌握的男人的依赖和安心。别的男人且不说，中川的话，没有乳房的胸部也好，X射线灼黑的皮肤也好，他都能看到。也没有必要隐瞒死期将近的事实。

但是，这当然并非全部。

中川纯个子虽然不高，但是皮肤白皙，脾气很好。外表长得跟远山良行有相似之处。

要说不一样的地方，远山拥有报社记者特有的敏锐；而中川看起来确实有良家子弟的落落大方之处。

文子自从见到中川的第一面起就看透了这个男人会按照自己的意愿行事。作为实习生来从耳朵采血和注射的时候，那表情里能看得出其对于一位未曾相识的年长的闺秀歌人的好奇心和憧憬。

"好想和自己喜欢的人，在札幌街头漫步啊。"

在中川给她往静脉里注射时，文子像唱歌一样嘟哝道。若无其事地，没有说给任何人听似的那些话，对于吸引青年摇曳的心情已经足够了。

第二天，在中川晚上来巡诊的时候，文子悄悄递给他一个白色的信封。

"这是昨天晚上，边想着你边写的，请读一下。"

中川一瞬间有些惶惑似的看了看信封，随手将它塞进了兜里，红着脸走出了房间。

君持注射器伫立，恬静红云染窗际。

绿叶染至心忐忑，何人持此魔法墨？病房乍亮现华佗。

祈祷偶相逢，漫步走廊中，只闻大钟缓缓鸣。

这些明显是写给青年医生的咏情歌。

第二天，关灯后九点多时，中川悄悄敲门进来了，递给了文子安眠药。

当时，文子最想要的就是安眠药了。这样背人耳目地拿过来的做法，是青年不失体面地回应她恋歌的表现。

"谢谢。"

文子在微弱的读书灯光下，定睛凝视着中川，悄悄握紧了他的手。温柔的很有感觉的男人的手。

"好大的手。"

文子握着青年的手，似乎在一一确认手指一般，不久将其贴近自己的面颊。

"一分钟就好，就这样待一会儿吧。"

手一接触到脸上，感觉一股热流从青年的手掌中直接传到了脸颊上。毫无疑问，那手掌的温暖将会面向未来生存下去。

旁边的涩泽繁已经入眠，病房里安静无声。

青年就那样把右手放在文子那里，闭着眼睛。

"带我去个地方吧。"

"去个地方？"

"不是这种死亡气息浓郁的地方，而是充满活着的喜悦的地方。"

青年一副困惑的神情，看着被握住的手。

"我想到外面去。如果从这里解放了的话，就能变强了呀。"

文子很快变成了撒娇磨人精。青年在她对自己的好感和医生这个立场上烦恼着。只看到他这个样子，文子就感觉很满足。

"你在的这个期间，我会好好活着的啦。"

文子轻轻将青年的手按在自己的脸颊上。

毫无疑问，这个动作里有一部分近似表演的成分，也有一点儿恶作剧的想法。文子想通过让中川为难、困惑，来确认自己的存在。

但是，当把他的手按到自己的脸颊上时，文子已经没有了算计。在把所有神经集中到青年手上时，五百木也好，远山也好，过去的诸多男人都已经完全被忘掉了。现在的文子脑海里，只有中川一个人。

到了明天，也许又会等着远山的出现，盼望着大岛和五百木的来信。一个人的时候，也许又会想到死去的诸冈和分手的丈夫。

然而，此时此刻，文子脑海里只有中川一人也是一个不争的事实。

"最爱的人是谁？"这样的问题，对于现在的文子毫无意义。只要是能治愈自己的寂寞的人，谁都可以。只想能有个人在自己的身边。

这一阵子，文子的爱情已经超越了一般的男女之爱，成为从死亡恐惧中逃避出来的爱。

唯有爱上某个人，并为之不顾一切时，文子才能忘掉死亡。作为活下去的支撑，文子的爱情是必不可少的元素。

三天之后的周日傍晚，文子身穿白色和藏青色的粗条纹连衣裙，从医院里溜了出去。目的地是位于站前大街上的大饭店。

与禁止外出的患者相会，对中川来说也是个重大事件。

虽然依然干咳，但文子的心情并不坏。似乎跟中川相会，身体状况就会好很多似的。

文子在大饭店前一下电车，便看见中川在前面的洋槐树下擦鞋。文子从背后靠近过去，突然用双手捂住了中川的眼睛。

嬉笑打闹的两个人身上，已经毫无死亡的阴影。任谁看上去，都是一对二十四五岁的年龄相仿的十分般配的恋人。

简单吃过饭后，邀请去酒店的是文子。

"请抱我吧。"

现在的文子已经不怕什么羞耻和面子了，这样的话也能够这样说得出口。

一开始有些踌躇的中川也被文子的积极所鼓动，渐渐大胆了起来。接吻，然后紧紧抱了过来。中川虽然不像是第一次做，但也不像是熟门熟路的。

不久，文子在气喘吁吁中缓缓睁开了眼睛。中川不安地看着文子。

文子迷迷糊糊地在脑海中描绘着青年的爱流进了自己的体内，那男性激素正驱逐着癌细胞的画面。

午后无治疗，脱身君来到，为君再撑几日好。

地下室床硬，君正返回中，化作夜风来相送。

文子想就这样在和中川的爱中死去。既然是不久就要消失的生命，那么想在现在正在燃烧的崭新的恋情当中，在爱着的男人的守护当中死去。中川肯定会温柔地处理好死后的自己。

中川发现文子在八音盒下面积存的安眠药，是在文子以身相许的一个周之后。

两人相爱后突然亲密了很多的中川，当天夜里来巡诊时，不经意地拿起了放在枕边桌上的八音盒，一打开盖子，里面流出了《致爱丽丝》的曲子。

"老掉牙的曲子了，你不喜欢吧？不过八音盒里的曲子都是这样的。"

在文子找借口解释的时候，中川掀开了花纹手绢，看到了下面。

"别！"

文子想把它夺回来，可是中川早已经看清了里面。手绢的下面，密密麻麻摆满了之前从中川那里要来的安眠药。

中川粗暴地将药物塞进了白衣口袋里，头也不回地走出了病房。

自杀虽然可怕，但是又有些甜美。最早发现自己死的会是谁呢？为了赶来送行的人们，必须要把妆化得美美的，让大家都看呆了，纷纷叹息才好。这其中也有中川，他轻轻吻了吻自己。看到这一幕，远山、石塚、爸爸妈妈都来吻了自己。

不想瘦削憔悴、变丑而死。现在的话，还能漂漂亮亮地死去。横竖都是死，想死得惨烈、漂亮，长久地留在人们的心头上。

每天晚上，只要看着八音盒，文子就能联想到各种自杀的场面，思索好久。

可是现在，连这样的乐趣也都被剥夺了。

能活多久活多久，椴树厚叶塞我手。

走廊上足音，沉稳学究君，吾死后亦如此稳。

这件事情之后，中川对文子的态度稍稍发生了变化。态度依然温柔如从前，却比从前多了很多鼓励的语言。其心底潜藏着是否在被利用的戒备。中川似乎总算清醒认识到了自己的医生身份。

两人在外面的最后一次约会是在六月中旬的一个周六下午。相约的大通公园圣恩碑前，初夏阳光明亮，人行道旁鲜花盛开。

两人就那样在长凳上坐着。阳光经绿叶反射过来，照得文子的脸色十分苍白。

实习生中川当天是在放射科的最后一天，从下周开始将要转到内科了。

"你还会见我吧？"

"当然啦！"

"怎么联系你好呢？"

"请给内科打电话吧。"

"不要啦！我是个女人不能那么做的啦！你每天来我这里吧。"

"但是，我已经转到内科了，还恬不知耻地往放射病房里跑，会被怀疑的。"

"我不管，约好了要来的啊。"

文子在午后的阳光里，用指头勾住了中川的手指。

"月末我会去下面的地方城市巡诊。"

"巡诊到什么时候？"

"去半个月的时间，七月十日回来。"

"那个时候，我已经死了，不在人世了呢。"

"不要那么说！不要说些怯懦的话，要好好努力活着！"

"你要每天给我写信的话，说不定我还能活着。"

文子咳嗽不停，接着话都说不出来了。五六分钟后，总算停了下来。呼吸微颤，脸上汗津津的。

"今天就这么回去吧。"

"不要！"

文子打掉他放到自己肩上的手，直盯着中川。

"带我去酒店。"

"但是今天……"

"不用管，抱我！"

文子哀求地说着，蹒跚着自己站了起来。

3

文子的病情微有恶化是从这个月的月末开始的。

在之前的五月末，文子也曾经连续三天发烧超过了38℃。那时候是用退烧药和冰枕，好歹稳定了下来。

在那之后，五月末和六月初时，一直持续失眠。虽时有轻度发烧，也算是比较安定的状态了。这样的某一天，文子忽然感觉好像有些视力衰弱似的。虽然不太明显，但是远处的东西似乎有些模糊了。

文子向中川说了这个问题，中川联系了责任医师野田医生，检查了一下视力，结果并无异常。

"大概是精神疲惫吧。注意休息，然后不要吃安眠药。"

野田医生解释说是因为过量服用安眠药造成的暂时衰退。

五天后的六月十三日夜晚，文子在剧烈咳嗽的同时，脖子上和手上等部位出了疹子。红色的小疹子经过注射、冷敷两天后，总算止住了发痒。

医生怀疑癌细胞已经波及肝脏，导致解毒功能下降了，但是并未告诉文子。

邻床的涩泽繁是在文子这次出疹治好后的第二天清晨去世的。

繁死前的几天，总说肚子不舒服，腿脚发懒等，拿丈夫乱发脾气。又是让他按摩后背，又是让他揉脚的，像奴隶一样使唤个不停。

那样子已经完全看不出任何敬畏、虔诚的基督教徒的形象了。能看到的只是想从一时的肉体痛苦中解脱出来的自私任性。

"是不是人死的时候，所有人都会那么痛苦，那么任性啊？我可不要啊！"

文子在近中午时，对直接推门而入的石塚札夫倾诉道："横竖都是死的话，我想死得漂亮点儿。"

"不要考虑那样的事儿啦！"

石塚只能那么说了。

文子沉默着，看着如今已经只剩下白色床垫的旁边的床，突然害怕似的握住了石塚的手。

"喂，你快求求神吧，祈祷他不要让我死吧！"

文子紧紧握着他的手，咆哮一样大声喊道。

"不要啦！我死后的床也会变成那个样子，不要啦！"

"没事的！一定会没事的！"

"真的吗？我真的能得救吗？"

看着文子微微抖动的眼睑，石塚用力点了点头。

然而，说没事的，说能得救这些话也都只是两人之间短暂的语言游戏而已。

不久，等文子恢复冷静后，再看看人已经不在了的邻床时，就会重新认识到这是一个不争的事实：昨天还活在世上的一个人已经离开了人世。

木框的床上，略带灰色的垫子上面，还保持着繁躺出来的凹形痕迹。在初夏的阳光里，悄无声息。

仿佛从一时激动的情绪中清醒过来了一样，文子重新整了整头发，合上衣襟站了起来，从拉门里面取出了一个存折。

"这个，你先帮我收着。"

石塚看了看，是一个里面存了八万日元左右存款的存折。

"我死之后，你把这个寄到中城家。"

"你说的中城府上，指的是札幌那边吗？"

听说分手后的丈夫弘一去了东京，但札幌老家里还有老母亲健在。

"洁在那里，你替我说一下给他添补学费用。"

文子的三个孩子中，只有小儿子洁被寄放在中城老家，留在那里由祖母抚养。洁比在带广的长女雪子小两岁，所以来年该上小学一年级了。

"其他两个孩子在野江家，所以不用挂念，但是，只有洁一个人分开了，可怜的孩子……"

自从满两岁时，被寄放在札幌的中城家里以来，只有这个春天，文子来到札幌医大附属医院时，与他见过一面。这孩子虽然跟丈夫弘一相似，气质柔弱，但是在祖母膝下健康成长着。看见文子时，一瞬间像在思索一样，歪了歪脑袋，然后叫了声"妈妈"。

虽说是生身母亲，但因为洁是交给了中城家的孩子，不能一直抱在自己的怀里。即便是自己的孩子，可与现在生活在野江家的两个孩子不同，洁是要继承中城家家业的少年。

即使就这样要死了，也只有洁是不太可能再见到的。

"我先收着，可以是吧？"

"可以呀，这种事情只能拜托给你啦。"

石塚将它收进外套的内口袋里后，开玩笑说：

"你要是活到我五十岁的时候，等五十岁了我就收你的孩子做养子。"

文子听了笑了，心里在想着分别已久的孩子们。

幺儿长相最如我，蓬勃成长亦顽劣，常惹父亲无计策。

母亲手难捞，吾儿若鱼苗，频频回想真娇俏。

不知是不是涩泽繁的死削弱了文子的身心斗志，繁死了三天后，文子再次受到了高烧的攻击。

晚上，因为没有食欲，又有些发烧的样子，跟护士一说，护士量了一下有 39℃ 之高。

但是，只是稍稍有些呼吸困难，既不咳嗽，心情也并没有差到哪里去。值班医生给打了退烧针，安排她睡了冰枕。当天晚上，不知是否还因为有注射的原因，得以安睡到了天亮。

翌日清晨，睁开眼睛时，文子发现自己全身都是汗。好像烧也退了不少。

文子换下了被汗水浸得湿漉漉的内裤，又钻进了床上。虽说烧已经退下来了，但是文子早上的体温检测依然有 37.5℃。且站起来时，她还差一点儿晕倒。

即便如此，还是赶在野田医生进来巡诊的九点半之前，淡淡涂了一层口红，化完了妆。

"这个旁边的床上，不住进人来了吗？"

文子看着涩泽繁死后空着的床，问道。

"晚上醒过来时，一个人感觉好害怕。"

"明天应该就会有人住进来了。"

"这次是一位什么病情的人呢？"

"还是一位得了子宫癌的五十岁的妇人。"

"那位也是活不过来了吗？"

"呀……"

野田医生一瞬间别过了脸去，接着走出了房间。文子后悔自己说了故意露恶一样的丑话，惹得医生不高兴了。一上午就那样在后悔中度过了。

正午时分，午饭准点送来了。可文子依然没有食欲，护士用铝盆盛着午餐端了过来。文子让她放到窗边的架子上，就那样放着连动都没有动。

下午，文子在惛惫中，预感到自己又要发烧了。

身体深处有东西在滚滚沸腾。在发烧之前总是会有这种感觉。

涩泽繁也好，其他患者也是，癌症患者晚期都会发烧。发烧的度数和持续的时间各自不同，但是一旦开始发烧，过两三个月就会死去。

癌症晚期为何会发烧，没有专业知识的文子不懂，但是，每发烧一次，患者就会衰弱得脱了形。这个过程重复上几次，就会呈现死相。

文子的高烧这次是第二次了。

"大概是有点儿感冒吧。"

医生若无其事地说道。然而，这只不过是暂时的安慰而已，文子心知肚明。

比起第一次发烧，第二次烧得更厉害了，时间也更长了。然后第三次发烧度数和时间继续在增加。正如一场秋雨一场寒一样，发烧一次就意味着更接近死亡一步。

癌症患者的这种发烧，专业角度上叫作恶病质。癌症晚期，一方面癌细胞会扩散全身；另一方面它又在一步步地破坏健康的细胞。换个说法，它表现出的是癌细胞比健康细胞更加得势的事实。

这种时候，文子痛切地希望能有人来。谁都可以，石塚也好，护士也好，涩泽繁也好，只要有人在身边，就能说说话，排解一下心情了。

初夏的阳光明亮清爽，病房里，窗边的架子上和收音机上，箱子旁边，都装饰着鲜花。种类也是多种多样，康乃馨、唐菖蒲等。

过于明亮的病房，让文子感觉悲伤。

若不是这般装饰，我便无法生存下去啊。这是自己竭尽全力的强撑了……

这一天，文子又给五百木写了信。中川在的时候，文子就是中川的恋人；远山在的时候，就是远山的恋人。而没有人在身边的时候，文子的思绪自然而然地会回归到五百木的身上。

伸介先生：

谢谢你的来信。上次安慰了我的心情。真不知该如何感谢才好。真的谢谢了。

这段时间，我一直在发烧，一直在38℃到近40℃之间。因为脑袋迷迷糊糊的，不用说作短歌了，就连让心情平静下来都很费劲。来医院是为了治病的，却越治越坏，真是好奇怪啊。

若是在带广的话，离你近，估计你还能来看护我。好像我们两个人相爱就是为了变成这般结果似的。前几天死的那位太太还年轻，她丈夫两个月以来一直寸步不离地陪护照顾她，感觉有点儿美慕。

但是，现在我想尽可能地平静心情，守护自己。大概因为人是孤身一人来到世上的，最后也是独自一人离开比较清爽吧。

听说伸介君去了糠平？都怪我呀，我什么都没法为你做，对不起了。无论我的短歌受到多高的评价，关键是我本人却躺在这里喘粗气，一切都是虚无。短歌界为什么要那般喧哗呢？明明我本人是如此痛苦！

伸介君请好好结婚，好好幸福吧。

比起我和你结婚，让你失望，也许不如我死了更好。请相信两年期间里，我以我的方式做到了对爱情的忠诚。

只是比你大很多的自己只能这么写了，请见谅。

因为是躺着写的，用了铅笔，失礼了。同封的是一个月之前的照片。真的要好好保重。

写完信后的第三天下午，文子正在迷迷糊糊地瞅着映在阳光里的红色花瓣时，忽然听见有人敲门了。"咚、咚"两次，声音不大，但是却很清晰。

"哪位？"

"逢坂满里子。"

门对面传来了清晰的回话。文子反射般在床上合上衣襟，拿起了枕边的带把儿的小镜子。

未曾预料到的来客。逢坂满里子是文子过去在带广加入《新垦》时，作为女性第一人，无论实际作品还是评论，都很出类拔萃的一位女性。一开始去歌会的时候，文子曾经遭到这位满里子的严厉批判。甚至被说过短歌太幼稚，似在谄媚读者等。当时的逢坂充满自信，觉得文子之流不足挂齿。

也因为有这么个过节，在之后的短歌交流会上，两人虽然见过多次面，却并没有敞开心扉交流过。

然而现在，两人的立场完全逆转了。逢坂虽说是女性一号，却顶多不过是一个地方杂志的歌人，文子可是全国的大明星了。作为歌人的地位，双方已经拉开了很大差距。

不过实际上，文子是认可逢坂满里子的能力的。人气如何暂且不谈，她感觉在实力方面，自己和逢坂之间并没有多大差距。虽然自己初出茅庐时，曾经与满里子形成了敌对的状态，但是，文子一直想有机会两个人能单独好好聊一聊。余命已无几，就那样和同乡歌人以敌对形式终结是很痛苦的。

"请进！"

文子用镜子照了照脸，确认了虽然因为发烧脸色有点儿发暗，但还算整洁之后，便应了一声。

走进来的满里子高挑的身上穿着明亮的奶油色连衣裙，胸口上别着一个花饰。手里拿着一个康乃馨花束。

"特意过来的吗？"

"一直非常想来看望你的，来晚了不好意思啊。这个，把它放到花篮里吧。"

满里子将康乃馨花束放进了床边的花篮里。

"这么多花，不知道到什么时候才能轮到插这个呢。"

"没有那回事啦！窗边的花已经枯萎了，正想着要换新的呢。"

"不过，真是好明亮的房间啊！"

"其实是很阴暗的房间啦！那边床上的人在一个周之前去世了。"

一见面就这么吓唬人，满里子胆战心惊地回头看了看后面的床。

"但是，你来看我好开心啊，带广还是老样子吗？"

"大家都很好啦。上次见到了祥子小姐，听她聊起过你，便突然想过来了。"

半个月前，文子曾经对同样从带广过来探望的祥子说过："实际上很想见见逢坂满里子小姐的，但是给比自己'小'的人写信，自己主动想见，有失体面吧？"所谓的"小"，是指从已经成为全国歌人的文子角度来看，满里子是个较小的存在。

满里子从祥子嘴里听到这话时，感觉中城文子这人真是麻烦，何必拘泥于这种事，想见就说想见不就行了吗？

满里子犹豫再三，最终来到了札幌。当然，其中有想安慰病人的心情，同时，也是因为对自我意识过剩的文子一直未变的竞争心在作怪。若无其事的寒暄中，包含着满里子对于自己被说成"小"的轻微讽刺性回击。

"我一直想见你的，想给你写信来。"

文子像是忘记了跟祥子说过的话一样，泰然自若地说。在文子看来，既然都已经来了，来之前的经过如何已经无所谓了。

"幸亏你早来了，我也许这个夏天就不行了。"

像个孩子一样把毛巾浴袍的衣领合得整整齐齐，腰上缠着红色腰带，看上去宛若女童般天真无邪的文子，让人怎么也想象不出是个几个月后将死的人。

"不要开这种不吉利的玩笑！"

"真的啦！但是那都无所谓了！不谈那个，给我看看那个白色的康乃馨吧，白色能让房间里明亮起来，我一直想要的。"

满里子将暂时放进篮子里的花拿过来，递给了床上的文子。

持花探望客，看向床上我，其实看的是空壳。

文子将脸贴近花，轻轻吻了一下。后来悄悄写下了这首恶作剧般的短歌。

4

从逢坂满里子来探望的傍晚开始，文子便高烧不断。实际上，在和满里子说话的时候就已经开始发起高烧来了。

"是不是发烧了？"

满里子看着文子惝怠的神情，问道。文子故作轻松地回答说："也许有点儿吧，但是已经习惯了，没事。"

然而，热度似乎是在确确实实地高了起来。

在满里子聊起带广的歌人朋友的事儿时，文子突然轻轻颤抖了起来。

"喂，你是不是感觉冷？我去叫医生来吧？"

"没事，继续聊吧。"

文子嘴上虽然这么说着，可是嘴唇苍白，被子下面的肩膀在轻轻颤抖着。

"还是让医生过来看看吧。"

满里子害怕起来，不顾文子的阻止，跑进了护士值班室。

护士马上赶过来，给她量了量体温，有 39.2℃ 之高。医生指示注射退烧剂，并在两边腋下和脚部都放进了汤壶。

但是，颤抖岂止没有停下来，反而更加强烈了。呼吸也是十分痛苦紊乱的样子，医生又追加了注射剂，并开始用了吸氧的方式。

"好冷……"

文子像在说胡话一样，身体缩成了一团。不久后，不知是否因为注射奏效了的原因，她开始睡着了。虽然睡着了，但可能是呼吸痛苦的缘故，文子的嘴巴微微张开着，呼吸浅且急促起来。化妆化得很漂亮的脸上，时而出现横向皱纹。

无法就这样将文子一个人放置不管，自己回去。

幸而是向所供职的带广学校请假到周六，所以今天没有必要着急回去。满里子决定就那么陪着文子了。

外面的天渐渐黑了，黑夜降临后，文子继续昏昏地熟睡着。虽然乍一看似乎稳定下来了的样子，可是，放到额头上的毛巾不到十分钟就像在热水里浸过一样烫了。

热度好像依然很高。既不是得了什么感冒，也并非活动过多的缘故。没啥特别理由，突然发起了高烧，是癌症晚期的恶病质的特征。

不知是否有些起风了，昏暗的玻璃窗"哐当、哐当"地响着，窗外时不时地传来了脚步声。似乎是不知明天是死是活的癌症患者去厕所的声音。

满里子在黑夜的病房里，看着文子的睡颜，内心渐渐恐惧起来。

这个人每天晚上，都是在这样的地方一个人睡的吗？一想到这个，满里子不由得觉得一直熟睡的文子是一个内心十分强大、坚韧的人了。自己是无法忍耐的，大概会吓得大声叫唤起来吧。

如今的满里子感觉自己好像终于明白了文子的短歌这些年越发强大和深厚的秘密所在了。在强忍这份孤独，并在孤独中凝视自己的过程中，文子的短歌似乎又强大了一倍。

文子不管满里子的想法如何，继续熟睡着。也许是在发烧中做着什么梦，嘴唇微微歪着。这便是传说中男人们迷恋的唇吗？

满里子眼前的文子，让人难以相信是不久后数月内将会死亡的人。简直如同贪婪夏夜的妖精一样熟睡着。微微张开的樱桃小嘴，长长的睫毛，无不依然充满了吸引男人的魅力。

床头柜上的表显示时间是八点。

文子像是在等着这个时刻的到来一样，突然睁开了眼睛。因发烧而湿润的眼睛无力地看着满里子。

"怎么样？舒服点儿了吗？"

满里子慌忙问道。文子稍稍有些刺眼似的眯缝着眼睛抬头看了看满里子，落寞地问道："你还在啊？"

"可是你那么痛苦的样子呢。"

"你可以回去了啊。"

"但是，也许不知啥时候你又会痛苦起来吧，所以……"

"但是你是想回去的吧？"

"哪里啦……"

又说些让人生气的话。满里子刚想反驳时，文子剧烈地咳嗽了起来。接着呼吸紊乱，反复喘鸣。许是气管被阻塞了，文子的脸色立即苍白了起来。

满里子再次冲进值班室，报告了病情突变。

医生赶到时，文子正趴在床上：

"好难受，杀了我吧……"

她叫唤着，撕扯着胸口。声音像是从喉咙深处挤出来的一样。原本就因为发烧而懒洋洋的身体左摇右晃。紧闭的双眼里有大颗大颗的泪水滚落下来。泪水合着唾沫、鼻涕将脸上的妆弄得斑驳凌乱。

"要忍住啊，中城小姐！马上就舒服了！"

护士摁住文子的肩膀，帮她揉着后背。

“不能乱动的，乱动又会烧起来的呀！”

护士摁住她的右臂，医生给她注射了药。仅从傍晚开始，仅仅满里子知道的已经是第五针了。

注射后，医生开始打点滴。

“救命、救命……”

文子大喊大叫着，不久后再次睡着了。虽然用了三十分钟稳定了下来，但是文子发作后的睡颜，看上去却突然像老了两三岁似的。

发作前用心化妆遮起来的素颜，现在都露出来了，因服用抗癌剂变黑的底色，和长出来的雀斑一起浮现了出来。

妖精一瞬间化作了恶魔的样子，不久又变回了欲哭无泪的女童面孔。

每一个都是文子毫无掩饰的真实面目。满里子忘记了近一个小时之前，还被她那句“你还在啊？”呛得不轻，现在她却慢慢擦拭着文子那被泪水弄脏的脸。

刚刚擦完，满里子被医生叫到了走廊里。

“跟她父母联系一下比较好吧？”

“那么厉害吗？”

“我想今晚上怎么都能努力保住吧，但是那个样子，不知道什么时候还会有危险啦。”

医生似乎把满里子当成了文子的亲戚。

“肺部也被癌细胞侵蚀了，所以，随时会再次陷入呼吸困难的。”

“注射不能把体温降下来吗？”

“很遗憾，身体过度衰弱，对注射也几乎不太有反应了。”

虽然看着并没有多么瘦弱的样子，但是也许体内癌细胞已经猖獗了。

"我马上联系。"

文子说不定会在自己的照看中死去。满里子带着一种瘆人的预感，从值班室里给带广的野江家打了个电话。

文子的母亲菊江在第二天上午八点时，赶到了医院。菊江收到满里子的电话，当天便坐夜行列车赶了过来。

然而，母亲赶到的那天早上，文子也没有退烧。早间体温检测为39.1℃。

医生一直担心她一说话会再次引起呼吸困难。指示文子尽可能不要再开口说话。事实上，文子想说话，也因为呼吸困难痛苦得说不出来了。

现在的文子，只能在被问到话时简单应答。自己想表达什么时，只能用手势来传达。

当然，厕所也去不了，排便需要使用便盆。

早上，检测体温时，护士问她有无尿意，想给她把便盆放进去。文子摇了摇头，表示自己想去厕所。

"不行啊！如果做走到厕所这种动作的话，又会发作起来的呀。"

护士断然拒绝她的要求后，将便盆塞进了床里。

文子母亲一到病房的当天下午，满里子决定回去了。

"那么文子小姐，多多保重啊。我在札幌会待到周日，等有空再来看你。"

满里子一说，文子微微睁开眼睛，气喘吁吁地说道：

"给我化个妆再走。"

一开始满里子听错了，以为是让她关了灯再走。是要关掉哪个灯呢？四处看了一圈，并没有电灯开着。

"灯都关着啊。"

"这里……"

文子从被子里伸出手，拍了拍脸颊那儿。满里子这才明白文子所说的是"给我化个妆"。

"说什么呢，文子！要安静地休息呀！"

菊江惊讶地训斥她，可是文子并不放弃。

"帮我……"

哀求地拍着脸颊给她看。看着她那认真的眼神，满里子拿起了窗台边桌子前的化妆品。

"阿姨，给她化化妆，可以吧？"

"不知是死是活的关头，这孩子真能惊人。"

菊江叹了口气。正因为是这样的状态，所以反而想化妆吧，满里子心里想站到文子这边了。

她先用洗面奶擦拭了一下文子的脸，再涂上乳液，拍上粉。大概是因为高烧的缘故，毛发和皮肤一被触到，立即有一股毛骨悚然的不舒服感袭来。文子双眼紧闭，一直忍耐着。

"怎么样？"

满里子麻利地化完妆后，给文子拿过来小镜子问道。文子伸手欲接小镜子，满里子替她拿着，放在了她的面前。文子看着镜子，指了指嘴唇：

"再浓一点儿……"

满里子点了点头，又多涂了一层口红。

"怎么样？"

"这里也……"

这次指示的是鼻子下方。那里是因为使用抗癌剂所致，胡须稍稍有点儿浓密、变黑了的地方。满里子并没有问那里变黑的原因，在那上面又拍了一层白粉。

化过妆的文子的脸与之前判若两人，十分漂亮。眼睛虽然依然因为发烧而潮润、慵懒无力，但是那惰怠的眼神与略略浓厚的妆容，酿出了一种娇艳之美。

"特别漂亮啊！已经没问题了吧？"

"等一下。"

文子又喊道。

"带我去上个厕所……"

满里子和菊江对视了一下。这可是一个连在床上爬起来都很费劲的患者，居然要去厕所。

"不行！医生不是都说了不行了吗？"

菊江劝道，可文子不听，自己挣扎着想往上爬起来。

"求你了，听妈妈的吧。"

菊江哀求道，文子却听不进去。

"在这里上厕所还不如死了呢。"甚至说出了这种威胁的话。

一直憋尿对身体不好。虽说如此，可使用便盆也许会突然尿不出来。文子自幼就是一个异常神经质的孩子。没有办法，菊江只好作罢。

在满里子的帮助下，两人扶着文子，在床上先侧面一翻，然后两个人各抱着一边，搀扶着把她扶了起来。

一瞬间，文子似乎感到眩晕一样，闭上了眼睛。

"不要紧吗？"

文子没有回答，在那里挺立着，过了一会儿，自己开始走起来。

从病房到厕所，有五十多米。行走期间，文子像幽灵一样脸色苍白，被两人连抱带扶地帮着走。回床上的过程中，文子曾一度倚在走廊上休息了好几分钟。

返回房间，趴到床上的同时，文子再次颤抖起来。

"好冷……"

一面说着，嘴巴已经冷得打战了。从被子上面也能看得出来，缩成一团的全身在颤抖个不停。

"你看嘛，非要勉强去什么厕所。"

菊江虽然嘴上发着牢骚，但已经是事后诸葛亮无济于事了。体温接着一气上升，高达 39.5℃。

医生再次赶过来，开始安排她吸氧，并打上了点滴。

文子的意识似乎因为高烧而模糊不清，不时喊着"好冷"或是"难受"，然后闭着眼睛不再说话。虽然从鼻孔里快速输送着氧气，但是那呼吸又浅又急。像是进行了剧烈运动之后，气息紊乱了一样。只在一旁听着，就觉得好痛苦。

昏昏熟睡，有时候微微睁眼后，接着马上又陷入了昏睡中。似乎想努力睁眼的力量败给了闭眼的力量。已经完全没有力气去厕所了。

满里子当夜带着满心牵挂离开了医院。

那天之后的三天里，文子一直呼吸困难。

"我们一直在尽力抢救，但是没有更好的办法了。如果这种状况再持续个两三天，也许就危险了。"

第三天中午，野田医生跟菊江这样宣告道。菊江当即联系了带广，让丈夫赶紧带着文子的孩子们赶过来。

另一方面，收到文子病危的消息，远山、石塚、古屋、中田等人也都在当天傍晚，聚到了医大医院前的咖啡店里。

同仁们在这里商量着，以防万一，在文子发生意外情况之前，能先给她看到短歌集的样本也好。

商量的结果是，决定当天让中田使用警察电话，跟日本短歌社的中井取得联系。文子的短歌集原定是在七月初完成的，现在才是六月末。

一打电话，中井答应得很痛快。立即联系了出版社，试着拜托了他们，即使只做一本也好，尽可能早点儿能赶上。同仁们总算松了口气，祈祷着文子的病情能稳定下来。

可是，第二天，文子再度陷入了严重的呼吸困难。文子的父亲丰作带着两个孩子——孝和雪子从带广赶了过来。文子只看着两个孩子的脸，连话都说不出来。瞅着呼吸舒服一点儿的空隙，握一下孩子们的手，就已经用尽全力了。

而且这一天，文子的妹妹、妹夫也从小樽赶到了病房，病房在安静中充满了紧张的气息。

翌日是七月一日，也是从一大早就持续在39℃以上的高烧上，死活降不下来。文子的意识依旧朦朦胧胧。中午过后，打完点滴时，总算暂时稳定下来。

"小孝、小雪！"

文子叫着两个孩子的名字。

翘首以盼的短歌集《丧失乳房》从出版社里用航空邮件快递过来是在这一天的傍晚。文子一听到消息，急忙睁开了眼睛，艰难地喘息道："快拿给我看看。"

书是三十二开的，一共一百九十页。封皮左半边是淡绿底色上镶着白色竖线，上面同样竖着写着"丧失乳房"四个字；右半边是白色的底色上，画着同左边同种绿色的横线。配图是一棵裸木的形状。图下面是横着写的中城文子的名字。腰封是橙色的，横向写着"昭和短歌史上大放异彩之作"，下面是"雪深冻土涯，癌症染芳华，宛若少女玉笋指，奏响爱情五百歌"的宣传文。

不知是否因为收到了短歌集，重新给文子带来了"生"的欲望，从第二天开始，文子的烧一点点地降下来了。

呼吸虽然依然又浅又急，但是文子的头脑越来越清晰，中午时变得能够喝点儿果汁了。

接下来的七月三日，下午虽然一度又上升到了 39℃以上，傍晚时分又稳定了下来，都能央求前来探望的长女雪子唱歌了：

"小雪，给我唱个歌听吧。"

雪子不知是否因为好久没有和母亲说话了，突然被有可能会死的母亲搭腔的缘故，闭着嘴巴不肯唱，最终到回家之前也一直没有唱。

多年后，雪子在《回忆母亲》中谈及此事，充满悔恨地写道："当时，一眼瞥见母亲的侧颜，神情似乎十分落寞。"

就这样，文子在经历过严重的恶寒发作之后，挣扎了十天时间，总算脱离了危笃状态。

是因为文子的生命力强大呢？还是因为癌症还没有攒足一击致死的力量呢？总而言之，文子暂时脱离了危险。

第八章

落　日

1

七月四日，看到病情总算暂时迎来了好转，文子决定由父亲领着两个孩子先回带广。随后第二天，母亲菊江也回去了。

父母都是突然十万火急地赶过来的，家里又有店要照顾，不可能一直都陪在文子身边。决定当下先倚赖札幌歌友的照顾，如果恶化了的话马上再飞奔回来。

父亲丰作带着孩子回去那天，文子确实也难掩心中寂寞。

"要分别了啊。"

文子一说完，一直沉默寡言的小学五年级学生孝，突然倚在门上哭了起来。

"怎么了？哭鼻子可不像个男子汉啊！"

这么一鼓励，孝的哭声反而更大了。即便是个孩子，孝似乎也敏感地觉察到了这也许是最后一面了。

"傻孩子！妈妈不会死的啦！你看，我这不是很精神嘛。"

文子伸开两只手给他看。可是，这么说着话的文子自己，也早已热泪盈眶。说话的本人和听话的孩子都早已看透这句话的虚假了。

明明是最后一面了，可最终两个孩子一直号啕大哭，什么都没有说，便迎来了火车开车时间，被姥爷拉着回去了。

> 子以母为轴，原野上欢游，近处层林闻芽抽。
> 阳光下我儿，宛如花球根，诱发悲伤起我心。
> 春日小鳟鱼，雏鸟小脚印，山椒小颗粒，吾儿亦为此其一。

过去和孩子们一起度过的日子，在文子脑海里鲜明地复苏过来。

自记事起，孩子们几乎都不认识父亲。无论是在大街上，还是在原野上，所有时间都是文子一人在守护着孩子们。

但是如今，徘徊在死亡边缘的文子不知为何，突然感觉丈夫是一个亲近的存在了。她那种心情，与原谅了丈夫，或是重新爱上之类的感情不同，与所谓的怀念或后悔也有所区别。毫无疑问，那是和他生活过，生下了孩子这一无法摇撼的实感一样的东西。

> 二三野菊枯，梦中原野会别夫。

病情危笃期过后，人们一个个都离开了。等回过神来时，文子再次在病房里孤身一人了。

不可思议的是，只有在病危、徘徊于生死边缘的时候，人们才会靠近过来。稍微好一点儿的话，又会远去。

若是这样，还不如一直病危的好。

在依然低烧不断的头脑中，迷迷糊糊地想着这些事情的时候，东京来了一位来访者。

来者是时事新闻报文化部记者高木章次。高木此外还曾用过西国明这一名字，也在写短歌评论。

高木来访的目的是对当下有名的歌人中城文子进行现场采访，以实地报道的报告文学形式，介绍中城的实际生活和短歌。

文子一眼看到这个高木时，心里马上产生了一种预感。

那是曾经与诸冈相逢、与五百木相逢、与远山和中川相逢时同样的，男女之间类似电流的直感一样的东西。

一度病危之后，文子体力骤衰，无法再与中川在外面相会了。只能等着他出现在病房。了解文子病情的中川似在有意回避着前来探望。

即使一时燃情，那也无他，不过是死亡近在眼前的狂热罢了。

但是，文子直到最后一刻都不放弃燃烧。为了从此时此刻的死亡恐惧中逃离出来，只有燃情于男人，别无他法。

只有进行自虐，对男人的爱疯狂到气息奄奄，才能成为活下去的动力。

躺在死亡之床上的文子，再次意识到了自己对高木的爱。

现在，我的手头上还留有文子曾经交往过的男人们的照片，各种各样的照片。有的是和文子两个人的合影，十分认真的神情。有的是和大家一起笑着的照片。有拍得好的，也有拍得不好的。

不过，公平地看，其中最帅的是高木章次。

一张感觉是在医大医院的后院里，一只手里拿着书，侧向一边。稍有点儿做作之感，甚至有人可能还会觉得是在装模作样。但是，那侧颜是一种清洁的美貌，美得堪当演员一般。

可是，毕竟文子在几天之前，还刚刚徘徊在生死线上。虽说总算脱离了危笃时期，勉勉强强能够自己去厕所了，能简单化妆了，但是依然有 38℃ 左右的高烧。说是死到临头了似乎有些残酷，可事到如今，文子却再次重新变回了一个女人。

"读着读着你的短歌，很想见见你，就飞过来了。"

高木最初是以大都市干脆清晰的语气开始说话的。

"采访的报道想登载到时事新闻报上，谈二三十分钟可以吗？"

高木在来病房前，好像在值班室被叮嘱过不能说话太长时间。

"我反正要死了，没事儿的。"

文子有些自暴自弃的说法让高木有些困惑。

约好下午一点开始聊三十分钟的。高木却一直坐着没动，一待就待到了三点。当然，这期间并非是一直在说话。文子有时会咳嗽、呼吸紊乱，休息上几分钟后再继续。其中有一次，高木跑到值班室喊来了护士，帮着揉按喘不动气的文子的后背。

2

当天接近傍晚时，高木离开医院，回到酒店。在刚刚脱离危险的患者病房里，待两个小时，实在是时间过长的一次见面。

但是，那并非只是高木的责任。说话期间出现空白时，高木想辞别，文子主动央求道："一个人好害怕，再陪我一会儿吧。"

这样回去总有些不安。高木被一种必须要陪护的心情驱使着，不知不觉时间便过去了。

傍晚，一回到酒店，高木一口气写完稿子，寄回了公司。内容从文子的成长到与疾病作战，还有发展到现状的经过，以纪实文学的形式总结成篇，并附上了从文子那里借来的照片。

第二天，中午过后，高木再次去看望了文子。

工作虽然已经结束了，但是约好了明天再来，而且不去看看便无法安心。

文子化好了漂亮的妆容，穿着自己甚为满意的那件胭脂红长袍在休息。

"应该会登在下周周二的报纸上。"

高木看着化了妆的文子，给她说了一下寄回去的稿子的大致内容。

文子听完后，说：

"昨晚上我一直在想，还是在楼梯上照的那张照片好啊。"

文子所说的楼梯上的照片是倚在医院旁边的体育馆楼梯上，斜向一侧站着的照片。昨天晚上，高木从文子那里拿到后寄回了公司的，是一张背对着医院正面的墙壁，微笑着的照片。

"用昨天的那张，不行吗？"

"我觉得那个看起来是不是有点儿胖……"

"没有啦，特别开朗、特别好的感觉。"

"是吗？"

那是昨天晚上，把所有相册都翻出来，花了一个小时之久才选出来的照片。那时候她自己也觉得那张最好，谁料到后来却又改变主意。虽然觉得不过是一张照片而已，但是为这种事烦恼不已的文子，反而让高木觉得可爱。

"没事的啦，那张照片不输给任何人的。"

高木让她安心下来之后，和她聊起了东京文坛的现状和对文子的评价。

明明只是第二次见面，高木和文子都已经和昨天大不相同，聊得非常放松。

"你什么时候回东京啊？"

"工作算是暂时做完了，好容易来一趟北海道，我想四处转转，转上两三天再回去。"

"你有地方可回啊。"

文子将虚无的眼神投向窗外的夏日浮云。

对一个没有几天余命的人来说，理所当然的话也成了哀伤的原因。高木感觉自己说了什么不该说的话似的。

"可能的话，倒是很想一直待在这里。"

"那么请今天晚上再来吧。"

文子迫不及待地说，眼神直勾勾地盯着他。

"晚上能进来吗？"

"只要别跟病房的门卫说是来探望的，说是来陪床的，就让进了。"

"但是，跟这里的护士小姐……"

"过了九点以后，就很少见到护士了。如果见到，就说忘了拿很重要的东西就行了。"

晚上，而且是过九点之后偷偷摸摸地进来，高木对于这个邀请有些迷惑。

"好害怕过晚上的，因为我一闭上眼睛，死神也会一起来到身旁坐着等我的。"

文子倾诉道。看着她的眼神，高木渐渐感觉到一种义务性的东西，自己似乎已经被某种缘分拴定了，必须要和这位女性过上一夜似的。

"真的可以来，是吧？"

"我等你。"

文子再次用因低烧而湿润的眼睛，抬眼看了看高木。

这天是七月六日，东京，暑热来袭。但是北海道还像初夏一样清爽。

高木下午去植物园转了转，晚上，与《新垦》的歌人们见了个面。过了九点后，再次去了医大医院。

走进圆屋顶形状的正门，左手边是门卫人员所在的岗亭。高木走过去，说了自己是来陪护的。得到许可后，便把脱下来的鞋子用一只手提着，脚上穿着拖鞋，穿过夜间的医院走廊，急急赶往病房。过了门诊，穿过相连的走廊，就是木制病房。往左边一转，有两扇对开的门，上面挂着一块木牌，木牌上写着"放射线病房"。那是一扇被里面的癌症患者称为"打不开的门"的门。

高木在门前暂停了一下，环顾四周之后，悄悄推开了门。随着钝钝的"吱呀"声响，门开了。正面是笔直通向黑暗的走廊。已经是关灯之后了，左右两边的病房里鸦雀无声，到处都能从开着的门窗里窥见白色的窗帘。高木快速往前移动着。右手边只有一处亮着灯的，是护士值班室。文子的病房，隔着三个房间。

小跑着穿过夜晚的病房，高木突然产生了一种错觉，左右病房里似乎有无数双眼睛正在盯着自己看。那些眼睛正屏气凝神地一路追逐着高木。那好像是垂死呻吟之人，抑或是亡者们幽怨嗟叹的眼神。总算到达五号病房的高木连门都没有敲，直接冲进了病房。因为内心害怕，一刻也不想停留在黑暗的走廊里。

"哪位？"

文子瞬间抬起了脸。一看是高木，立刻安心了似的，将脑袋埋进了枕头。

"你来了啊？"

"来晚了。"

"谢谢你能来。"

文子从被窝里伸出手，轻轻握住了高木的手。

"你大概会觉得我是个脸皮厚的女人吧？"

"没有啦……"

"但是，我一个人好害怕啊。"

文子拉着高木的手直接放到了胸口上，就那样闭着眼睛过了一会儿，不久轻轻低语道：

"给我……"

"哎？"

"我想要你。"

台灯的淡淡灯光下，文子直直地盯着高木。漆黑的瞳孔上方，睫毛在轻轻颤抖着。

"但是……"

"没关系。"

文子像命令一样说道，整个身体如同撞了上去一般，强行压到了高木的胸口上。

最初发现高木在病房里过夜的是值班的护士。

早上来检测体温时，看到在同一张床上紧紧抱在一起的两个人，大惊失色。

"中城小姐！"

护士的喊声惊醒了文子，接着高木也醒了过来。

"啊呀，对不起。"

文子丝毫不怵地点了点头，但是高木却慌忙钻进了被子里。被闯入眼帘的两个人睡在一起的一幕吓坏了的，似乎反而是护士这边。她只把体温计放下后，便逃也似的冲出了房间。

啥情况了呢？高木刚想慢慢抬起头，文子立刻大喊起来：

"不要看！"

不知何时，文子已经拿着镜子在化妆了。高木背对着不去看她，下了床开始穿衣服。

护士长在三十分钟之后来了。

"我不知道两位是什么关系，但我们这里是不允许男性住在女性病房的。这位究竟是您什么人？"

"陪护人。"

文子看着天花板淡然答道。高木一直站在床边，眼朝下看。

"陪护人的话就要有陪护人的样子。"

陪护人一般是要么在地板上铺个床垫，再在上面铺上被子睡；要么借用旁边的空床。不管怎样，陪护人和患者睡在一张床上，简直毫无道理。何况是男人钻进女患者的床上呢。

"昨晚上比较突然，没有垫子。"

"没有的话，当然应该让他回去了。"

"但是，两个人能睡得开，有什么关系嘛！"

高木耷拉着脑袋不说话，文子在抗争。

"即便能睡得开两个人，医院的病床也是一个人用的。在那么窄的地方两个人一起睡，身体会感觉很拘束、很累的吧？如果不能遵守这个规则，就请出院吧。"

"两个人睡床就让出院，哪里定了这样的规矩？"

"虽然没有这样的明文规定，但是做不利于疗养生活的事儿，或者不能遵守我们的吩咐的人，就得回去的。"

"两个人在床上休息，为什么就对疗养生活有害了？"

"说什么呢？！"

文子的反抗态度，貌似更加助长了护士长的怒火。

"你把医院当成什么了？"

"牢房！"

"牢房……"

256

"我睡不着的。"

"那就当然要一个人在床上睡了。"

"我要两个人才能睡得好。"

护士长惊呆了一样看着文子。

"被抱着才能安心睡着。"

护士长眨巴着眼睛，然后转移开了视线。比起大言不惭地说话的文子，似乎被迫听到这种话的护士长更羞得面红耳赤了。

"您说过是疗养，但是我反正只是个等死的人了吧。拜托了，反正我很快就死了，让我和他一起休息吧。"

这次文子像哀求一样说道。

"我昨晚上睡得可香了，第一次睡得那么香呢。"

护士长什么都不再说，瞪了一会儿文子，留下一句话：

"我去和医生商量一下。"

便离开了病房。

护士长即刻将这一事件报告给了医生，但是医生只跟文子说了声："不要太胡来啊。"并没有过多谴责她。表面形式如何暂且不说，实际上文子所说的言之有理——其生命已经所剩无几，这让医生们比较宽容。

"医生一点儿都没有生气呢。"

傍晚，高木来到病房时，文子这样说着，耸了耸肩。

"我们可以睡一张床了，没事啦。"

得胜而骄一样地告诉高木的文子，有一种新嫁娘一样的纯洁娇态。

"喂，再玩玩再回去吧。"

按照最初的计划，高木应该在今天傍晚离开札幌的。可是，没有想到会亲近文子，共度良宵。高木有一种无法就这样置文子于不顾的心情。"你现在回去的话，我马上就死。"文子的眼神里充满了倔强和乞求。

好不容易获准了睡在病房。与其回到东京终日忙活工作，不如像现在这样，跟文子这位天才过上几天，更为充实。

高木这段时间有些厌倦了工作的单调，也有一种想反抗公司的心情。年轻的高木心绪很快发生了倾斜。

"那就留下来？"

"好开心！"

文子像个孩子似的拍着手。

"真的要留下来陪我是吧？"

高木点了点头，去医院对面的邮局给公司发了个电报：稍稍晚点儿回去。接着又去酒店里退了房，拿着一个旅行包搬进了文子的病房。

3

短歌集《丧失乳房》全部印刷出来，寄到文子手上是在高木决定住在病房里的第二天下午，距离中井单独把一册样书用航空件发过来，正好经过了一个周的时间。

文子为了把这本短歌集送给主要的歌人和朋友们，一本一本用心地在上面签着名字。

远山等歌友一开始因为高木是从东京过来的，对文坛也十分熟悉，所以十分隆重地接待了他。

在文子的采访结束后。第二天，他们众星捧月般地给高木摆了一桌，请他讲了讲东京文坛的现状和未来。因为是评论家，在东京也是有头有脸的人物，歌人们都对高木高看一眼。

但是，等到看到后来工作结束了也不回去，岂止如此，连行李都搬进了文子的病房，住了进去时，他们看高木的眼光变了。

难道不是表面装作从东京来采访的样子，实际上只是在自由操纵着临近死期的文子而已吗？

他们有一种自己的偶像文子被一个突然出现的男人抢走了一样的不甘。在他们眼里，高木有着东京人的圆滑和厚脸皮。事实上，石塚后来在文子的追悼文上，曾经指责高木为"一看便是个形迹可疑的男人"。当时，围绕在文子周边的歌人们谁都有这种心情。众所公认的文子在札幌的第一恋人远山，更是深受打击。

远山即便去了病房，只要高木在，便会直接地表现出不快，话都不说就走出去了。

自以为在东京有点儿脸面，便觉得了不起，但是这里是札幌。远山心里有这种自负。同仁们在远山一人亲近文子时，也曾经多少有过不满，可自从文子被高木抢去之后，也便没有那种想法了。如果文子总归是要和谁亲近的话，远山和中川这种当地人还能情有可原，唯独不想被模样俊俏又能说会道的东京人夺去。

敏感的高木和文子也并非不知道这些当地伙伴们的所思所想。高木且不说，文子很快就注意到了他们态度的冷淡，也曾请求远山"用宽大的心态看待"，但是远山不予理睬，连话都没回。

书出版后隔了一天，村田祥子再次从带广来到了札幌。那时，祥子看到像丈夫一样陪护在文子身边的高木，吃了一惊。

"这位是从东京来的高木先生啊。"

文子毫不忸怩地给她介绍了一下。祥子看着美男子高木那番美貌和两人的亲密举止，反而有些张皇失措。

"亲爱的，给祥子小姐拿点心吃。昨天不是收到了很美味的那个嘛。"

文子像跟丈夫说话一样娇声道。高木打开窗侧面的壁橱，从里面拿出泡芙，放在两个盘子里，摆了出来。壁橱里面塞着文子的内衣之类。除了母亲之外是不给任何人看的，但是却可以毫不在乎地给高木看。

中途，高木出去时，文子恶作剧般笑着跟祥子说：

"他一直在陪护着我，照顾着我呢。"

"好像是个很温柔、漂亮的人啊。"

"是吧。我们两个一起在这个房间里睡的，不要把我们想得太奇怪啊。"

"怎么可能……"

祥子慌乱地摇着头。没有想到徘徊在生死边缘的一个人会做出这种事，且还自己主动说出来。

祥子感觉似乎嗅到了一种害臊的东西，移开了视线。

"你知道他为什么要从房间里出去吗？"

文子仰面躺着，一面在拿到胸口的笔记本上涂鸦，一面问道。

"散步吧。"

"散步是散步，但真正的原因是为了避免冲突。"

"冲突？"

"今天是周六吧？下午歌友们肯定会过来的。他们好像都不喜欢我和他关系亲密。他一在歌友们就会说各种挖苦话，可怜的他便主动先出去了啊。"

祥子看着挂在窗边钉子上的男人衬衫，叹了口气。看到这个，即便本人不在屋里，有男人在这里过夜也是一目了然的。

"男人之间的嫉妒，可真不得了呢。"

文子像突然想起来一样，说着笑了。祥子依然在被她牵着鼻子走。

"五百木先生怎么样了？"

文子突然又将话题转回了带广。

"最近好像不太跳舞了。"

"他是个特别认真的人啊，现在也是一周一次雷打不动地给我写信的。上次还说无论何时都等着我呢，他的纯粹让人敬佩啊。"

这么说着，看似十分沉重的样子。岂料马上却又转移了话题。

"大岛先生现在在上川的农业试验场呢。听说他也把我的信都很珍惜地收着呢。"

五百木也好，大岛也好，每次幽会时，祥子都被她好一个利用。有时候明明没有歌会，却装作有的样子去迎她，而文子一旦顺利见到要见的男人时，便会对她说："你可以回去啦。"虽然当时感觉文子真是个任性的人，可是现在想来，却无一不令人怀念。

"喂，再说说再说说，多给聊一下各种事情吧。"

两人的谈话一旦中断，文子就会催促。

不允许祥子有一刻的沉默。因为自己一说多了，就会咳嗽得厉害，呼吸困难。所以她一个劲儿催祥子说。

只有房间里不断有人说话，谈笑声不断，文子才能安心。

不久后，果然如文子预言的那样，石塚带头，宫田、古屋、中田等《冻土》的伙伴们来了。自从病危之后，歌友们总是会在周六的下午一起过来，不知不觉已经形成了一个惯例。

他们来到房间后，看到高木不在，一同安下心来似的点了点头。高木要是在的话，文子的注意力就会只在他身上，连话都不陪他们说。

这对他们来说实在无趣。

文子让祥子代替高木拿出水果招待客人，自己马上陪着他们聊了起来。一开始说了三言两语，后来便静默不语，几乎只是在听了。文子一边随歌人们任意闲聊着，一边躺着不时地在笔记本边上写下指示，递给祥子。

"抽屉上面有脆饼和粗点心，拿那个就行了。"

祥子按照指示，拿出了脆饼。文子喜欢的泡芙收在里面的小箱子里。

"斜侧面的驼背男人喜欢我呢，眼神不一样是吧？"

祥子看了纸片后，偷偷瞅了一下那个男人。果然，男人看文子的眼神很热切。

"现在说话的这个男人，就爱瞎掰道理，自己都不知道自己在说些什么。"

男人不知道自己在被人这么说，依然在一本正经地夸夸其谈。祥子看着忍不住想笑出声。

"左侧方的男人，只要不张口，看着是个好男人。"

文子在笔记本上写东西，歌友们似乎以为她是在把他们所谈的东西做笔记记下来，聊得越发热火朝天起来。

"给他们倒点儿茶水吧。"

"从壁橱第二格的抽屉里拿出我的短歌笔记。"

从祥子手里接过笔记，文子打开中间部分的一页，递给了同仁们。

"看看，这首短歌觉得怎么样？帮我评论一下吧？"

笔记上写的是这样一首短歌：

今跪地痛苦，基督腰间覆，仅仅白色粗条布。

歌友们口诵了两三遍之后，陷入了深思。

"是把现实的身体之痛和基督的苦痛对比着写的啊。"

石塚先说道。

"因为过于痛苦，而撕掉了一切，到最后只剩下了白色粗布条，所以我觉得这种苦痛的表达非常到位。"

"不是的，我觉得这个痛苦不如说应该解释为精神性的。大概痛苦的结果就是使人变得赤裸裸的，遮挡外表的粉饰和虚荣全都消失了。"

"我呢，是被那白色粗布，吊起了兴趣。可以说只有这里是非精神性的，栩栩如生。"

"但是，因为痛而下跪的身影和十字架上的基督身影重叠了。"

"不是那样的啦！"

文子突然迫不及待地说道。

"这首短歌根本不是那么难的短歌啦！原封不动地那样读出来就行了。"

"原封不动地那样读是指……"

"基督也是个男人吧。"

同仁们互相对视了一下，文子有些焦躁地说：

"无论多么痛苦，男人是男人，女人是女人啦。"

说着，自己要回笔记本，给祥子递了回去。

同仁们是在傍晚时分回去的。他们一回，像潮水退却了一般，病房里黑了起来。文子虽然几乎没有说话，但是脸色略略发黑，眼里渗出了疲劳的神色。

"稍微休息一会儿吧。"

"你要在这儿我就睡。"

"不好意思啊,我约了朋友,六点之前要到四丁目去。"

"是吗?"

文子淡淡说完后,将脑袋扭向了一边。夜尚未黑透,正是一个安静的夏日。

"那么,把那里的铅笔削一削。"

文子用手指着床头柜边上的四支铅笔说。

"不好意思啦……"

祥子感觉自己似乎做了什么特别不好的事儿似的,坐在床边,开始削起铅笔来。不久,削完四支铅笔后,祥子站了起来。

"那么不好意思啦,我走了哈。"

"明天会再来吧?"

"不会打扰你的基督先生吧?"

"没事啦!那位基督对女人很温柔的。"

祥子颇具讽刺意味地提起高木,文子全然不在乎。

"我下午会来。"

祥子走到门那里时,被叫住了。

"等一下。你说要去见朋友,要去哪里啊?"

"今天,在丰平川的河滩上有烟花会。"

"是吗……"

文子就那么躺着看着窗外。东向的窗户上已经悄悄潜入了夜的黑影,木材放置处的板墙在电线杆上的灯光照耀下,映入了眼帘。

"已经是烟花的季节了啊。"

文子脑海中浮现出一年前在十胜川度过的烟花之夜。

当天晚上，文子把一切都给了五百木。

"人就像烟花一样啊。"

"你又漂亮又引人注目，真的是很像啊。"

"你是想说我像烟花一样会很快消失吧？"

"哎呀，我可不是那个意思啦。"

祥子慌忙否定道。

"但是，我即便是烟花，也是冬天的烟花吧。"

文子突然感觉自己就像在无人观赏的雪地一隅悄悄消失的冬日烟花一样。

祥子见文子的侧颜看起来无限寂寞的样子，走也不是留也不是，又站了一会儿。

文子突然看着窗外，寂然说道：

"你们能做各种各样我做不了的事啊。"

"你们到外面后，会去什么样的地方呢？会见什么样的人呢？而且，会说些什么话呢？"

"突然问我这些我也说不上来啊……"

"你有什么事瞒着我吧？因为有所隐瞒，所以说不出来是吧？"

"隐瞒啥呢？"

"就是的啊！你们心里在想，我这样的病人死得越快越好吧？那么任性、麻烦、坏心眼的女人，还是没有的好。还有几天会死呢？正在掰着指头数吧？"

"文子……"

"我知道的啦！你赶紧回去吧，去看着什么烟花，祈祷着我快死好了。"

文子歇斯底里地喊着，把被子拉到脸上，哭了起来。

4

走出房间的祥子心情无法平静。

置临近死期、希望自己能陪在身边的文子的请求于不顾，这种不愉快的回味久久无法消失。

烟花是由北海道报社主办的，在丰平川河滩进行的。从丰平桥到幌平桥的两侧堤坝上，观光客人满为患。

大家都穿着和服，珍惜着这短暂的北国夏夜。祥子一边看着飞上夜空的光圈，一边又想起了留在病房里的文子。

文子简直像机关枪一样，一阵狂轰滥炸说出了那些故意刁难的话，但是，那些统统都是文子自己任性地瞎猜疑。恐怕文子自身也早已注意到那只不过是想多了而已。

可是，即使注意到了，也许文子依然也会那么情不自禁地叫出声吧。作为一个不久即将离开人世的人，也许被孤身一人隔离一处的孤独和恐惧，使她吐出了那样的话。

随着烟花渐入佳境，人们欢声高涨，祥子越发郁郁不乐起来。

一个人留在病房里的文子，此刻在做什么呢？高木说过会晚一点儿回去，也许还没有回去。文子或许会越哭越崩溃。现在正在那里半睁着被低烧烧得眼泪汪汪的眼睛，视线浮在半空中，迷迷糊糊地听着烟花的声音吧。

祥子想再次去医院里看看。

放着一个快死的人不管不顾，自己一个人在热热闹闹的河滩欣赏什么烟花，太过任性自私了。安慰一个没有几天就要离世的人，难道不是活在世上的人的最起码的责任吗？

祥子跟一起来的朋友说非常担心文子，便先行告退了。

从河滩返回薄野，在那里买了盒点心之后，祥子乘上电车，在医大医院前下了车。

夜晚的医院里黑魆魆的，鸦雀无声。这里已经听不到欣赏烟花的欢呼声了。

祥子在入口处换上拖鞋，手里拎着鞋子，小跑着向癌症病房赶去。她推开病房入口的门，继续在黑暗的走廊里小跑。

五号室门前，祥子轻轻敲了敲门。如果高木回来的话，就只把点心放下，接着返回好了。

"我是村田祥子。"

祥子在走廊里自报姓名后，打开了门。

"怎么了？"

文子头上垂着无数卷发棒，背靠在床头。而且身后站着一位美发师，正在给她梳剩下的头发。

刚才就剩下她一个人时，文子叫来了美发师，开始做头发了。

"忘了什么东西了吗？"

"朋友早回去了，所以我又来看看你。"

"是吗？"

文子手拿镜子照着后面的头发，淡淡地说道。

"这个，小礼物。"

祥子轻轻把点心往前一送。

"哎，是觉得过意不去了啊？"

"过意不去？"

"把我一个人扔在这儿。"

文子只瞥了一眼点心盒，依然在照着镜子。

"怎么样？整一整头发是不是显得年轻了？这下不用说我像'七个武士'了。"

所谓"七个武士"是当时很有人气的黑泽明导演的电影中的人物。

原本以为文子在一个人孤独地听着烟花的声音，没想到现实与想象中大相径庭。祥子有一种被钻了空子一样的感觉。早知道这样，没有必要勉强返回来嘛。

"那么，我走了啊。"

祥子对一个劲儿只看镜子的文子说。

"烟花漂亮吗？"

"没什么，没啥大不了的啦。"

祥子故意弄出一副百无聊赖的表情。

"我可不喜欢烟花啦，你懂吧？"

"嗯……"

"看烟花是很残酷的啦，你马上也会懂的。"

"对不起。"

祥子毫无缘由地道歉道。

"什么时候回带广？"

"我想定后天回吧。"

"那么你明天再来看我一次吧，明天头发就漂亮了。"

让人来看头发，这是有多么爱打扮啊。这还是那个半个月前徘徊在生死一线的人吗？祥子深感不可思议。

"带广现在正是亚麻花盛开的时候啊。"

文子再次用镜子照着头发，喃喃低语道。

"你可见过那些紫花一望无际开得遍野都是的光景吗？"

祥子虽然听说过带广郊外有亚麻田，但是没有见过花开的情形。

"我曾经由大岛先生带着去看过呢。"

"是吗？"

文子和带广畜产大学的学生大岛约会时，也曾多次利用过祥子。

"好想再看一次那个花呀。"

头上垂着十几只卷发棒，文子的眼神似乎在注视着远方。

"你果然还是要后天回去啊。"

像忽然想起来一样，文子说道。

"下个月我会再来的。"

"那么，顺便能给我把短歌集带回去吗？"

文子以目示意壁橱的推拉门。

"在那里面，有给父亲的，给小敦的，给野原老师的、舟桥老师的，还有你的，一共五本，回去时帮我带回去吧。"

祥子按照她的吩咐，从壁橱里取出了短歌集。

"这个题目我虽然很不满意，但是已经印刷出来了，没有办法啊。"

文子有些恋恋不舍似的，看了看从壁橱里拿出来的书。

"有点儿重，拜托你了呀。"

"没事的啦。"

祥子将短歌集包进了包袱。文子默默地看着她的手头动作，像在等她做完一样，喃喃说道：

"你有地方回，真好啊。"

"……"

"我要不要也和你一起回去呢？可是我现在回去的话，大概会死在半路的火车上吧。"

可能是轻轻摇了摇头的缘故，文子的卷发棒反射着灯光亮了一下。

"基督先生还没回来吗？"

祥子为了提升一下沉重的气氛，问起了高木的事。谁知一瞬间，文子投过来犀利的目光。

"你是想见他才回来的啊。"

"没那回事啦……"

"他可不行呀！因为他是忠诚于我的。"

"不是那样的，不要胡说啊，误会啦！"

祥子一面否定，一面被文子犀利的目光搞得十分狼狈。

"他绝对不会理睬别人的啦！"

"早知道啊，我刚才可不是那个意思的！"

"但是，我死了的话，你们就可以怎么都行了。再也没有碍事的人了，想见他就可以自由见到了。"

"我绝对不会做那种事的啦！"

"我死了，就什么都看不到了，所以才不相信呢。"

"我要走了。"

祥子拿起包袱，站了起来。

祥子稍稍能冷静下来考虑文子的事，是在出了医院，走到大路上之后。

烟花已经结束，人们似乎十分珍惜夏夜一样，依然在户外散步。

祥子在微风的轻抚下，琢磨着文子的心情。

她说些任性妄为的话，怀疑他人，毫无疑问也全都是因为害怕死亡，且死神已经紧紧抓住了她的缘故。明明央求人家不要去看烟花，却又马上喊来美发师烫头发，毫无疑问也是因为对死亡的恐惧。

即便此时此刻，那个人也在与死亡抗争啊。

这么一想，祥子产生了一种可以原谅文子所有一切的心情。

5

从七月初到月中，大约半个月期间，文子迎来了最后一小段康复期。

当然，说是一小段康复期，其实癌症已经扩散到了两肺间，低烧和咳嗽一直不断。有时候咳嗽时间一长，接着就会脸色苍白，陷入呼吸困难。

但是在这段时间里，文子还能跟他人说上几句话，虽然很少。短时间内也能靠着靠背半躺在床上。

这段时间，和高木住在文子病房里的时间基本一致。

高木七月五日来采访文子，当天将采访稿寄回了总公司，之后便一直那样滞留在了札幌，此时已经过去两个周了。

虽说是时间上多少可以通融一下的工作，但出去采访便接着休假，半个月都不回公司的情况可是少有。即便说了休假，也只是单方面通知性的休假方式，并非得到了公司方面的许可。

高木感觉必须要回趟东京了。这样下去的话，是会受到处分的。先回去跟上司说一下，然后再返回才是正理。

可是，好像要拽回高木回京的心情一样，从二十二日起，文子再次发起烧来，晚上甚至达到了39.1℃。

体温没有理由地上升，与六月末病危时是同样的模式。发烧的同时，还会剧烈咳嗽，每次都会呼吸紊乱。

高木也看得很清楚，文子的死迫在眼前了。将这样的文子一个人放着不管，自己回京，太过于心不忍。

高木因为是一枚美男子，也深受女性欢迎。所以，文子周围的歌人们都把他看成是勾引女性的"唐璜"①了。事实上，高木虽然喜欢女人，却并非所谓的花花公子，而是一旦喜欢上一位女性，就会忘乎所有，完全投入其中，有一股不管不顾一心一意的劲头。

文子一眼就被高木吸引也许也是这个原因。除了他外表的帅气，也是因为看透了他这种一旦喜欢上就会一心一意地热情燃烧的性格。

高木无法对痛苦地咳嗽了整整一晚上的文子说出来要回去的话。一面担心着一直这样留在这边，也许会被炒鱿鱼；另一方面又醉心于那种堕落下去的感觉。

二十三日这天，逢坂满里子再次从带广过来看她。满里子一眼便看出文子的病情已经非同小可。虽然一个月前拿着花束来探望时，已目睹过文子的病危，但是现在更在当时之上，情况十分紧迫。

满里子很快给带广发了个电报，让文子的母亲立即抓紧时间来医院。

文子母亲一来，高木就没法住在病房了。如同要逼迫高木做出决断一样，当天下午，东京公司里发来了"速归"的电报。

上司似乎也终于忍无可忍了。

第二天是二十四日，文子收到了日本短歌社中井英夫近期要来札幌的信息。中井是之前五十首歌咏的选拔者，得知文子死期已近，想趁着她还活着见上一面，激励一下她。

高木对于见中井总感觉提不起劲来。被对方看到自己和文子纠缠在一起实在痛苦。

没法再继续待在札幌了。

二十四日傍晚，高木告诉文子自己要回东京了。

---

① 唐璜：中世纪西班牙传说中的青年贵族，欧洲许多文学作品的主人公。

"你说明天吗？"

文子听后，用发烧的眼睛看着高木。

"后天你妈妈也就来了，就不用担心了吧。"

现在回去，她太难了，自己已经做了自己所能做到的最大限度的事，高木内心有一种满足感。

"妈妈来也没事吧？"

"那可不行啊。"

"你要不在的话，我就死了啊。"

"没事的，我会马上再回来的。"

"怎么都不行吗？"

"公司一直让回去，很麻烦啦……"

"对呀，你是有公司的人啊……"

文子好像这才想起来一样，点了点头。

"和一个马上要死的女人有瓜葛，被公司开除了可就不上算了。"

"我可不是害怕这种事啦，请不要误会。"

唯独这一点，高木希望能得到理解。即便从报社辞职，只要想干，也能再在别处找到工作单位。弄好了还能收到退职金，自己干也行。实际上在这之后，高木回京后不久便辞职了。

"那为什么要回去呢？"

"可是，一是你妈妈要来……"

如果文子母亲来了，高木要和文子分开生活的话，也就没有理由待在这里了。

"所以我不是说过嘛，在一起也没事的啦。"

"总而言之，我先回去一趟，马上再回来。回去一趟，公司那边也会放心。"

"那么你发誓，一周以内再回来。"

高木点了点头，重复了一遍。

"我绝对会活到你回来的。"

之后，文子闭了一会儿眼睛，不久，轻轻抬起下巴：

"吻我。"

高木顺从地在文子因发烧而干燥的唇上，静静地压上了自己的唇。

当天晚上，高木在文子的床旁边的地板上铺了席子，又在上面铺了被子睡了。

自从两天前，文子开始发起高烧以来，两人便被禁止同床睡了。

第一天晚上，从地板上往上看时，只能看到床脚，没怎么睡好。从第二天晚上开始，伴随着疲惫感能够睡得很沉了。

"即使分开睡，也想两个人连在一起呀。"

按照文子的想法，晚上睡觉时，两个人的手腕上各自拴上绳子，连在一起睡了。

半夜，文子剧烈咳嗽时，绳子跟着晃动，多次把高木弄醒了。虽然换一种看法，这也是一种联络绳，但睡眠时也结合在一起所产生的实感很强烈。

一想到就要分开一段时间了，陈旧的木制病房也令人不舍了。高木从地板上仰望着床底，一面回想着这半个多月的时光，开始打起盹儿来。

高木突然感觉到胸部有压迫感是在那几个小时之后，似乎有什么重物紧紧地贴在胸口。

因为感觉胸闷，睁开眼睛一看。文子已悄悄躺在了自己旁边。高木胸部感觉又重又烫，那是文子贴上来的脸。

"怎么了？"

高木慌乱地紧紧抱住了文子。

"嘘！这是最后一个晚上了啊。"

"不是的，我会再来的啦。"

"撒谎！你不会再来了。"

仔细一看，文子已经解开了睡衣，裸身而卧。

"给我，给我最后一次吧。"

文子这样哀求着，将她因发烧变得火热的身体压到了高木的身上。

6

二十六日，与高木回东京前后脚，文子的母亲从带广赶过来了。

此时，文子的体温在39℃上下，更严重的是呼吸十分困难，不时咳嗽发作。

从这天早上开始，重新加了吸氧治疗，一直维持着没停。每四个小时，注射一次强心剂和降温药。

"这次也许不行了。"

医生如实告诉母亲菊江。菊江也明白文子的死期已经迫近。

病房的门上贴上了"谢绝会面"的纸片，周围充溢着紧张气息。

从早到晚，高烧咳嗽不断，昏昏睡个不醒。有时候因为呼吸困难，文子痛苦得紧紧握住氧气管，用手撕抓喉咙。

只有"咻、咻"的如同吹笛般的声音，勉勉强强地支撑着呼吸。从气管到肺的所有地方，都被癌细胞侵袭了。那里分泌出的黏液锁住了呼吸道。只陪在一旁，菊江就感到像自己喘不动气一样痛苦。

然而，即使在这般苦痛当中，文子也是一瞅见瞬间稳定一点儿的空隙，便作短歌了。

大丽花过红，爱人已归京，悲伤之中睁瞳孔。

　　绿叶清气浓，回归黑暗中，君之粉面已成影。

　　都是心里想着已回东京的高木而咏的短歌。

　　虽然对外贴的是"谢绝会面"，但是文子即便有一点身体稳定的时间也想见人。

　　实际上，此时的文子已经无法从病房里走出去了，所以，她并不知道自己已经被限制会面了。远山良行、石塚札夫、逢坂满里子等等，在这个病危时刻来会面的人很多。

　　但是，比起见到这些人，文子最为想见的是日本短歌社的中井英夫。

　　中井自己前面说过一次要来之后，因为感冒，来访时间一拖再拖。

　　"中井先生还不能来吗？"

　　文子在痛苦喘息中，多次问道。

　　文子想在自己活着期间，无论如何和中井见上一面。不管怎么说，中井都是将文子推上来的恩人。如果没有中井这位优秀的理解者，文子也许会作为一介地方歌人被埋没。

　　文子想见上一面，跟他道个谢。

　　想对他这样说："被乳腺癌侵袭，年纪轻轻便去世是多么心有不甘啊，但是，被您发现真是太幸运了。因此我才能死而无憾啊。"

　　然而，这样下去的话，也许没有等到见面自己就先死掉了。周围的人虽然在鼓励文子没事没事，还不要紧，但文子自己最清楚不过：死亡已经近在眼前了。

　　以前无论多么痛苦，都会想一定要活下去。可最近心情却变了，突然感觉这么死去会更轻松一些。有一种稍不留神，立即就会陷进死亡深渊的不安。

"问一下吧，中井先生啥时候会来啊？"

实在忍不了，文子让远山问了一下东京那边。

这时的中井并不知道文子的病情已发展到了这个程度。从远山那里得知还剩下两三天的生命时，中井决定不管感冒有没有治愈，火速赶往北海道了。

中井这边也非常想见一见这位被自己发现，但此刻已经躺在死亡之床上等死的女性歌人。

在札幌，文子还在拼命努力着。

发烧和呼吸困难完全控制不了。现在，支撑文子的只有气力。

在中井英夫到来之前，高木回来之前，再出版一本短歌集之前，在孝、雪子和洁长大成人之前，自己要做什么事情，各种各样的念头在脑海里穿梭不停。想到这些，就跟自己强调说：还不能死，不能放弃生命。

中井英夫到达札幌是在七月二十九日的清晨。中井从机场径直坐上出租车，直奔札幌医大附属医院。

到达后，他先去了放射科的护士值班室，问了病房在哪。

病房上挂着一个写着"五号房，中城文子"的牌子。

中井盯着牌子看了一会儿，敲了敲门。

"来了。"

里面传来一位年长女性的声音，门开了。

从微开的门缝里能看到床。

"我是中井，从东京来的。"

母亲菊江开心地刚要邀请其进来的一瞬间，只听见病房里传出一声"不要！"的尖叫声。

那声音异常尖锐、高亢。中井一瞬间被吓了一跳："发生什么了？"在入口处止住了脚步。

"请他等一下。"

再次传来一个女人的声音。虽然看不到模样，但是似乎是文子的声音。房门微微开着，两人好像在商量着什么的样子。

不久，母亲菊江返回来，十分抱歉的样子说：

"刚刚起床，还没洗脸，能麻烦您在走廊里稍微等一下吗？"

中井点了点头，自己关上了门，站到了走廊处。

不知是否因为刚吃过早饭的缘故，清晨的医院走廊中央停着一辆配餐车，护士和护工端来了空着的食品盒。在走廊里也有穿着睡袍和睡衣的患者。

中井呆呆地看着这些景象，心里琢磨着里面的文子。

因为是吃完早饭的时间，所以作为探望时间来讲并不觉得太早。可是，不知文子在这段时间之前，是不是连早饭都没有吃，一直在睡觉。然而，若是刚刚起床的话，那一声"不要！"的尖叫声也未免太响了。

那声音里完全没有几天后会死的人的脆弱，是与所谓的死亡无缘的激烈的喊叫声。

十几分钟之后，门再次打开，母亲露出脸来。

"让您久等了，请进来吧。"

母亲诚惶诚恐。

中井稍施一礼后，进了病房。枕边桌上和窗边的架子上装饰着鲜花。不知是否撒过香水，整个房间里弥漫着甜甜的香气。

文子像只蝴蝶一样，躺在花色被子里面。比起收到的照片，脸整整小了一圈，伸出来的手也很细。

但是，脸像少女一样可爱。细心地化过妆，头发梳得整整齐齐。

"我是中城文子。"

文子答道。她声音很低，但能听出来，用因为发烧而湿润的倦怠眼神直盯着中井。

"我刚到，从机场直接过来的。"

"谢谢您。"

文子在枕头上深深低下了头。

中井看着她白皙的脸庞，知道自己在走廊上等待的这十几分钟的时间里，文子是绞尽了最后的力量，美美地化了个妆。

被埋在死亡之床上，却依然努力想装扮得漂漂亮亮的，中井从文子的这个执着举动中，看到了女人的美好和哀伤。

终章

1

自脱离六月份的病危状态以来的一个半月里，文子仅仅是在靠气力生存着。

三十公斤多点儿的体重，整个肺部已经完全被癌症侵袭，又因为放射疗法陷入了极度贫血的状态下，却还能够一直活到现在，是文子想生的执念的结果。

然而，生命总归是有限的，人必须要在一定的时候放手才行。悔恨归悔恨，总而言之，无论如何，已经努力活到了现在。总会有一个必须要这样说服自己的时刻到来的。

能见到短歌方面的恩人中井，文子的心里总算了结了一个心愿。

之前，一直无限绽放的想活的信念，在这里生出了瞬间的安心感。

业已无执着，沉睡整日夜，别针固着床单了。

但是，癌症似乎正等着这一瞬间的松懈，文子的病情再次恶化了。

在见到中井的第二天，文子再次发作，其间伴随着更为剧烈的呼吸困难。

此时，文子脸色苍白，嘴巴前突，像是在寻求空气，双手抓向虚空。仿佛马上就要断气似的，喉咙不断在哀鸣。声音时高时低，像笛声一样响个不停。

虽说已经习惯了，但是在每次发作时，母亲菊江都在病房里待不住。如果能让女儿从这番痛苦中逃出来，杀人也愿意做。

发作就那样持续了一个小时。近中午时，曾经一度平静了下来。下午再次断断续续地发作了两次。

每次发作时，文子都痛苦地全身挣扎着，继而发烧度数更高，意识一直模糊不清。

"妈妈……"

昏昏沉沉地说着胡话，因发烧和疲惫紧紧闭着眼睛。

医生每隔两个小时来打一次强心剂，想努力先保住心脏。但是昏睡期间，人也不断地在颤抖，呼吸几欲停止。

傍晚时，医生对菊江说：

"我们已经尽力了，没有更好的办法了。"

之后黄昏来临时，医生做了最后的宣告：

"我估计就在今晚上了吧。"

菊江已经做好了思想准备。

父亲丰作和长子孝也已经来到了札幌，歌友们也做好了随时接受联络的准备。菊江听到医生的宣告，联系了住在宾馆的丈夫和石塚。

一听情况紧急，从傍晚时开始，以丰作为首的亲戚和歌友们都纷纷赶来了病房。但他们都是从门口看一眼昏睡不醒的文子，然后便蹲在病房前的走廊里了。

大家虽然都知道文子离世的时间已近，但是依然不敢相信那一时刻就要到来。

不久，夏日缓慢不肯离去的日暮终于结束，癌症病房里黑夜降临。

病房里只有医生和护士在忙忙碌碌地出出入入，来看望的人们都静静地在走廊里等着。

等待一个人的死去，这是多么沉重、苦闷的事情啊！

九点时，病房里的灯全都关上了。就连附近病房里收音机的声音也已经消失了，病房楼里寂静无声，只留下微弱的咳嗽声。

病房灯熄灭，死神潜入夜，今已狎昵似快乐。

文子所咏的"似快乐"般的死，如今就要登门造访了。

但是文子却依然想"生"。

像是在跟医生"就在今晚上了"的宣言对抗一样，断绝的呼吸又苏醒了过来。恐怕是文子自己也不知道的对生的执着，在让她继续活着。

在从黑夜走向黎明期间，北国的夏夜丝丝清凉。就在这清凉当中，迎来了三十一日的清晨。

这天，原本是中井英夫回东京的日子，可他不忍心放着徘徊在生死线上的人不管，便决定再拖延一天回去。

虽然死亡是一件很悲痛的事情。但是如果文子断气了，一瞬间也好，很想能为已逝的文子合掌祈福。

谁知，文子仿佛要违逆人们的这些预感一样，又继续活了下来。

八月一日，微阴的天气中，迎来了新的一天的曙光。

文子的病危状态依然在继续，吸氧和点滴一刻都没有停止过。

在中午过后，《新垦》的小田观萤先生前来探望了。但文子只是点了点头，没能说话。

中井因为还有工作的关系，不得不在当天下午五点，乘坐飞机返回了东京。

曾经一度预言过死亡的医生对文子顽强的生命力只剩下惊叹了。

再次在生死线上徘徊度过了一天。

八月二日这一天，天空从一早便布满了卷积云，热气笼罩着大地。

文子吸着氧气，时而陷入昏睡状态，但是在下午六点时，瞅着呼吸顺畅一点儿的时候，和《冻土》的宫田益子进行了面谈。

实话说，即便是在这种情况下，宫田益子也无法争取多说几句了。只看了一眼在低沉的呼吸下抬眼看她的文子，便已经热泪盈眶。

"你是觉得我会死，很悲伤吗？"

文子反倒像安慰一样对益子说道。

"我不会死的，没事啦。"

益子什么都说不出来，轻轻握住了从被子一端露出来的文子瘦弱的手。

"刚才我睡着的时候，感觉好像见到了诸冈先生呢。"

"……"

"地点似乎是在十胜川附近，不过没有桥呢。"

益子虽然并不认识诸冈，但是知道他是文子的一个恋人，因患肺病已亡故。

难道是三年前入了鬼籍的人在呼唤文子吗？益子感觉从文子浮在半空的视线里看到了一个与自己截然不同的另外一个世界。

"他明明应该是死了的，可那里还有小伸、大岛先生、中川先生、高木先生，大家都在。"

也许在现在的文子的脑海里，诸冈、五百木、大岛、远山、中川、高木，这些其所经历过的所有爱情的男主角们正汇聚一堂。

"诸冈先生说什么了？"

"没说，只是轻轻笑着。"

文子憔悴的脸颊上，浮现着微微笑容。

不知是否让母亲菊江帮忙的，文子脸上化着淡淡的妆。

"高木先生还没有回来吗？"

沉默了一会儿后，文子像突然想起来一样问道。也许文子是在濒临死亡的病床上，一直等待着高木的归来吧。

"我想他这周肯定会回来的。"

益子毫无根据地撒谎道。

"那么，已经见不到了啊。"

"说什么呢！你还完全没有问题呢。"

"没事的，他有他的工作啦。"

可能多说话嘴巴就会干燥，文子频频舔着嘴唇。然后似乎是闭着眼睛调整了一会儿呼吸，说道：

"大家都是好人啊！"

"……"

"诸冈先生也是，大岛先生也是，小伸也是……"

文子像唱歌一样，缓缓说道。益子没有回答，帮她轻轻擦了一下额头浮起的汗珠。

"我说……"

说完最后的恋人高木的名字后，文子静静地睁开了眼睛。

"我已经见不到大家了，你如果见到他们，替我问声好吧。"

"没事的啦，你要加油啊。"

"可以啦，已经可以啦。"

与一开始的硬气相反，文子在枕头上微微摇了摇头。

"帮我说一声，虽然已经连信都写不了了，但是我是很感谢他们的。"

"知道啦。"

如今益子也只有乖乖点头了。

"然后……"

文子吸了口气，像要抑制住快要冒出来的咳嗽一样。

"跟我老公也……"

"你老公？"

文子像在遥想过去一样，目光浮在空中，点了点头。

"我想他现在，大概是在东京……"

"我会传达的。"

益子一边回答，一边对依然称呼已分手的丈夫为老公的文子感到悲哀。实话说，也许文子不断重复奔放的恋爱，也是她为了努力从失去丈夫的寂寞中逃避出来的一种手段吧。

"已经全部都结束了啊。"

"怎么会……"

"可是，我喜欢他们大家，大家看起来都是一样的啊。"

也许文子已经失去了沉迷于一个男人无法自拔的那种爱的能量。

"然后，还有一件事拜托你。"

"啥事？"

"这个枕头下面有一个笔记本。"

文子用左手轻轻指了指枕头下方。

"这上面写的是一些没有刊登到短歌集上的歌，如果可能的话，把它们整理成册……"

"再出一册短歌集是吧？"

"我想可能没有一册的量，不过如果可以的话……"

"明白了。"

《丧失乳房》短歌集里的短歌是在五月份收集的，那以后的三个多月里，又咏了很多。也可以说，越到后来病情越加重时，有质量的短歌也越来越多。

"这下我就什么都不用担心了啊。"

"不行的啊！你还要努力啊！不要因为那种事胆怯啊！"

"你是说让我再多活吗？"

"是呀，再多活，多多活，创作更多好短歌。"

"恋爱……"

"是的……"

"已经累了啊。"

似是说话太多，小咳嗽不停，持续了三次。

益子于是又一次替她擦了擦额头上的汗珠，说了声"我会再来的"，便出了病房。

不久，与昨日同样，在闷热中迎来了八月三日的清晨。文子从早上开始发作了两次，近十点时，在注射药物的作用下，曾一度稳定了下来。

一直那样坚持着吸氧和输入点滴，上午十点四十分时，文子再次呼吸严重困难。

陪在身旁的母亲菊江马上联系了值班室，可是恰好医生和护士在巡诊中，没有找到。母亲狼狈地喊着人。

但见文子从被子里伸出手来，气息微弱地连呼两声："别嚷，别嚷。"

几分钟后，最后一次发作袭来。

病房里只有母亲和闻讯赶来的护士两个人。文子好像在要空气一样，嘴巴微张，痛苦地紧闭着的双眼里，溢出了泪水。只喃喃低语了一句：

"不想死……"

紧接着，死亡终于扑向了文子。时间是上午十点五十分。

直接死因是因为呼吸困难导致了咯痰，堵塞了呼吸道。即便医生早一点赶过来，结果也是一样的。

已经越过了生的界限，死前最后的发作只持续了几分钟便结束了，算是安慰了。

清晨暖气冷，万事皆休停，吾在臂弯已陌生。

尸骸冷冰冰，纱布夹唇中，死亡记忆白蒙蒙。

死后吾身轻，随处皆可停，君之肩头亦可乘。

2

那天，文子的尸体被擦拭后，暂时转移到了医大医院地下的太平间。

死后的文子，脸色反而十分安详，母亲代替爱打扮的女儿化了个淡妆，让文子的脸更加栩栩如生起来。

曾经，文子想象着自己死后的样子，穿上了中意的睡袍，枕边摆放着《丧失乳房》和八音盒，让人拍过照片等。如今，躺在太平间的文子的身影几乎和那照片中一模一样。

人们看着那安眠的容颜，看到那平静地闭的双眼和微微前突的嘴唇，产生了一种仿佛文子马上就会扑过来一样的错觉。

真是永不消停啊，即便停止呼吸之后，文子身上也有一种魅惑男人的妩媚。

当天，从下午开始下起了小雨，仿佛在哀悼文子的死一般。

尸体就那样放置在太平间里，自下午七点三十分开始，除了父母双亲、孩子、亲戚之外，还来了很多烧香的人，进行了临时守夜仪式。

出席者有三十多人，以《新垦》《冻土》等短歌同仁和歌友们为中心。同时，还收到了日本短歌社、角川书店、主妇之友社、主妇与生活社、女性短歌会、中井英夫、葛原妙子等打来的吊唁电话。

第四天，依然在下着小雨。临时殡葬。九点开始举行了告别仪式。

这里也是以出席守夜的歌友们为主，还有很多特意赶来的一般送殡者。

遗体在上午十点出殡，被送往了札幌的火葬场。

远山良行、石塚札夫、宫田益子、中田弘、古屋铳、山明康郎等，还有其他以各种形式和文子接触过的人们，直接跟着坐上了灵柩车，加入了送至野外的队伍。

火葬之后，当天下午六点开始，根据以文子父母为首的亲戚们的意见，大家聚集到了离医院较近的石塚家里，播放了文子生前录制的声音磁带。

那是在文子还能外出时，在宫田益子家里录的音。

当时，古屋冒雨坐电车，搬去了沉重的录音器材。

录音内容是以《独创之美》为题，录制的活生生的声音却又别具一格。

文子用有些娇甜的、略略尖细的独特声音讲述着。同仁们时而讲个笑话，笑声中夹杂着文子轻轻的干咳。

不断转动着的磁带，像事到如今才提醒了人们一样：关于活着的虚无和对逝者的哀悼。

照片也好，磁带也好，都是文子当时怀着恶作剧一般的心情留下的，可现在却又让人们意识到了死亡之沉重。

听完磁带后，从文子一直放在床上的笔记本上，选了以《黑夜的准备》为题的十首短歌，对参会者公开了。

遗骨当夜在家人的陪伴下一起寄存在了石塚家里，并随第五天早上的火车返回了带广。

呼吸不继痛苦夜，故乡依然亚麻节，应有紫花开遍野。

正如文子曾经梦见过的那样，在文子"返回"故乡时，十胜野外晴空万里，无边无际的原野上，盛开着一片竞相开放的蓝色亚麻花，正随着夏日的微风花浪滚滚。

后
记

中城文子小姐在札幌医大附属医院去世时，我正是该大学医学院的一年级学生。那时候，我对中城小姐的短歌也好，恋情也好，死亡也好，一无所知。只是偶然在拜访一位前辈医师时，去过放射科的值班室。彼时，只见过那昏暗的病房和在其中等待着步步紧逼的死神的人群。

　　那个时候的放射科病房楼真是昏暗、阴郁。"吱呀"作响的木制走廊也好，有一盏灯的走廊前端的大钟表也好，不断传出低沉的呻吟声的病房也好，所有的一切，都是为了逼近过来的死亡所做的装饰。

　　若说我和中城小姐之间的关联，也就仅仅是关于这个医院的记忆了。后来，读到中城小姐的短歌，并试着将其放在那个医院的一角时，我才开始了解到中城小姐的歌之华丽、哀伤和顽强。

　　如今，曾经昏暗、陈旧的病房已经全被拆除，那里建成了钢筋混凝土的现代新建筑。根本无从想象当时的样子了。

　　但是，在我的脑海里，却依然记得那宛如地下深渊一般的走廊，和与死神有约的人们的病房。我写中城文子小姐，希望能重新复苏她的音容往事，也只是因为与这地下深渊相关联。

　　即便如此，在以实际人物为模特写小说时，作为资料的事实部分和作家印象中所想象的部分之间的横沟，是很难处理的。特别是中城

文子的情况，虽说死后已经过去了二十一年，但是仙逝时日尚短，围在她身边的大部分人现在依然健在。所以，各个方面都受到了制约，很多地方很不好写。

这种时候，也许与相关人员一一见面，取得谅解即可。但是那样做的话，又会因为对真实人物了解太多，反而有作为小说很难写好的顾虑。因此，我所面见的只限于其中的一部分人；内容也有明知事实如此，却有意识地写得与事实不一致的地方。

其中，尤其是关于她的恋爱和生病的部分，虽然我个人是本着慎重的态度写的，可即便如此，也许仍然会给部分人添麻烦。另外，我想有些地方写的是谁，可能在家人和歌友之间，也能够清楚地指出来。

对于这些人，我想改日再重新道歉。可此时，也只有借这纸面，请求原谅了。

还有在写本稿时，从很多人那里听到了各种故事，每次我都会参照已经发表的各种相应资料。

特别是以中城文子的令妹畑美智子、野江敦子两位女士为首，令郎中城孝先生、长女厚美雪子女士，还有野原水岭先生、舟桥精盛先生、高桥丰先生、木野村英之介先生、大塚阳子女士、山田和子女士、炭谷江利女士、鸭川寿美子女士、小林正雄先生、河内都先生、阪井一郎先生、中山周三先生、菱川善夫先生、古屋铣先生，已故宫田益子女士、莺笛真久先生、中田弘先生、原清先生、丸茂一如先生、山名康郎先生、中井英夫先生、宫柊二先生、太田朝男先生等等，均以或直接或间接的形式，给予我各种关照。

在此深表谢意。

昭和五十年（1975 年）

著者

日本文学·畅销·小说

ISBN 978-7-5736-1081-2